王太子妃殿下の離宮改造計画 7

斎木リコ

Riko Saiki

RB

レジーナ文庫

登場人物紹介
エンゲルブレクト
王太子妃護衛隊の隊長であり、
伯爵位を持つ貴族。
実は、前王の隠し子。
身の上が判明したことで
杏奈に求婚をした。
杏奈《あんな》（アンネゲルト）
異世界人の父と日本人の母を持つ
元女子大生、
現スイーオネース王太子妃。
恋する相手と将来を誓い合い、
正式に離婚へ乗り出すことに。
しかし、色々と苦戦中。
ルードヴィグ
スイーオネースの王太子。
離婚の意思を固めた杏奈に
焦っているが、
今のところ打つ手なし。

ハルハーゲン
スイーオネースの王族でもある公爵。杏奈と王位を狙っている様子で……？
ステーンハンマル
スイーオネースの司祭。目的があってか、ハルハーゲン公爵と行動を共にしている。
ダグニー
ルードヴィグの愛人である元男爵令嬢。現在は伯爵夫人。複雑な実家の事情があるらしい。
エドガー
エンゲルブレクトの友人の外交官。国のため、杏奈の離婚を後押ししている。
マルガレータ
杏奈の侍女。おっとりした優しい娘で一生懸命職務に励んでいる。
ティルラ
杏奈の侍女。杏奈を公私共に支える才媛で、一番の理解者。

目次

王太子妃殿下の離宮改造計画 7

一　帰国

暦《こよみ》の上では春だが、北の海上はまだ寒さが緩んでいなかった。

「それでも、気温は大分変わってるのか……あまり実感がないけど」

外気温を表示している画面を見て、アンネゲルトはそう呟く。船内は空調が行き届いているので、外の気温にかかわらず快適に過ごせていた。

アンネゲルトがいるのは、彼女が所有する船「アンネゲルト・リーゼロッテ号」のメインロビーである。時刻はそろそろ昼になろうかというところだ。

ここには各種の情報を表示するパネルが設置されていて、外気温や本日の天気予報、現在の船の位置などを知る事が出来る。アンネゲルトはその前にいくつか置かれているソファの一つに腰掛けて、パネルを見上げていた。

見たかったのは、船の現在地だ。表示によれば、あと数日でスイーオネースへ帰国するらしい。長かった外遊も、もう終わりが見えてきている。

「思えば遠くに来たものよね……」

つい遠い目になりながら、そんな事を口にしてしまう。とはいえ、これまで自分が移動してきた距離は、日本にいた頃からは想像もつかない程なのだから、ぼやくのも仕方ないだろう。

日本生まれ日本育ちの杏奈《あんな》――アンネゲルトが、何故この異世界にいるのかと言えば、母との賭けが原因である。大学卒業までに就職の内定を一社でも取れればアンネゲルトの勝ち、取れなければ母の勝ちという条件で、ものの見事に負けたのだ。日本負けた代償は、母と共に父の国である異世界のノルトマルク帝国に帰る事だった。日本の庶民であった母と帝国の皇子であった父が、何をどうして結婚に至ったのかは今でも謎だ。

「まあ、戻った途端に結婚を言い渡されるとは思わなかったけどね……」

渋々帰った帝国には、アンネゲルトの縁談が用意されていた。しかも、父方の伯父《おじ》である帝国皇帝の命令による政略結婚である。といっても、この結婚は最初から何やらおかしなものだった。

まず長続きさせる必要はないという。何なら婚姻無効の申請が出せる最短期間の半年で帝国に戻っていいし、その後は日本に帰るのも認めるという話だったのだ。

その結婚相手も問題だった。スイーオネースの王太子であり、アンネゲルトと釣り合う年齢ではあったが、結婚前から自国の男爵令嬢を愛人として囲っており、彼女以外目に入らない状態だという。

いくら政略結婚とはいえ、不幸になるのが目に見えている相手に嫁《とつ》げとは。だが、伯《お》父《じ》達に言わせれば「問題のある相手だからこそ、婚姻無効に持ち込みやすい」との事だった。

それもそうかと軽い気持ちで嫁《とつ》いでみれば、婚礼の後に行われた祝賀舞踏会の会場で、王太子に宮廷追放を言い渡される始末である。しかも用意された小島にある離宮は、とても人が住める状態にないというおまけ付きだったのだ。

おそらく王太子ルードヴィグは、その状況に追いやられたアンネゲルトが帝国に逃げ帰ると踏んだのだろう。実際、普通の姫ならば泣いて親にすがりつくレベルだ。

だが幸か不幸か、アンネゲルトは普通とはとても言えない育ちをしている。しかも帝国からスイーオネースへ嫁《とつ》ぐにあたり乗ってきたのは、魔導技術の粋《すい》を集めた新造船「アンネゲルト・リーゼロッテ号」だ。つまり、北の海を航海中のこの船である。

アンネゲルトはホテルシップとしての使用にも堪《た》えうるこの船に住み、ボロボロの建物を修繕するという建前で離宮の改造に乗り出した。その際に、離宮に住み着いていたスイーオネースの魔導研究者のフィリップや、女性建築家のイェシカと出会えたのはいい財産となっている。

改造は離宮だけに留まらなかった。国王アルベルトから離宮のある島、カールシュテイン島とそこにある建物全ての所有権を譲られて以来、島全体の改造にも手をつけている。地上も地下も念入りに手を加えた結果、カールシュテイン島全体が以前とは比べものにならない姿になった。

――離宮なー……出来上がった途端に外遊に出ちゃったから、あんまりあそこで過ごしていないんだよねー。

アンネゲルトの東域外遊が決まったのは、離宮改造が終わる頃だ。そこから各方面へのお披露目《ひろめ》や社交シーズン最後の大舞踏会などがあった為、離宮で過ごした時間はほとんどない。シーズン中は王都に構えたイゾルデ館で過ごしていた事も理由の一つだった。

ちなみに、スイーオネースや帝国のある地域が西域、同大陸の東側にある地域が東域である。

これまでを振り返っている間に、船はさらにスイーオネースに近づいていたようだ。表示されている距離が短くなっている。

東域の外遊はそれなりに大変ではあったが、実りも多かった。最大の収穫は、王太子妃であるアンネゲルトの専属護衛隊隊長、サムエルソン伯エンゲルブレクトの実父が判明した事だろう。

エンゲルブレクトの父親が故サムエルソン伯トマスでないという話は、社交界で公然の秘密だった。また、彼の容貌《ようぼう》から実父は現国王の叔父《おじ》に当たる、グスタヴソン侯爵フーゴ・ヨハンネスではないかと噂《うわさ》されている。

結果として、その噂《うわさ》は半分当たっていた。エンゲルブレクトの実父はフーゴ・ヨハンネスではなく、彼の長兄である先代国王ヨルゲン十四世だったのだ。

スイーオネースでは明文化されていないものの、慣習として庶子には継承権も相続権もない。たとえエンゲルブレクトが先代国王の子であったとしても、彼が王位に上《のぼ》る事はないはずだったのだが……

「本当、どうなるんだろう……」

スイーオネース宮廷で最大派閥とされる革新派は、エンゲルブレクトを王位に就《つ》ける気でいるらしい。革新派の中心人物であるアレリード侯爵の右腕、ユーン伯エドガーがはっきりと宣言したのだから間違いない。

エドガーは今回の外遊に外交官として同行しており、外交的な折衝《せっしょう》その他を一手に引き受けているやり手だ。また、彼はエンゲルブレクトの長年の友でもある。

そんな彼が先日口にした、「エンゲルブレクトを次代の王に戴《いただ》きたいと思っている」という爆弾発言に、一番驚いたのはアンネゲルトだろう。彼女の弟であるニクラウスや側仕えのティルラ、それにエンゲルブレクト本人は予測していたのか、あまり驚いていた様子はなかった。

これから戻るスイーオネースの王宮で、エンゲルブレクトはアルベルトに自身の出自を報告しなくてはならない。ヨルゲン十四世の指輪と書状を証拠に、先代国王の落胤《らくいん》と認めてもらう為だ。

帝国側としては、彼が王族として正式に認められないと、アンネゲルトの結婚相手として都合が悪いのはわかっている。だが、アンネゲルト本人は気にしていない。元々身分に惹かれた訳ではないし、エンゲルブレクトが王族なのはおまけ程度にしか感じていなかった。

アンネゲルト個人的としては、エンゲルブレクトと婚約出来た事が一番の収穫である。

展望台で、二人きりの夕暮れ時というロマンチックな舞台でのプロポーズだった。古風な考えかもしれないが、やはり男性から申し込んでほしいと思っていたので大満足である。

もっとも、その前段階の告白はアンネゲルトからだったが。エンゲルブレクトとしては先を越された事を悔《く》やんでいたようなので、そこだけはもう少しうまく立ち回れば良かったと反省している。

とにかく、これで帰国後、正式に王太子ルードヴィグとの婚姻無効の申請をして独身に戻り、エンゲルブレクトと結婚出来るのだ。

そろそろスイーオネース王宮に、王太子夫妻の帰国の報《しら》せが届いている頃だろう。報告は帝国の在スイーオネース大使であるエーベルハルト伯爵が行う事になっている。何故スイーオネースにいる彼が洋上のアンネゲルト達の動向を知っているのかは、しばらくは秘密にするそうだ。

――単純に長距離通信が使えるってだけなんだけどねー。

魔導研究の大家《たいか》であるリリーの尽力により、それまで無理だと言われていた長距離間の通信が出来るようになったのは、東域外遊の少し前だった。これにより中継基地をわざわざ新設しなくても、遥《はる》か東域にいながら西域の国であるスイーオネースや帝国への通信が可能となっている。

この技術は帝国でも最新のものなので、スイーオネースへの技術供与には含まれないのだそうだ。国王アルベルト辺りが知れば、子供のように喜ぶだろうに。

情報表示板を見るとはなしに見ていたアンネゲルトに、声がかかった。

「こちらでしたか」

王太子妃護衛隊隊長であり、アンネゲルトの婚約者になったエンゲルブレクトである。私室にいないアンネゲルトを探しに来たらしい。基本、船の中は安全なので、護衛役の彼の出番はあまりなかった。

「あれを見ていたの」

そう言ってアンネゲルトが指さす表示板を見て、エンゲルブレクトは納得した様子だ。

「スイーオネースに到着するのも、もうじきですね」

「ええ、二日後にはカールシュテイン島に戻っているわね。ただ、このままいくと到着が夜遅くなりそうよ。王宮へ挨拶《あいさつ》に行くのは、帰国翌日になるのではないかしら」

「ですが、この時期ですともうシーズン中ですから、王宮も遅くまで開いているのではないでしょうか」

エンゲルブレクトの言葉は正しく、既にスイーオネースは社交シーズンに突入していた。

シーズン中の王都は眠らない街になる。王宮も同様で、この時期は二十四時間、門が開けられているのだ。不用心なと思わないでもないが、その分、王都や王宮の警備人員はそれ以外の時期の倍以上になるらしい。

「こちらにも長旅の疲れがあるし、やっぱり帰国の挨拶《あいさつ》は翌日か翌々日にしましょう」

普通の帆船《はんせん》よりは大分ましだが、それでも長距離を移動すると疲労が溜まる。幸い離宮には島に湧いている温泉を引いてあるので、疲労回復にはもってこいだ。

エンゲルブレクトは周囲を確認してから、アンネゲルトの隣に座った。

「その後、殿下から接触はありますか？」

「いいえ、全く。まだ宿題の答えが見つかっていないようなの」

エンゲルブレクトの問いに、アンネゲルトは悪戯《いたずら》っぽい笑顔で答える。アンネゲルトがルードヴィグに出した宿題とは、「どのような王になり、スイーオネースをどのような国にしたいのか」というものだった。

何故こんな宿題を出す事になったのかと言えば、東域外遊の日程が全て終了し、後は帰るだけとなった段階で、ルードヴィグからとんでもない提案をされたからだ。

「今更私に子供を産んでほしいとか、ないわよね」

呆れのあまり、日本語が出てしまう。エンゲルブレクトは何か言いたそうにしているも、結局発言はなかった。

アンネゲルトはといえば、その提案をされた時のルードヴィグとのやり取りを思い出し、腕を組んで怒りを露《あら》わにしている。彼にも同情すべき点はあったが、だからといってこれまで冷遇され続けた記憶が消える訳ではないのだ。

自分に関わらないところでルードヴィグが幸せになるのなら文句は言わないし、祝福もする。しかし、こちらにとばっちりを食らわせるのなら断固戦う所存だ。

鼻息の荒いアンネゲルトに、エンゲルブレクトがぽつりと漏《も》らした。

「あの時はあなたが断ってくれて、心底ほっとしました」

「そんなの、当たり前じゃない……」

先程までの怒りはどこへやら、あっという間に甘い空気を醸《かも》し出した二人の周囲に人はいない。

そのまま二人きりの時間を堪能《たんのう》していたところ、船内放送がかかった。

『間もなく、当船は北海域を離脱します。時間をスイーオネース時間に合わせますのでご注意ください』

アナウンスと同時に、メインロビーが薄暗くなった。情報表示板を見ると、現在は二十三時である。夜間時間帯用の照明に切り替わったらしい。

「さあ、そろそろ遅い時間です。部屋に戻りましょう」

「ええ」

シーズン中の王都ならまだしも、船内では実に健康的な生活を送っているアンネゲルトの就寝時間は二十三時だ。エンゲルブレクトが差し出した手に自分の手を重ねて、私室へ向かう。

「それにしても、ようやく離宮に戻れるのね。せっかく出来上がったというのに、まだほんの少ししか滞在していないんだもの。何だか実感が湧かないわ」

東域外遊に出たのは自分の意思だったので仕方ない事だが、完成を待ち望んでいたから離れるのは辛かった。

離宮でやりたいあれこれを口にするアンネゲルトに、隣にいるエンゲルブレクトが実に気まずそうに告げる。

「アンナ、楽しみにしているところを申し訳ありませんが、シーズン中は王都のイゾルデ館で過ごす事の方が多いのでは？」

「あ！」

その為に設《しつら》えた館があるのだと思い出したアンネゲルトは、しばらく固まってしまった。

◆◆◆◆

シーズンが開幕した王都は、連日あちらこちらで夜更け過ぎまで催《もよお》し物がある。貴族達は付き合いや自分が楽しむ事を考えて、参加する行事を選ぶのだ。この時期の活動がその後を左右する場合もあるので、皆、社交に精を出す。

そんな中、シーズン前半の盛り上がりも余所《よそ》に、王都の自宅に引きこもっている人物がいた。保守派貴族の一人、フランソン伯爵である。

彼は王都に構えた屋敷の一室で、手紙に目を通していた。彼の前には、伯爵に仕えるクリストフェルが無言で立っている。彼は相変わらず無表情で、何を考えているか全く読めない。

伯爵の読んでいる手紙は、クリストフェルがある人物から託されたものだった。伯爵の顔色は、読み進むにつれてどんどんと青ざめていく。

「ク、クリストフェル」

「はい、旦那様」

「ここに書かれている事は、確かなのだな？」

「無論でございます」

クリストフェルが頷くのを見て、伯爵は再び紙面に目を落とした。そこには伯爵家の私兵を使って、王太子妃のヒュランダル離宮を襲撃するようにという指示が書かれている。

貴族は領地の治安保全目的に限り、私兵の所持を許されていた。その領地にいる私兵をわざわざ王都に呼び寄せて王族を襲え、というのだ。

貴族の私兵ともなれば、街のごろつきどもとは実力に大きな差がある。装備や訓練に金を掛けていて、ちょっとした軍隊並みになっているところもあった。

フランソン伯爵家の私兵は大規模とは言えないが、十分な訓練と良質の装備でそこそこの力がある。

だが、王族の住まう離宮を貴族の私兵が襲ったとなれば、大問題になるだろう。当然身元がわからないように工作はするが、それでも絶対にバレないという保証はない。

手紙には、フランソン伯爵家の私兵と知られても大丈夫なように手を打つと書いてあった。確かに、手紙の送り主ならばそれだけの力を持っている。

本当に手紙の内容を信じてもいいのだろうか。今回ばかりは大きな賭けだ。そんな伯爵の逡巡《しゅんじゅん》を見て取ったのか、絶妙の間《ま》でクリストフェルが囁いた。

「旦那様、あの方は旦那様の忠誠心を確かめたいとお考えなのです。ここで尻込みしていては、その先の大業を成し遂げる事など出来ないという評価を下されかねません」

「し、しかし――」

「旦那様」

彼にしては珍しく、大きな声だ。一歩踏み出したクリストフェルに気圧《けお》されて、伯爵は椅子の上でのけぞった。

「決断すべきです。あの方のお役に立てば、新生スイーオネースでフランソン伯爵家の地位は不動のものになります。旦那様も、それを望んでおられるのでしょう？」

彼の言葉は、甘い毒のように伯爵の耳に吹き込まれる。

「そ……そうだな……」

「では、すぐにでも手配いたします」

そう言うと、クリストフェルは伯爵の部屋を退室していく。残されたフランソン伯爵は、ぐったりと椅子に沈み込んでいた。

◆◆◆◆

東域外遊の旅を終えようとしている「アンネゲルト・リーゼロッテ号」は先日の予想通り、二十二時半という半端《はんぱ》な時間にスイーオネースの内海へ入った。王都クリストッフェションはきらびやかな明かりに彩《いろど》られているものの、公式行事は既に終了している時間だ。

「今日はもう離宮の方に入っていいんじゃないかしら……」

その様子を船内にある私室のモニターで見たアンネゲルトは、ぽつりとそんな事を呟く。本音を言えば、離宮の温泉を楽しみたいだけなのだが、さすがにそれを口にしないだけの分別はあった。

「確かにそうですね。シーズンが始まっていますからイゾルデ館に入るという手もございますが、その前にシーズン用の仕度をしなくてはなりませんし」

アンネゲルトに答えたのは、帝国からついてきた側仕えのティルラだ。元帝国軍人という肩書きを持つ彼女は、公私にわたってアンネゲルトを支えてくれる存在である。

東域外遊に出たのは、去年のシーズン終了と同時だった。その時点でイゾルデ館も閉めたので、今あちらにいるのは館の管理担当が数人程度である。

シーズン中はとかく着替える事が多く、それに伴って小物も取り替える為、シーズン幕開け前のイゾルデ館には離宮から大量のドレスや小物類を持ち込まなくてはならない。

そのリストを作るのも一苦労なのだから、アンネゲルトについて東域まで行った小間使い達に無理を言えるものではなかった。おそらく、今回のティルラの言葉に一番喜んでいるのは小間使い達だろう。

「そういえば、乗船させていた商人達はどうしよう？」

「彼等にも明日以降に王都へ下ろす旨《むね》を伝えておきます。今夜はこのまま船で過ごせばいいのですから、文句も出ないでしょう。もっとも、格安で東域まで仕入れに行けた事をつければ、不満などいくらでも抑え込めます」

さらりと恐ろしい事を口にするティルラも、実は疲れが溜まっているのかもしれない。普段からオーバーワーク気味の彼女だが、東域外遊ではさらに拍車がかかっていた。

それもこれも自分の我《わ》が儘《まま》の結果だと思うと、アンネゲルトは居たたまれない。せめて、ティルラも心身共に癒《い》やされてもらおう。

「ティルラ、離宮の温泉、楽しみね」

「そうですね。久しぶりの温泉ですから、存分に楽しみましょう」

微笑み合う主従は、目の前にある楽しみで意気投合していた。

国王アルベルトへの帰国の挨拶《あいさつ》は翌日回しとなったが、一つ問題が持ち上がった。王太子ルードヴィグの扱いだ。

「その問題があったわね……」

ティルラから指摘されたアンネゲルトは、頭を抱えた。一応、危険な薬の影響の治療は終えたし、国内向けには王太子妃ともども東域外遊に出るという話をでっち上げてもらっているので、明日の挨拶《あいさつ》の場に彼がいても不都合はない。

問題は今日だ。

「船にそのまま乗せておくのか、下ろすとしたら王都にか、離宮にか」

「三択ですね」

アンネゲルトが出した選択肢に、ティルラがそのままを口にした。そもそも、この選択を自分達だけで決めてしまっていいものなのかどうかもわからない。

その当人はと言えば、最近アンネゲルトを避けているようで、船内でも顔を見ない日が続いている。

「宿題から逃げ回るとか、小学生かっての」

「アンナ様」

思わず口をついて出た日本語による悪態を、ティルラから窘《たしな》められた。それでもアンネゲルトの口は止まらない。

「だって、いくら宿題の答え合わせが怖いからって、逃げ回ってばかりなのよ?」

「別に問題ないじゃありませんか。帰国次第、婚姻を無効になさるんでしょう?」

「それはそうだけど……」

ルードヴィグに宿題を出した経緯を考えれば、ティルラが言う通りタイムアップを迎える方が楽だ。相手が納得するかどうかは置いておいて、こちらの気分的に婚姻無効申請を正当だと思える。

「それはいいとして、やっぱり本人にもどうするか聞いておいた方がいいよね?」

「では、ヴェルンブローム伯爵夫人を通じてお伺いしてみましょう。船は一旦カールシュテイン島に停泊させて、殿下が王都にお戻りになる場合には別途、船の手配をいたします」

ティルラが口にした「ヴェルンブローム伯爵夫人」とは、ルードヴィグ唯一の愛人でありアンネゲルトの王宮侍女でもあるダグニーの事だ。確かに彼女を通じて聞いておけば、逃げたりはしないだろう。

「お願いね」

アンネゲルトに頷いてみせたティルラは、携帯端末を使っていずこかへ連絡を入れた。

それから少しして、船内放送がかかる。

『当船は間もなく、カールシュテイン島に到着します。下船なさる方は、お手回りのお荷物など、お忘れ物のないように願います』

そのアナウンスと同時に、ルードヴィグも離宮に滞在する旨《むね》がティルラから告げられた。何となく予想していただけに、アンネゲルトは苦笑が隠せない。とりあえずルードヴィグには、離宮でも離れに当たる森の中の小宮殿に入ってもらう事がその場で決まった。

「文句を言ったら、宿題の答えを速攻出させようっと」

「アンナ様……」

すっかりルードヴィグに対する切り札になりつつある言葉を口にして笑うアンネゲルトに、ティルラは呆れた様子だが、構わない。

彼との縁はすぐに断ち切るのだ。その結果、ルードヴィグは廃嫡されるかもしれないけれど、それはアンネゲルトのせいではない。

——これまでの積み重ねだもの。

もっとも、その事を本人がきちんと理解出来るかどうかはわからないが。

主《あるじ》の長い不在の間も、離宮の細々《こまごま》とした手入れは欠かさなかったようだ。すぐに居心地のいい空間に出迎えられる。

アンネゲルトは、実に半年以上ぶりに離宮の私室に入った。

「わあ……随分変わったわね」

外遊に出発する時はまだ改造が終わったばかりだったので、人に見せる場所だけは急ごしらえで整えたものの、それ以外の部屋はなおざりなままだったのだ。

アンネゲルトの私室も例外ではなく、調度品すら船から運び終わっていない状態で、お披露目《ひろめ》の時以外は船か王都のイゾルデ館で過ごしていたくらいだ。

その私室が、今ではゆっくりとくつろげる空間になっている。帝国から持ってきた嫁入り道具の調度品も、ようやく日の目を見たらしい。

「いつお戻りになられてもいいように、整えておきました」

恭《うやうや》しく礼をするのは、離宮とイゾルデ館双方の管理維持、及び使用人の管理を請け負っている人物だった。帝国からついてきた者で、元々はアンネゲルトの実家であるフォルクヴァルツ公爵家に仕えていた人物である。

「ありがとう」

アンネゲルトがにこやかに返している間にも、小間使い達は忙《せわ》しなく荷物を運び入れていく。長旅だったせいでもあるが、東域で買い求めてきた品が多いのだ。

「……凄いですね。いつの間にこんなに買っていたんですか？　姉上」

扉のところでうんざりした声を出したのは、弟のニクラウスだ。彼は長旅の疲れも見せず、普段通りである。

「あらニコ。……そういえばあんた、いつまでこっちにいるのよ」

彼はそもそも帝国皇太子ヴィンフリートの外遊の供としてスイーオネースに来たのだが、そのヴィンフリートは、アンネゲルト達が外遊に出る時に帝国へ帰ったはずだ。主のもとに戻らなくていいのだろうか。

嫌そうな顔の姉を眺めながら、弟は曖昧《あいまい》な答えを返す。

「少なくとも皇太子殿下に言われた事を見届けるまでは、こっちにいるよ」

「えー……」

ニクラウスの言葉に、アンネゲルトが思いきり顔をしかめたのは仕方あるまい。離れて育った弟は、いつの間にやら余計な事ばかり言う男に成長してしまい、かつ姉がそれを煙《けむ》たがっていると知っていてなお態度を改めないのだ。

弟が口にしたヴィンフリートに言われた事とは、ウラージェンで聞いたアンネゲルトの再婚話についてだろうか。彼は、どうせルードヴィグとの婚姻を無効にするのなら、アンネゲルトが慕《した》っているエンゲルブレクトと再婚すればいいと計画していたらしい。その一環として、エンゲルブレクトの出自を確認する為にニクラウスは東域までついてきたのだ。

――再婚か……ま、まあ、二人だけの事とはいえ婚約はしたけどね。まだ王太子との婚姻も無効にしていないし、まずはそっちの手続きをしなくちゃ……あー、でも、本当に婚約したんだー。お付き合い期間もなくプロポーズされちゃったけど、後悔はしていないし、うん。

あれこれ思い返していると、自然と頬が緩んでくる。これまでずっと抑え込んできた分、想いが成就《じょうじゅ》した事で色々と制御が利かなくなってきているのだろう。

ぼうっとしていると、ニクラウスから日本語で呼ばれた。

「姉さん……姉さん！」

「え？　な、何？」

「何、はこっちの台詞《せりふ》だよ。いきなり黙り込んで」

ニクラウスが心配そうに覗き込んでくる。自分の考えに夢中で、周囲を忘れていたらしい。「大丈夫？」と聞いてくる弟に、アンネゲルトは慌てて取り繕《つくろ》った。

「ちょっと考え事。ほ、ほら、もうこんな時間だから、あんたも部屋に戻りなさいよ」

時計は既に二十三時を回っている。船から下りて一息ついただけでこの時間だ。明日は王宮で帰国の挨拶《あいさつ》をしなくてはならないのだし、早めに休むに限る。

部屋から追い出したい姉の心情には気付いているはずなのに、ニクラウスは出ていこうとしない。それどころか、今一番見たくない現実をぶつけてきた。

「そういえば、王太子に出した宿題さ、姉さんの気に入る答えを持ってきた場合はどうするつもり？」

「どうもしないわよ。最初から断ってるんだし」

何をどう持ってこられても、ルードヴィグの申し出を受ける気はない。少しは関係が改善されたとは思うが、それでも普通の夫婦となるには何もかも手遅れだ。

ルードヴィグはダグニーと別れる気はないようだし、アンネゲルトもエンゲルブレクトとの未来を諦めるつもりは毛頭ない。

アンネゲルトの意思の固さに、ニクラウスは軽い溜息を吐いた。

「まあ、判断を下すのは姉さんだから、どうにでもなるけど」

「あんた、嫌な言い方するわね」

「でも本当の事だろう？　よく王太子殿下はこんな分《ぶ》の悪い話に乗ったよね」

確かにそうだ。正直、ルードヴィグの依頼――アンネゲルトが彼の世継ぎを産むというのは、王太子妃最大の義務と言っていい。本来なら、取引の必要はないのだ。

「あの時は勢いで宿題！　なんて強気に出ちゃったけどねえ。どうにか諦めてほしいわ」

「彼が諦めなくても、姉さんは申し出を引き受けないんだろう？」

「当たり前じゃない！　今更あんな事を言われても、はいそうですかと受け入れられる訳ないでしょ！」

以前であっても同じ判断を下すが、エンゲルブレクトとの関係が一歩前進した今となっては、太陽が西から昇ろうとも引き受けるなどあり得ない。大体、その義務もじきに消える。

――婚姻を無効にするとは言ったけど、王太子はそこのところもわかってるのかしら……

もっとも、このまま今まで通りに過ごしていたら、ルードヴィグの廃嫡は確実だ。その事も、本人は気付いているのかどうか。

そこまで思い至って、アンネゲルトは余計な考えを払うように首を振った。もうじき関係がなくなる相手なのだ、ここで自分があれこれ考えるのはおこがましいというものだろう。

ふと部屋の時計に目をやると、もうじき日付を越えそうな時刻だ。

「やだ、もうこんな時間。ほら、あんたは自分の部屋に帰る！　私は寝るんだから」

「わかったよ。お休み」

「はいはい、お休みなさい」

ニクラウスを追い出した部屋で一つ溜息を吐き、アンネゲルトは寝る仕度に取りかかった。


翌日の朝食の席には、アンネゲルトとニクラウスの他にエンゲルブレクトと彼の副官のヨーン、ティルラ、ルードヴィグ、ダグニー、エドガーと王宮侍女マルガレータの姿もあった。

普段ならエーレ団長やリリー達も同席して軽いミーティングを行うのだが、ルードヴィグやエドガーがいるので、午後に延期している。

「本日は王宮へ帰国のご挨拶《あいさつ》に伺うとか。私も同行させていただいてよろしいでしょうか？」

にこやかなエドガーの言葉を、アンネゲルトはすぐに了承した。それにしても、彼は何故ルードヴィグではなくアンネゲルトに聞いてきたのか。

その小さな疑問には、ここがアンネゲルト個人で所有している離宮だからだと、内心で結論づけた。

王都にある王宮へ向かうには、島から船で内海を渡る必要がある。

「船の仕度をさせなくてはね」

ぽつりと漏《も》らしたアンネゲルトに、ティルラが答えた。

「その事ですが、アンナ様、地下の列車が開通しています」

「本当に!?」

東域外遊に出る前に、地下道をイゾルデ館まで開通させていたのは知っていたけれど、外遊中に線路を敷《し》いて車体を組み上げ、試運転も済ませてあるそうだ。

そういった事の陣頭指揮を執《と》るリリーも東域に同行していたのだが、彼女は出発前に全ての用意を終えていたという。

「指示書も設計図も置いていったので、離宮とイゾルデ館に残した工兵達が滞《とどこお》りなく施工したそうです」

「そうだったの……彼等にも、特別報酬と休暇を与えてね」

「はい」

留守にしていた間に彼等が頑張ってくれたおかげで、戻ってすぐに列車が使えるのだ。

ありがたい事この上ない。

「という訳ですから、王都には地下列車を使って行きましょう」

若干、話についていけていない感のあるメンバーの顔を見回して、アンネゲルトはにっこりと微笑んだ。

列車のホームは地下六階にある。朝食後に仕度をし、全員で離宮のエレベーターを使って下りた。

同行者達が呆然とした様子で辺りを見回すのを余所《よそ》に、アンネゲルトは階数表示を見て首を傾げる。

「地下って、四階までしかないんじゃなかったの？」

「階数的にはそうですが、三階と四階でそれぞれ二階層分を使っているんです」

ティルラの返答に、アンネゲルトはなるほどと納得した。それなら数は確かに合うのだ。

それにしても、一階層の高さは日本のビルやマンションなどのそれより高くしているというのに、なお二階層分ぶち抜いて作られた倉庫や研究施設とは一体どんなものなのか。見てみたい気持ちもあるが、恐ろしいものを目にしそうな予感もある為、実行には移せそうにない。

エレベーターホールからホームまでは、専用の廊下を歩く。周囲の壁も床も石材で出来ており、等間隔に設置された照明がいい雰囲気を出していた。

皆無言のまま歩いている。どうやらアンネゲルトとティルラ以外は、ニクラウスでさえ地下の深さと地下道の出来に驚いて言葉が出ないようなのだ。

進む事数分、ホームに停車している列車が見えてくる。

「これが……」

機関車一両、客車四両のトロッコ列車だ。こんなに座席が必要なのだろうかとも思うが、シーズンの開幕と閉幕の時期には物も人も多く移動するので、最初から多めに設計してあったらしい。

「素晴らしい！」

すぐ側で叫ばれたアンネゲルトが驚いて振り向くと、ようやく驚愕《きょうがく》から立ち直った様子のエドガーがキラキラとした目でトロッコ列車を見ている。

「妃殿下、これで王都まで行けるんですか？　このまま、あの奥まで行くのでしょうか？」

「ええ。内海の下に通路を作ってあって、そこをこれで走るのよ」

アンネゲルトの言葉に、ティルラとニクラウス、エドガー以外の人達の顔が恐怖に染まる。中でもルードヴィグはちょっとしたパニック状態だ。

「待て！　内海の下だと!?　で、では、これは海の下を通るというのか？」

「そう言いましたでしょ？」

けろりとした態度のアンネゲルトに、ルードヴィグは激高する。

「冗談ではない！　海水で溺れてしまうではないか！」

「そんな事にはなりませんよ。ちゃんと水漏《も》れ防止の工事もしてあります」

地下道を掘るのに、水の対策をしないなどあり得ない。とはいっても、こちらの人は海の下を通るなど初めてだろうから、心配なのも当然だった。ルードヴィグは、少々騒ぎすぎという気もしないではないが。

まだ何やら喚《わめ》いているルードヴィグは放っておいて、アンネゲルトは他の面々に笑いかけた。

「安全は保証します。さあ、皆乗ってちょうだい」

そう言って、当人が最初に乗り込んだのは安全をアピールする為である。さすがに女性が乗ったのに臆《おく》して拒否したとなれば、男性は沽券《こけん》に関わるというものだ。

アンネゲルトを筆頭に、ダグニーやマルガレータも平気な顔で座席に座るのを見て、ルードヴィグも騒ぐのを諦めたらしい。青い顔をしたまま乗り込んできた。

期待に胸を膨らませているエドガーはまだしも、エンゲルブレクト達は不安なのではないかと窺《うかが》ってみると、居心地悪そうにはしているが、特に怖がってはいないようだ。いい加減、アンネゲルトのやらかす事に慣れてきたのかもしれない。

全員が席についたのを確認して、ティルラが発車の合図を出した。列車がゆっくりと進み出すと、一同からどよめきの声が上がる。それもアンネゲルトにとっては笑いの種だった。

「姉さん、よくない顔になってるよ」

眉根を寄せたニクラウスに日本語で言われ、アンネゲルトは必死で表情を取り繕《つくろ》う。

座席は二人掛けが二列に並ぶ造りで、トロッコ列車という言葉から連想されるような木のベンチではなく、座り心地のいい椅子だ。

その先頭の座席にアンネゲルトが座り、通路を挟んだ反対側の座席にニクラウスとエンゲルブレクトが座っている。ティルラはアンネゲルトのすぐ後ろにいた。他の面々は思い思いに座っている。

カールシュテイン島と王都の間は、船で移動しても三十分程度の距離だ。これを列車で地下を行くとどのくらいの所要時間になるのか。気になったアンネゲルトは、後ろのティルラに聞いてみた。

「ねえ、これでイゾルデ館までどのくらいかかるの？」

「試運転の段階で約四十分だったそうです」

「え？　そんなにかかるの？」

せいぜい二十分程度と思っていたアンネゲルトは、その倍はかかるという事実に驚く。

「安全の為に速度を下げているんです。外に手を出す人がいないとも限りませんから」

ティルラの説明に、なるほどと納得する。アンネゲルトやティルラは日本で電車に乗った経験があるからそれがどれだけ危険か知っているが、初めて乗る人間にとっては、何もかもが興味を引くかもしれない。現にこっそり後部座席を覗いたところ、エドガーが走る列車から手を出してトンネルの壁を触ろうとしていた。これでは速度を上げる訳にはいかない。

「船で移動するのとあまり変わらないわね」

とはいえ、カールシュテイン島の港から王都の港までが三十分なのであって、そこから馬車を下ろして王宮まで行くのと、イゾルデ館から王宮へ行くのとでは大分時間に差が生じる。そう考えれば、列車の方が早く着くというものだ。

発車した当初は静かだった車内も、十分も乗っていれば全員状況に慣れたのか、話し声が聞こえてくるようになった。

「そうですね、マルガレータ嬢も東域での経験を陛下にお話しして差し上げてはいかがでしょうか」

「え？　えええ？　わ、私がですか？」

「ええ。言っては何ですが、私は外交官という仕事柄、外国へ行く事には慣れております。その為、私の目から見た外の国の話は面白味がないと陛下が仰《おっしゃ》るんですよねえ……」

残念そうに語っているのはエドガーだ。話の相手はマルガレータである。

「その点、マルガレータ嬢の見た東域の国々の話なら、新鮮さを感じていただけると思うのです」

「だ、大丈夫でしょうか……」

「ご心配には及びませんよ。私も同席しますし、叔父《おじ》君であるアレリード侯爵閣下もご同席くださいますでしょう」

「そうですね……叔父《おじ》様がいてくださるなら……」

侯爵とは血は繋がっていないが、実の叔母《おば》である夫人同様、侯爵もマルガレータの事は娘同然に可愛がっているらしい。その叔父《おじ》が一緒にいるのなら、畏《おそ》れ多い国王陛下の御前に出ても何とかやっていけそうだという意味だろう。

だが、マルガレータの言葉にエドガーは沈んだ声を出した。

「そうですか……やはり私では令嬢の支えにはなれないのですね」

「え!?　い、いえ、そんな事は……」

「いいのです。東域外遊の間とはいえ、親しく接していただき、少しは打ちとけていただけたものと思い上がっていたのは私ですから」

「あ、あああの、伯爵様、本当にそんなつもりでは――」

「では、万一侯爵が同席くださらなくとも、私だけで十分ですね？」

「は……はい……」

思わず、アンネゲルトは彼等が座る後部の座席を振り返ってしまう。通路を挟んだ反対側の席のエンゲルブレクトも、同じように後ろを振り返っていた。

そのまま、二人で顔を見合わせてアイコンタクトを取る。後でエドガーの真意について相談したい、と。きっとティルラも参加してくれるだろう。

――思い違いでなければ、ユーン伯がマルガレータに近づこうとしている？

確かに、彼女はエドガーの旧上役に当たるアレリード侯爵に連《つら》なる女性だ。政略結婚の相手として、いい女性と言えるだろう。

では、マルガレータにとってはどうなのか。一番の問題はそこだ。もし彼女が望まないのであれば、いくらエドガーが相手といえど、この話は潰さなくては。

先走った決意をするアンネゲルトを乗せて、列車は順調に地下道を走っていった。

シーズン中の王都は花で埋め尽くされている。比喩《ひゆ》でも何でもなく、王都中に花が咲き乱れているのだ。民家の軒先《のきさき》にも鉢植えの花が咲き誇り、大通りには等間隔に大型の木製の鉢植えが並べられ、色とりどりの花が寄せ植えされていた。

その大通りを進んで王宮へ入ると、早速国王の侍従が迎えに出てくる。今日、帰国の挨拶《あいさつ》に伺うとエーベルハルト伯爵を通じて王宮には連絡済みなのだ。

謁見の間へ通されたのは、ルードヴィグとアンネゲルトの二人のみである。

「無事外遊より戻りました事をご報告いたします」

ルードヴィグが一礼して述べると、居並ぶ貴族連中の間からざわめきが起こった。彼等にも、ルードヴィグの雰囲気が以前とは違うとわかったのだろう。

それはいいのだが、この前の提案みたいに妙な方向に突き進まれるのはアンネゲルトが困る。それくらいなら、ずっとこちらを忌《い》み嫌ったままでいてくれて良かったのだ。

――とりあえず、世継ぎ云々なんて馬鹿な事をまた言い出す前に、とっとと婚姻無効の申請を出さなきゃ。

内心であれこれ考えていたアンネゲルトは、アルベルトに声をかけられた。

「王太子妃は、東域をどう思う？」

随分と曖昧《あいまい》な問いかけだ。アルベルトが考える「正解」はわからないが、自分が答えるべき内容はこれだろう。

「東域の芸術や文化、魔導技術は独特でとても魅力的でした。それらを取り込んでいけば、スイーオネースは更なる発展を遂げ、豊かになると思います」

政治には関わらず、軍事はもってのほかとなれば、残るは文化芸術教養だ。カールシュテイン島に作る予定の魔導特区も、区分的にはここに関係する。その為の下見と視察だったのだから、アンネゲルトの回答はこれでいい。

正直、魔導技術に関しては軍事利用されやすい分野ではあるが、一国が使い始めれば必ず別の国が対抗策を打ち立てるので、実際に戦争で利用される事は少ないと聞いている。

アルベルトは満足そうに頷き、「そうか」と返してきた。

それにしても、このような場でルードヴィグではなくアンネゲルトに感想を聞くとは。アルベルトの中では、既にルードヴィグの廃嫡は確定事項らしい。

隣に立つルードヴィグの表情を横目で盗み見ると、硬い表情をしている。父親の発言の意味をきちんと理解しているのだろう。

さて、この後、彼はどう動くのか。

——結局、宿題の答えを聞かずじまいだったなあ。

期限は帰国までだったはずだ。既に期限切れなので、今更答えを持ってきても突っぱねるだけだが。宿題は期限までに提出する事も大事なのだ。

控え室へ戻ると、ティルラ達が待っていた。エンゲルブレクトの姿もあったので、アンネゲルトの頬が緩む。

「お待たせ。さあ、離宮に帰りましょうか」

外遊に持ち出した品や、東域で買い求めた物などは全て離宮に運び入れているので、シーズン中ではあるが、しばらくは離宮を主に使う予定になっていた。

といっても、イゾルデ館の仕度も進んでいて、おそらく三、四日のうちには使えるようになるだろうとティルラから言われている。

帰国したばかりという事情を汲《く》んでくれたのか、公務は向こう十日程免除され、社交の招待も日付が先のものばかりだ。少なくとも十日間は完全休養に充《あ》てられそうである。

その事に心を躍らせているアンネゲルトに、ルードヴィグが真剣な表情で声をかけてきた。

「話がある」

どこか思い詰めた様子のルードヴィグに、とうとう宿題の答えが出たのかと推察する。

今控え室にいるのはアンネゲルトとルードヴィグの他に、エンゲルブレクト、ニクラウス、ティルラ、それにダグニーとマルガレータだ。エドガーは外務省に行っていて、エンゲルブレクトの副官であるヨーンは別室にて待機中らしい。

ダグニーとマルガレータ以外、例の宿題の内容を知っている者ばかりだから問題はないのだろうが、彼等がそれを聞いたのは盗み聞きの形だった。なので、その事実をルードヴィグは知らないのだ。

一応、確認しておいた方がいいかとアンネゲルトが尋ねる。

「この部屋で聞いてよろしいのかしら？」

「構わん。すぐに終わる」

ルードヴィグはそう言うと、アンネゲルトに向き直った。さて、彼はどんな答えを見つけたのだろう。

期待半分、怖い物見たさ半分のアンネゲルトの前で、ルードヴィグは冷静に口にする。

「あなたに、アレリード侯爵との橋渡しを頼みたい」

意外すぎる内容に、アンネゲルトはしばらく言葉を失った。

「図々《ずうずう》しい願いだとは承知している。だが、あなたから出された宿題とやらに答える為には、どうしても侯爵から学ばねばならないと思ったのだ」

呆然とするアンネゲルトに、ルードヴィグは切々と訴えてくる。彼が言い終えた事で、ようやくアンネゲルトの時間が動き出した。

「その……どうしても侯爵と？　他の方ではなく？」

「そうだ」

決意も露《あら》わなルードヴィグを見て、アンネゲルトは助けを求めて目だけで周囲を見回す。こういう時に助言をくれそうなエドガーは残念ながらいない。さすがのティルラも、ここでは発言出来ないようだ。

――立場や身分があるもんね……

そう思い至り、アンネゲルトは腹をくくった。

「……今、ここでお答えする事は出来ませんわ。侯爵の都合も確認しませんと」

「わかっている。ついでで悪いが、しばらく私とダグニーを離宮に置いてはもらえまいか？」

「ええ!?」

ルードヴィグからの更なる申し出に、さすがにアンネゲルトも驚きの声を上げる。

一瞬、これ以上彼を近寄らせるのはどうかと思ったが、ダグニーが一緒にいる以上、周囲も夫婦仲が修復されたとは認識しないだろうし、何より例の薬の件が気にかかる。

結局、ルードヴィグに薬を盛った黒幕は見つかっていないのだ。その人物がまた何らかの形で彼に危害を加えようとする可能性が高い以上、王宮より警備が厳重な離宮に置いておいた方が彼の為かもしれない。

幸い、彼等の荷物はまだ船にあるので、離宮に移すのは簡単だった。それでも、本当にそれでいいのか迷いはある。

アンネゲルトはわざわざ日本語でティルラに尋ねた。

「ティルラ、王太子を離宮の離れに置いても問題はない？」

「ありません。伯爵夫人がご一緒であれば、婚姻無効の申請にも影響はないでしょう。薬の件、ですよね？」

ティルラの言葉に、アンネゲルトは無言で頷く。やはり、彼女もその一件を懸念《けねん》していたのだろう。廃嫡が濃厚とはいえ、ルードヴィグはまだスイーオネースの王太子である。彼に何事かあれば、宮廷内が荒れるのは確実だった。

――エンゲルブレクトの事もあるから、まとめて離宮で守った方がいいのよ、多分。

そう結論づけ、アンネゲルトはルードヴィグに向き直る。

「わかりました。殿下の御身は離宮でお預かりしましょう。ダグニーは私の王宮侍女ですもの、離宮に滞在しても問題はないのですし。それに、殿下が離宮にいらっしゃるなら、宿題の答えもすぐにいただけるのでしょうね」

アンネゲルトの最後の一言に、ルードヴィグが言葉に詰まっていたが知った事ではない。なし崩しに宿題の期限延長となってしまったが、その結果、婚姻無効の申請まで延期する気はなかった。

シーズンは始まっているのだから、社交もあるし公務もある。その合間を縫ってルードヴィグとアレリード侯爵の橋渡しに、エンゲルブレクトとの結婚準備も進めなくてはならない。

——あ、後でユーン伯に携帯で、王太子がアレリード侯爵と話したがってるって伝えておこうっと。

エドガーには携帯端末を預けっぱなしだ。本人が気に入った為でもあるが、緊急の連絡にも使えるので、ティルラからも使用許可が出ている。

彼に話を通しておけば、きっとそちら方面はうまくやってくれるだろう。頼ってばかりで申し訳ないけれど、アンネゲルト自身が直接アレリード侯爵と連絡を取る事は、実は少ないのだ。

離宮は完成し、魔導特区も設立が目の前だというのに、相変わらずアンネゲルトの前には課題が山積みだった。

◆◆◆◆

アンネゲルト達が王宮で帰国の挨拶《あいさつ》をしている頃、王都のフランソン伯爵家の庭園には物騒な連中が集《つど》っていた。領地から呼び出された私兵団である。手入れの行き届いた武器を持つ彼等の姿は、いかにも戦いに慣れた様子だ。

もちろん、フランソン伯爵領で戦闘などそう起こらない。この場にいる彼等は、数年前から金で雇われている傭兵《ようへい》なのだ。

私兵達は、一体自分達に何をさせるつもりなのかと、仲間同士で言葉少なに話し合っている。

正直、フランソン伯爵領では領民相手に犯罪紛《まが》いの事もしてきた。それも全て、伯爵からの指示である。王都に呼び出された理由も、おそらくは後ろ暗いものなのではないか。そういった憶測があちこちで飛んでいた。

そんな様子を一望出来る部屋で、フランソン伯爵は兵団長と対峙していた。

「これはきわめて重要な任務だ。わかっているな」

「わかってはいますが、この時期ですと厳しいですね。夜がなくなりかけている時期ですから」

冬ならまだやりようがあるのですが、と苦い顔で口にする彼は、私兵達の中でも腕利きで、一度ならず伯爵の命を救っている。その事から、雇い主である伯爵は彼に絶大な信頼を寄せていた。

兵団長の言い分ももっともだ。夏のスイーオネースは夜中でも明るく、この時期、日が完全に落ちるのはほんの数時間しかない。しかも、来月になれば完全に夜が消えるのだ。

だが、手紙で指示されたのは、今この時期である。伯爵は思い詰めた様子で兵団長に大判の紙を渡した。

「これが離宮の間取り図だ」

「ちょうだいします」

兵団長は恭《うやうや》しく紙を受け取り、確認する。一階から三階までの全間取り図が書き込まれているそれには、端の方に島の全体図も入っていた。

ざっと確認した兵団長は、間取り図から目を離さないまま提案してくる。

「侵入経路は船着き場とは反対の、島の北側にしましょう。崖《がけ》になっているようですが、うちの連中なら問題ありません。建物へは三方向から入ります。こちらの人数なら敵を攪乱《かくらん》出来ましょう」

兵団長の言葉に、フランソン伯爵は庭を見下ろした。確かに、私兵団全てを王都に連れてきたのだ、この人数ならあの離宮でも制圧出来るだろう。

伯爵家の館は王都の外れにあって人の行き来があまりない上、周囲をぐるりと高い塀《へい》で囲まれている。なので、この庭にこれだけの人数の兵士がいる事に、王都の誰も気付いていないはずだ。

「後は任せたぞ」

「はい。必ずや目的を果たしてご覧に入れます」

それだけ言うと、兵団長は退室していった。今夜の襲撃に備えて準備があるらしい。

彼が消えた部屋は静寂に包まれた。

フランソン伯爵は、暖炉《だんろ》の側に置いてあるお気に入りの椅子にどかりと腰を下ろす。

「これで……いいのだな？」

「はい」

いつの間にか、伯爵の座る椅子の傍《かたわ》らにクリストフェルの姿がある。彼の肯定の言葉を聞いても、フランソン伯爵は落ち着かない様子だ。

全ての段取りは「あの方」がしてくれた。間取り図の入手も、王太子夫妻がいつスイーオネースに帰ってくるか調べたのも、領地から私兵団を呼び寄せる手はずを整えたのも、全て「あの方」の命を受けたクリストフェルだ。

大丈夫、何も心配はいらないと自《みずか》らに言い聞かせても、元来の小心者の自分が顔を出す。伯爵は震える手を組んで額《ひたい》に当てた。

「旦那様、落ち着いてください」

「あ、ああ……わかっている、わかっているのだ」

自分がどれだけ大それた真似をしでかそうとしているか、自覚している分恐怖心は強い。いくら「あの方」が保証してくれたとしても、怖いものは怖いのだ。

これからやろうとしている事は、反逆罪に当たる。捕まれば間違いなく極刑であり、一族郎党に罪が及ぶ。妻や子、兄弟姉妹、叔父叔母《おじおば》に至るまで、地位も財産もなくすのだ。

がたがたと震える伯爵に、クリストフェルは無言でグラスを差し出した。

「昼間ですが、気付け代わりにはなりましょう」

グラスの中には度数の高い酒が入っている。伯爵は無言のまま受け取って、中身を一気にあおった。

これは大きな賭けだ。勝てる見込みはあるが、わずかな不安が拭《ぬぐ》い切れない。その不安を、フランソン伯爵は言葉にする事で振り払おうとする。

「クリストフェル、大丈夫なのだな?」

「当然です、旦那様」

相変わらず感情を見せないクリストフェルは、伯爵の問いに恭《うやうや》しく一礼して答えた。

◆◆◆◆

「あー、気持ちよかったー」

離宮の廊下を歩きながら、湯上がりのアンネゲルトは思わずそう漏《も》らす。夕食後、時間をかけてゆっくりと入浴を楽しんでいたのだ。今日も心ゆくまで日頃の疲れを癒《い》やしたアンネゲルトだった。

ここには改造の際に彼女がぜひにと作らせた、温泉を引き入れた大浴場がある。しかも室内と露天の二箇所で、今日は内海が見渡せる露天の方を楽しんできた。

暮れゆく空を眺めつつ入る温泉はまた格別で、緩い波をきらめかせる海と併《あわ》せて何とも言えず美しい風景だった。

もちろん、各部屋の浴室にも温泉を引き入れているが、大きな湯船でゆったり浸《つ》かりたいという欲求は捨てがたい。結果として、作らせて大正解だった。

気分を出す為か、現在アンネゲルトが着ているのは浴衣《ゆかた》である。日本から持ち込んだ荷物の中に入っていたものだ。日本に比べれば気温は大分低いが、今は夏なので季節としては間違っていない。

その格好のまま、アンネゲルトは遊戯室に向かっていた。これから自分とニクラウス、エンゲルブレクト、ティルラの四人でゲームをする約束になっている。

「今日こそは、勝つわよ！」

拳《こぶし》を握りしめて気合を入れるアンネゲルトだが、彼等に勝てた事は一度もなかった。

離宮の西翼にある遊戯室の扉を開けると、意外な人物の顔もあった。ルードヴィグとダグニーである。

「まあ、二人もいらしてたの？」

「何やら面白そうな事をすると聞いたのでな」

「お邪魔しております、妃殿下」

誰が伝えたかは知らないが、人数が増えても問題のないゲームだ。ええ、と返事をしながら、アンネゲルトは部屋の中へ入っていく。

この場にエドガーとマルガレータがいれば、東域外遊のメインメンバーが勢揃いするものの、エドガーは実家に、マルガレータは叔母《おば》であるアレリード侯爵夫人のもとへ行っている。

アンネゲルトの浴衣《ゆかた》姿をじろじろと不躾《ぶしつけ》に眺めるのは、ルードヴィグだ。

「……何か？」

「見た事がないが……今着ているのは、帝国の服なのか？」

「これですか？　違いますよ。母の国の衣装です」

もっとも、帝国にも浴衣《ゆかた》は広まっている。なんと皇宮でも夏場のプライベートは浴衣《ゆかた》で過ごしているのだ。幼い頃はそういうものだと思っていたが、今考えるとかなりおかしい。

――伯母《おば》様なんて、私よりも着付けがうまいもんね……

着物や浴衣《ゆかた》の着付けも、母が持ち込んだのだろう。今では、着付けが出来なければ帝国貴婦人にあらずという風潮なのだから驚きだ。

そんなアンネゲルトは、日本で母に着付け教室へ放り込まれた過去を持つ。おかげでこうして浴衣《ゆかた》や着物を自分で着られるから感謝してはいるが、こちらの意思を丸きり無視した事に対しては今も根に持っていた。

ニクラウスはルードヴィグとは違う理由で、眉をひそめている。

「姉上、こちらでも浴衣《ゆかた》を広めるつもりですか？」

「それはないわよ。着るのは離宮かイゾルデ館だけにするし」

さすがに浴衣《ゆかた》を着て社交行事に出るつもりはない。帝国でも、それはマナー違反とされている。

この場でただ一人、アンネゲルトの浴衣《ゆかた》姿を褒《ほ》める存在があった。

「よくお似合いです」

エンゲルブレクトである。アンネゲルトは嬉しそうに頬を染め、そのまま彼の隣の席に腰を下ろす。大きめのテーブルの上には、既にゲームの準備が整っていた。

彼等がこれからプレイするのは、ルーレットを回して人生の筋道を決めていくというコンセプトのボードゲームだ。実は、東域への長い航海の最中に数人で遊び始めたのが切っ掛けで、今、離宮関係者の中で一大ブームが巻き起こっていた。

このゲームの何がそんなに人々を引きつけるのかはわからないが、アンネゲルト達はもちろんの事、小間使いや船員、果ては護衛隊隊員にまでブームは及んでいる。

そのブームを知らないルードヴィグとダグニーは、物珍しそうに盤を覗き込んでいた。

「これは、どういったものなのだ？」

「この盤上のルーレットを回して、出た数だけコマを進めるんです。そして止まった枠に書かれている内容によって、ゲーム上のお金が手に入ったり、家族が増えたり職が変わったりするんですよ」

ルードヴィグの質問に答えたのは、アンネゲルトだ。ティルラはせっせとコマとお金の用意を始めている。彼女がいる限り、他の誰も銀行役はさせてもらえない。

アンネゲルトの説明だけでは不十分なのか、ルードヴィグは何が面白いのかわからないとばかりに首を傾げている。百聞は一見にしかず、だ。

「やってみれば、面白いかどうかわかると思いますよ。さあ、どの色のコマにしますか？」

そう言って差し出された、車の形をしたコマを見て、ルードヴィグは白を選んだ。アンネゲルトがピンク、ニクラウスが青、ダグニーが赤、エンゲルブレクトが黒、ティルラはオレンジを選択している。

こうして即席ゲーム大会は始まりを告げた。

◆◆◆◆

彼等が遊びに興じている頃、離宮の中央制御室では島に近づく船影を捉えていた。カールシュテイン島の周囲は、荒れ果てていたとはいえ王家の離宮がある事から禁漁区に指定されている。その為、漁船が近づくはずはない。レーダーで察知している船影は、全て招かれざる客だ。

「ふむ……確か、こういった場合の迎撃方法があったな」

のんびり構えているのは、護衛船団のエーレ団長だ。彼は船から下りて、離宮の警備責任者の任に就《つ》いている。以前はティルラがその任に就《つ》いていたが、護衛船団が帝国に帰る素振りすら見せなかったので、遊んでいるくらいなら代わってくれと迫力のある笑顔で頼まれたのだ。

エーレ団長としても、常に船に乗っているより、たまには陸で体を伸ばしたいし、退屈するのもうんざりだった。双方の利害が一致した結果、この配置が決まったのである。

さて、島に上陸する前に迎撃してしまうかとエーレ団長が指示を下そうとした、まさにその時、中央制御室のスピーカーから大音量の声が響いた。

『島に侵入しようとしている者達がいますね!?』

「リリー……音量を考えろ」

離宮の地下に設《しつら》えた研究室にいる、リリーからの通話だ。おそらく、研究室でも中央制御室の情報を得られるようにしてあるのだろう。

『将軍、彼等を使って離宮の防衛システムのテストをする事を進言します』

「テストなら既にやっているだろうが」

護衛艦の兵士達を使った大規模テストは、離宮完成前に行っているし、アンネゲルトが東域に行っている間にも何度かテストを行って、その結果は離宮のサーバーにアップ済みだ。

『いいえ！　今回は離宮内部のシステムのテストをしたいんです！』

いつか言い出すとは思っていたが、ここで言ってくるとは。リリーには見えていないのをわかっていながらも、エーレ団長は苦いものを呑み込んだような表情になる。

「……それには姫の許可がいるぞ」

『では、今からアンネゲルト様に許可をもらいに行きます！』

「待て待て待て！」

本当に今すぐにでも突撃しそうな勢いのリリーを、エーレ団長は慌てて止めた。普段ならアンネゲルトはもう寝ている時間である。

「先にティルラに確認してからだ」

エーレ団長は自分の携帯端末を取り出して、ティルラに繋げた。

◆◆◆◆

「おめでとうございます。男の子の誕生ですね」

にっこりと微笑むアンネゲルトに対して、言われたルードヴィグは顔色が悪い。

「ま、またか……？」

「そうですよ。はい、この青いピンをコマに刺してくださいね」

満面の笑みを浮かべるアンネゲルトから手渡されたピンを、ルードヴィグは首を傾げながら車型のコマに刺していく。既に車には多くのピンが刺さっていて、手の中にあるピンを刺すと満杯状態になった。

「もう刺すところがなくなったんだが……」

「次に子供が出来た時は、コマをもう一つ出しますからご心配なく。殿下、子だくさんで良かったですね」

しかもピンは全て青だ。すなわち男子ばかりが誕生したという事になる。現実ならば大変喜ばしいのだろうが、これは所詮ゲームだ。

複雑そうなルードヴィグを眺め、アンネゲルトは少しばかり同情する。それでも、外遊から帰る際に彼から提案された世継ぎ云々の話は受け入れないが。

——もうね、私との婚姻を無効にして、とっと新しいお妃をもらった方がいいと思うのよね。

もっとも、その時に彼の立場がどうなっているかは知らない。さすがにそこまで配慮する必要は感じていなかった。

自分の番がきてルーレットを回したアンネゲルトは、明るい声を上げる。

「あ！　いいマスに止まったわ」

約束手形を持っていれば大儲《おおもう》け出来るマスだ。ちょうど所持していたので当然、手形とお金を交換する。ほくほく顔のアンネゲルトの斜め前には、彼女を恨みがましい目で睨《にら》むルードヴィグがいた。彼は破産寸前なのである。これも全て、ルーレットの思《おぼ》し召《め》しだ。

ゲームが中盤に差し掛かった頃、ティルラの携帯端末が着信を告げる。彼女は断りを入れて部屋の隅に移動した。

通話はすぐに終わったらしく、席に戻ってきた彼女が、いい笑顔でとんでもない事を口にする。

「島に侵入しようとする者達がいるそうです。リリーの提案で、離宮の仕掛けを試したいというのですが、許可をいただけますか？」

聞かれたアンネゲルトは、一瞬、何を言われたのかと混乱した。

「えーと……襲撃者が来たの？　また？」

「ええ、上陸前に仕留める事も出来たそうですが、どうせなら彼等を使って離宮に仕掛けたあれこれが正常に作動するかどうか、確認したいそうです。リリーが」

確かに、いざという時に仕掛けが作動しないのは困るから、動作確認は必要だろう。襲撃者が来ているというのなら、今がその「いざという時」なのではなかろうか。

アンネゲルトが迷った時間は、ほんの少しだった。

「いいわ。許可します。二度と襲撃しようなんて思わないようにしてやればいいのよ」

外遊から帰ったばかりだというのにまたもや襲撃されているという事実に、腹立たしさしかない。どうせなら、離宮を襲撃した事を心底後悔させてやろう。

ティルラに許可を出してすぐ、アンネゲルトはある事に思い至った。

「テストするのはいいけど、使用人達の避難は終わっているの？」

離宮では多くの人が働いている。今は帝国出身の船の従業員がほとんどとはいえ、いずれはスイーオネース国内の人員を雇い入れる計画だ。

離宮が襲撃されているのなら、彼等の安全も確保しなくてはならない。アンネゲルトの問いに、ティルラはすぐに携帯端末で調べて報告してくれた。

「フィリップの誘導で地下道への避難が始まったそうです。我々が東域に行っている間にも、残した護衛艦兵士達と共に避難訓練を行っていたとの事ですから、問題ないでしょう」

「ならいいわ。リリーに、構わないから全力でやっちゃってって伝えて」

「わかりました。エーレ団長、リリーはそこにいますね？　アンナ様からのご命令です。存分にやりなさい。こちらは皆様に、一足先に避難していただきます」

通話を切ると、ティルラは室内の人々に向き直る。

「お聞きの通り、緊急事態です。これより皆様には、速やかに船まで避難していただきます」

どうにも、先程の通信といい今のティルラの様子といい、襲撃を受けている事への緊迫感は微塵《みじん》もない。今いる遊戯室は二階の海側に位置しており、ここまで襲撃の騒動が伝わってこないのも関係していそうだ。通話の内容を聞いていても、本当に襲撃されている最中なのか疑いたくなる程だった。

だからか、半信半疑の様子でルードヴィグがティルラに質問する。

「船に避難すると言っても、襲撃されているのなら建物の外には賊がいるのだろう？

どうやって船まで行くのだ？」

「問題ありません。安全に船まで避難出来る方法がありますから」

ティルラのその言葉に、アンネゲルトの脳裏にある仕掛けが浮かんだ。まだ離宮の計画を練っていた最中に、イェシカに提案した諸々の一つだ。ほんのお遊びのつもりで提案したのだが、イェシカの努力と、リリーとフィリップの研究のおかげで実現可能となった仕掛けである。

――でもあれって、王太子は苦手なんじゃ……

東域への外遊の際、似たような船内のアクティビティで、彼は失神寸前になったのだ。だが、万全を期すには、離宮より防備が堅い船の方が、より安全と言える。ならばここは一つ、ルードヴィグには悲鳴を上げてもらおうではないか。

しかし、その為にはやらなくてはならない事がある。

「ティルラ、私達は着替えなくちゃね。ニコ、男性陣はあんたが誘導して」

そう言うと、アンネゲルトはダグニーの手を引いて遊戯室を飛び出した。背後からルードヴィグやエンゲルブレクトの声が聞こえるが、今は一刻を争う。

訳もわからず手を引かれて走るダグニーは、荒い息の中で聞いてきた。

「ひ、妃殿下！　一体どちらへ行かれるのですか？」

「私の部屋よ。ドレスだと覗かれる危険性があるから、パンツに着替えましょうね」

アンネゲルトのその言葉に、ダグニーは何やら察したらしい。引っ張られるばかりだった状態から自分の意思でアンネゲルトの後ろを走り出した。そんな彼女へにやりと笑うと、アンネゲルトも走る速度を上げる。確認していないものの、一番後ろにはティルラがいるはずだ。彼女が遅れるなどあり得ない。

そのまま三階にあるアンネゲルトの私室に入った三人は、扉の前にティルラが陣取り、ダグニーは部屋の中程で息を整える。アンネゲルトはクローゼットの扉を開け、Tシャツとジーンズを取り出した。

「適当で悪いけど、これに着替えて。ティルラ、あなたも自分の部屋に戻る余裕はないでしょ？　これでいい？　靴はこっちね」

「ありがとうございます。お借りします。御前失礼」

ティルラに着替えの一式を渡すと、彼女はその場でドレスを脱ぎ捨て、受け取ったTシャツとジーンズに着替えた。足下は渡されたスニーカーだ。アンネゲルトとティルラは、服のサイズも靴のサイズもほぼ同じなので、こういった貸し借りが可能なのである。

「こっちはダグニーね。あの衝立《ついたて》の陰で着替えて」

そう言ってアンネゲルトが渡した一式を手に、ダグニーは無言で頷いて衝立《ついたて》の向こうに行った。まさか、船でジップラインを楽しんだ経験がここで生きるとは、アンネゲルトもそうだがダグニーも思わなかっただろう。あの時も、今と同様にTシャツとジーンズ、スニーカーを貸して楽しんだのだ。

ティルラが着替えたのを確認して、アンネゲルトもさっさと着替える。

三人が着替え終わる頃、ティルラの携帯端末が着信を知らせた。画面を見たティルラは、通話をスピーカー状態にしてアンネゲルトにも聞こえるようにする。

「こちらティルラ。全員着替え終わりました」

『こちらは三人とも上まで来たよ』

通話の相手はニクラウスである。誘導を頼んでおいたが、無事ルードヴィグもエンゲルブレクトも出発地点に到着したらしい。

二　ギミック

　離宮は中央から左右に向かって対称的な形をした建物である。左右の棟はそれぞれ東翼と西翼と呼ばれ、どちらの翼にも塔が一つずつ備わっていた。

　アンネゲルト達が避難経路として使おうとしているのは、西翼の塔である。

「お待たせしました」

　アンネゲルトがダグニー、ティルラと共に塔に到着すると、既にルードヴィグ、エンゲルブレクト、ニクラウスがその場にいた。

　アンネゲルト達の服装を見て、ルードヴィグが眉根を寄せる。

「その格好は……」

「気に入らないのは承知していますが、今は安全が最優先です」

　アンネゲルトの言葉に、渋々ながらも頷いたルードヴィグは、塔から見下ろせる範囲に目を向けている。

　この高さからだと判別が難しいが、庭園に点々と転がっているのは人だろう。おそらく、仕掛けられた迎撃システムによって仕留められた侵入者だ。

――見ない見ない……今は避難が先！

下手に見てしまうとトラウマになりそうだったので、アンネゲルトはあえて視線を向けないでいる。

「それで、ここからどうやって船まで行くというのか……」

ルードヴィグの声が尻すぼみになっているのは、彼もある程度は予想したからだろう。アンネゲルト達がいる塔の上から船まで、軽く見積もっても百メートル以上はある。空中を移動しなければ、船まで避難する事は出来ない。

まさしく、その空中移動をこれからやるのだ。

「殿下も予想なさっている事と思いますが、ここから船までジップラインで移動します」

「やはりか!!　だが、紐も何もないではないか！」

東域外遊の航海中、船にあったアクティビティの中にジップラインがあった。七階建てのビルの高さに張られたワイヤーを使って滑空《かっくう》するという仕組みで、ダグニーが好んで遊んでいたものである。

一方、ルードヴィグはパンツスタイルをはしたないだ何だと文句をつけて、一度しか体験しなかった。おそらく、彼は高いところが得意ではないのだろう。今も心なしか顔色が悪い。

だが、ここから船へ安全に行くには、我慢してもらう他ないのだ。

「紐……というか、ワイヤーは必要ありませんよ。ほら」

アンネゲルトがそう言うと、塔の先端から船まで光のラインが現れた。魔力を使った疑似ワイヤーである。

ルードヴィグはもちろんの事、エンゲルブレクトも呆然とした様子で疑似ワイヤーを眺めていたが、彼の方が、復帰が早かった。

「この光の線を辿ればいいんですね？」

エンゲルブレクトの言葉に、アンネゲルトは小首を傾げる。

「辿るというか、滑ると言った方がいいのかしら……ティルラ」

「はい」

既に用意していたのか、ティルラは手に滑空《かっくう》用のプロテクターを持っていた。これ自体に術式が書き込まれていて、万が一落下しても怪我をしないように工夫されている。

「殿下、これを装着してください」

「え？　え？　な、何なのだ？」

おろおろしながらも、ティルラに促《うなが》されるままルードヴィグはプロテクターを装着した。体全体を支えるように作られているので、かなりしっかり体に装着する必要がある。

「はい、ではこの金具をここにかけまして、では、どうぞ！」

何が何やらわからない状態で、ルードヴィグは塔の上から船に向かって押し出された。彼の悲鳴が長く響く中、あっという間に船まで到着したのがここからでも確認出来る。

「と、このように短い時間で船まで到達する事が可能です。では、次はどなたがなさいますか？」

にこやかなティルラに、ダグニーがおずおずと手を上げた。彼女の顔には恐れや不安は全くなく、期待に目をきらきらとさせている。

ティルラはダグニーにプロテクターを装着させると、疑似ワイヤーに金具を装着した。ルードヴィグの時とは違い、ダグニーは自《みずか》ら塔の手すりを蹴って船へと滑空《かっくう》していく。

「……よっぽどジップラインが気に入ってたのね」

「船でも、何度もやってらっしゃいましたしね」

アンネゲルトの呟きに、ティルラが答えた。そういえば、ダグニーはあらゆるアクティビティを精力的にこなし、中でもジップラインを大層気に入っていたのを思い出す。それもあってか、彼女は船内で開いていたドレスメーカーのメリザンドの店で、既製品のパンツを大量購入していた。

「さあ、皆様も避難なさってください」

「次は僕がいくよ」

ティルラの言葉に名乗りを上げたのはニクラウスである。彼は自分でてきぱきとプロテクターを装着し、金具を疑似ワイヤーにかけると、あっという間に滑空《かっくう》していく。残されたのは、アンネゲルトとエンゲルブレクト、ティルラの三人だけだった。

「お二人とも、先に避難なさってくださいね」

最後に残るのは自分だと言わんばかりのティルラに、アンネゲルトはエンゲルブレクトと顔を見合わせて苦笑する。確かに、この場ではそうする以外にない。

「では、アンナが先に」

「……わかったわ」

本当はエンゲルブレクトに先に行ってほしいけれど、立場的にも残るとは言えなかった。危険はないとわかっていても、やはり大事な人には安全な場所にいてほしいものだ。それはエンゲルブレクトも同じなのだと理解しているからこそ、反論せずにおとなしくプロテクターをつける。

改めて見ると、船のジップラインよりずっと長い距離だ。

「その分、楽しめそう」

そう独り言を呟き、アンネゲルトはこの時間にしては明るい夜空を滑空《かっくう》していった。

空中から見る景色は、船や離宮から見るのとはまた角度が変わっていて面白い。滑空《かっくう》の際に、離宮の建物に押し入ろうとしている人影が見えた。あれが襲撃者達なのか。

彼等の目的は離宮のみのようで、島の西端にあるクアハウスには目もくれない。あそこも貴婦人がメインターゲットになっている為、防衛に力を入れている。特に電力系の攻撃が多く仕込まれているので、向こうを襲撃する者がいた場合、確実に感電死が待っているだろう。

——防衛機能に関しては、リリーが全力を注いだって話だもんね……

さすがに何度も命を狙われている立場としては、襲撃者を確実に生け捕りにするようにとは言えなかった。甘い考えでいれば、危険は自分だけでなく周囲にいる人間にも及ぶ。それは狩猟館焼失事件と、イゾルデ館襲撃事件で学んだ。

島を眺めながらあれこれ考えていると、あっという間に船に到着した。船側の受け入れ場所の近くには、腰を抜かしたのかへたり込むルードヴィグと、彼を側で介抱しているダグニーの姿がある。やはり彼にはこの距離の滑空《かっくう》はきつかったようだ。

「王太子には無理をさせたわね……離宮に連れてこない方が良かったかな？」

「仕方ないよ。彼がいる時に襲撃があるなんて、誰も思わなかったんだから」

日本語で呟いたアンネゲルトに、ニクラウスも同じく日本語で答えた。確かに弟の言葉は正しいが、それでも命を狙われている事はわかっていたのだから、安易にルードヴィグを離宮に連れてくるべきではなかったのかもしれない。

と言っても、本人が望んだ結果なのだが。溜息を吐くアンネゲルトの耳に、次の避難者が来たという報告が届いた。

顔を上げた先にいるのは、先程別れたばかりのエンゲルブレクトだ。その後ろに、ティルラが滑空《かっくう》し終えた姿が見える。二人とも、アンネゲルトと間《ま》を置かずに離宮を脱出したらしい。

まだへたり込んでいるルードヴィグを抱えて、アンネゲルト達は船の内部に入った。

「シアターの方で襲撃者達の様子が見られるようですが、ご覧になりますか？」

ティルラに問われて、アンネゲルトは思わず確認する。

「……グロはない？」

シアターの大画面で人の体があれこれされる場面はさすがに見たくないが、侵入してきた襲撃者達がどうやってトラップに引っかかるかには興味があった。バラエティのドッキリをテレビで見る感覚と同じだろう。

アンネゲルトの確認に、ティルラは呆れた様子で答える。

「そんな危険な仕掛けを提案なさったんですか？」

「私の指示通りなら、そこまでではないはずなんだけど……」

「なら問題ないと思いますよ」

にこやかにそう言われ、安心半分、不安半分でシアターへ行く事を決めた。


船内のシアターには、意外にも多くの人が詰めかけていた。

「……何これ」

「船の従業員や護衛艦の兵士、工兵もいますね」

誰も皆、楽しみにしている様《さま》が窺《うかが》える。襲撃を受けている事への焦燥《しょうそう》は、全く感じられなかった。それどころか、まるで映画の上映を前に、期待に胸を膨らませている観客のようである。

「……本当に襲撃されているのかしらね？」

「それは確実なんですけど」

思わず呟いたアンネゲルトに答えるティルラも、苦笑を滲《にじ》ませていた。

「そういえば、離宮の使用人達はどこに避難しているの？」

「彼等は地下道を通ってクアハウスの方へ行っていますよ。侵入者の目的が離宮だけの様子ですから、それ以外の建物なら安全だろうという事です」

クアハウスにしろ温室にしろ森の離れにしろ、建物を完全に閉めてしまえば襲撃者の侵入は不可能だという。離宮から全員避難させたのは、その方が都合がいいからだ。賊を離宮の内部に侵入させて、各所に仕掛けたトラップが計算通りに作動するかを見る。その為だけに、わざわざ手間をかけて無人にしたのだ。

つまり、今回の襲撃は願ってもない実地試験という事である。その試験の光景を、こうして大勢で見ようという訳だ。

呆れ顔のアンネゲルトに、ティルラはさらに呆れるべき情報をもたらした。

「こちらの映像は、クアハウスの特設会場でも見られるように、フィリップが調整したそうです」

二会場同時上映という事か。ますます何かのイベントのように感じたアンネゲルトは、思わず頭を抱えてしまった。

そうこうしているうちに、スクリーンに映像が映し出される。大きな画面一杯に見えるのはヘッドセットをつけたリリーだ。

『あー、テステス。会場の皆様、聞こえますかー？』

どうやらマイクテストを行っているらしい。彼女は今も中央制御室にいるのか、背後

には機材と担当者、それにエーレ団長の姿もあった。

「これ、聞こえているかどうかって向こうにわかるの？」

「映像は会場にある監視カメラの映像を使うそうですよ。マイクは……ああ、これね」

アンネゲルトの問いに答えるティルラに、小間使いの一人が無言でマイクを差し出してくる。これを使えばリリーに届くのだろう。

これらの仕掛けはクアハウスの方にも用意してあり、三箇所での双方向通信も可能なのだとか。

いつの間にそんな仕掛けを作ったんだと思いつつも、あちらに通じるなら話は早いとばかりに、アンネゲルトはマイクに話しかける。

「リリー、ちゃんと映像も音も聞こえてるわよー」

その音声は、シアター内にもスピーカーを通じて流れた。何故かシアター内から拍手が起こる。

『船の方は問題ないですね。クアハウスの方はどうですか？』

『こちらも問題なしだ』

クアハウスでマイクを持っているのはフィリップのようだ。彼はどこでもいいように使われる存在らしい。

『では、準備が整いましたので、そろそろ被験者達を建物内に誘い込みます。何か質問がある場合はマイクを使ってください。出来る限りお答えいたします』

とうとうリリーの口から、侵入者達が被験者であるという宣言が出されてしまった。これでいいのかとも思うが、王族の離宮に無断で侵入する者に同情は無用だ。まず間違いなく、彼等の目的はアンネゲルトの命なのだから。

——そう考えれば、犯罪者をおちょくって楽しむくらい、許されるわよね？

何も攻撃する訳ではなく、ちょっと怖い思いをしてもらう程度なのだから問題ない。そう開き直ると、あれこれ提案した仕掛けが実際にどう動くのか、興味が湧いてくる。

「ちょっと楽しみになってきたわ」

「アンナ……彼等はあなたの命を狙っている可能性があるんですよ？」

手にしたマイクをオフにしてから呟いたアンネゲルトに、彼女の隣に座るエンゲルブレクトが少し呆れたような声をかけた。いつもならここで小言を言うニクラウスは、やや離れた席にルードヴィグ達と座っている。

「そんな相手だからこそ、楽しめるんじゃないの。これが親しい人だったりしたら、相手に悪くて笑えやしないわ」

声を落として反論するアンネゲルトに、エンゲルブレクトは苦笑して肩をすくめた。

こちらの言い分を理解してくれたのか、それとも、これ以上言っても無駄と判断したのか。

心配になって、アンネゲルトは小声で聞いてみた。

「……怒った？」

「どうして？　少々不謹慎な気がしていたんですが、先程のあなたの言葉で吹っ切れました。私も楽しむとしましょう」

そう言って微笑むエンゲルブレクトに、アンネゲルトも満面の笑みを返す。これで心置きなく楽しめそうだ。

スクリーンには、離宮の外周の様子が映っていた。これから侵入しようとしている賊の姿が、音声と共に確認出来る。

漏《も》れ聞こえてくる音声からして、侵入に手間取っている様子だ。扉を破ろうと苦心する者、窓の鎧戸《よろいど》を壊そうと挑戦する者と様々だが、そのどれも成功していない。それはそうだろう、見かけ通りの建材は使っておらず、簡単に破壊出来ない仕様になっているのだから。

『これは現在の映像です。こちらの許可なく建物内に侵入は出来ません。この時点で迎撃する方法もありますが、今回は使用せずにこのまま許可を出して彼等を誘い込みます』

今回の見世物の解説は、リリーが担当してくれるらしい。

『今スイッチを切り替えました。これで連中が建物内に入ってきます』

それまで何をやっても傷一つつけられなかった扉や窓がいきなり開いた事に、侵入者達は驚きを隠せないようだ。その様《さま》すらおかしいらしく、会場内に笑いのさざ波が起こっている。

警戒しながら内部に入り込む侵入者達が映されている間に、リリーの解説が会場内に響く。

『概算ですが、侵入者のうち三分の二は既に無力化しています。船へ引き上げようとした連中も、全て護衛艦兵士と工兵達の尽力で捕縛《ほばく》済みです。今回は侵入してきた人数が多かったので、少し間引いて調整を行いました』

侵入者のうち、三分の一が離宮に辿り着いたのは、被験者がゼロになるのを防ぐ為だったそうだ。

「それは、その気になれば離宮に入る前に全員を捕縛《ほばく》出来るという事なの？」

マイクを使ったアンネゲルトの問いに、リリーが答える。

『はい、そうです。今回、庭園の防衛システムのテストも同時に行っていまして、人数が今回の倍になっても対応出来るという結果を得られました』

「わかったわ。ありがとう」

画面に映っている人数から逆算するに、今回の侵入者の人数は百をくだらなさそうだ。それ以上の人数でも庭園のシステムだけで無力化出来るというのだから、大したものである。

隣のエンゲルブレクトから唸《うな》るような声が聞こえた。彼はアンネゲルトの護衛隊を指揮している立場として今回の騒動を見ているのだろうが、人に頼らない防衛システムでそれだけの人数を防げるという辺りに、思うところがあるらしい。

スクリーンには、離宮内部を警戒しつつ移動する侵入者達の様子が映っている。背景から推測するに、彼等はまだ一階をうろついているようだ。

その映像に被せ、リリーの解説が入る。

『一階に仕掛けられているのはスピーカーが主です。泥棒程度でしたら大きな音で逃げ出すでしょうが、彼等に通用するとも思えませんので、今回は使用を見送ります』

スピーカーという一言に、アンネゲルトは閃《ひらめ》いた。リリーの事だから、スピーカー本体は、ぱっと見ではわからないように仕掛けているはずだ。

こちらの世界では、音が出るものといえば楽器くらいしかないのだから、壁や天井からいきなり音が聞こえてきたら、十分恐怖の対象になるだろう。

アンネゲルトは手元のマイクのスイッチを入れた。

「リリー、スピーカーから流せる音って、任意に選べるの？」

『はい、具体的には船内サーバーにある音声ファイルでしたら、どれでも流せます』

リリーからの予想通りの返答に、アンネゲルトはにやりと笑う。ならば、一つ面白い実験が出来るのではないか。

「じゃあ、サーバーにある曲を流してほしいのだけど」

そう言ってアンネゲルトが指定した曲は、ホラー映画のテーマ音楽だった。恐怖を煽《あお》る為に作られた曲を侵入者達が聞いた時に、どんな反応を示すのか。

ファイルはすぐに見つかったのか、シアターのスピーカーから曲が流れてきた。当然、離宮でも流れているそれに、侵入者達が驚いた様子を見せている。いや、驚いたというよりは、恐慌状態になったというべきか。

『うわあああ！！　助けてくれええ！　俺は呪われたくないんだあ！』

『おい！　落ち着け！　これも帝国の魔導を使った罠だ！』

『どんな罠だって言うんだよ！　これは呪いだ！　俺達も呪われたんだ!!』

一部失礼な言葉が含まれているが、概《おおむ》ねこちらの意図した通りの結果である。音が漏《も》れて聞こえているのか、他の区画の侵入者達にも動揺が見られた。

シアター内では、これも結構受けている。他人が怖がる様《さま》を見るのは楽しいものなのだ。しかも仕込みは一切なしで、本気で恐慌状態に陥《おちい》っているのだから余計である。

スクリーンの向こうでは、恐慌状態に陥《おちい》った連中を、まだ落ち着いている者達が何度か殴りつける事で正気を取り戻させた。

『よく聞いてみろ！　ただの音楽ではないか。あれが亡霊の泣き声にでも聞こえるのか！』

『あ、ああ……』

『しっかりしろ！　こんなところで怯《おび》えていては、相手の思うつぼだぞ』

「確かにそうだけどね」

侵入者の言葉に、アンネゲルトは思わず答える。音楽程度では、侵入者達を撃退出来なかったようだ。少し残念な気もするが、離宮の仕掛けはまだまだこんなものではない。

「今度はどんな仕掛けが発動するのかなあ」

完全に楽しんでいるアンネゲルトだった。

『あ！　次の被験者が引っかかったようです！』

切り替わった画面には、テンションの高いリリーが大映しになっている。今度は図書室との事だった。

高価な本が並ぶ図書室に、リリーが仕掛けを施《ほどこ》すとは。しかも大半が彼女にとって大変貴重な魔導書なのだから、アンネゲルトが不思議に感じたのも当然だ。

同じ事を考えたのだろうフィリップから「図書室の魔導書がどうなってもいいのか!?」という悲鳴じみた声が上がったが、リリーの返答は至って冷静だった。

『問題ありませんよ。ちゃんと状態保存の術式をかけてあります』

リリーの説明によると、棚を丸ごと覆《おお》う透明の壁があると思えばいいらしい。

『侵入者ごときの武器では、傷一つつける事は出来ません!』

自信満々に言う彼女に、アンネゲルトもフィリップもそれ以上の追及は出来なかった。

そうこうしている間にも、図書室に入り込んだ侵入者達は室内に飾ってあるしゃべる絵画や、睨《にら》みつけてくる石膏像《せっこうぞう》などに驚き、慌てふためいて走り去っている。

何故、図書室に石膏像《せっこうぞう》が置かれているのかは、突っ込んではいけないだろうか。ああいったものが置いてあるのは、美術室と相場が決まっているはずなのだが。

——それだと、学校の怪談になるか……でも、当初のコンセプトとしては間違っていないのよ……ね?

何となく釈然としないものを覚えたものの、自分が出したコンセプト通りなのだから、文句の言いようもない。

彼等を見ている会場内は大受けである。いつの間にか飲み物や軽食を売り歩く者が出没し、皆、夜食とばかりに飲み食いしながらの鑑賞だ。

アンネゲルトもジュースとポップコーンを手にしている。シアターと言えば定番の品揃えだ。

最初は遠慮していたエンゲルブレクトも、すぐに会場内の雰囲気に染まって、軽い酒とつまみを手元に置いている。ルードヴィグなど、最初から遠慮もなく酒と軽食を注文していた。もしかしたら自棄《やけ》を起こしているのかもしれない。

スクリーンには、図書室から逃げ出した侵入者達が大きく開いた床に呑み込まれていく様子が映し出されていた。恐怖で正常な判断力を奪った後に、一網打尽《いちもうだじん》にするシステムである。

その後も襲いかかってくる中身のない甲冑《かっちゅう》や、走れど走れど抜け出せない廊下など、実際に体験したならば絶叫間違いなしの仕掛けが稼働していく。

中でも、白いドレスを着た人影を追いかけている侵入者達の映像は見応えがあった。追いつけそうで追いつけない距離で走るドレス姿の人影を追い、侵入者達は死角になっているにもかかわらず廊下の曲がり角を全速力で曲がる。その先で、床に大きく開いた穴に次々と落ちていった。

最後尾にいた一人だけが落ちずに踏みとどまったが、穴の上で振り返った人影が笑い、綺麗な声で彼に囁く。

『落ちれば良かったのに』

その一言を聞いた瞬間、残った彼は絶叫を上げて逃げ出す。だが、彼の足元にもまた穴が開いて、すぐに落ちていった。まるでホラー映画の一幕である。

『ちなみに、あの穴の先は用意していた牢屋に繋がっております。図解すると、こんな感じですよ』

いきなりスクリーンがリリーの映像に切り替わり、彼女の手にある手書きの図にカメラがズームアップしていく。穴に落ちた人間らしきアイコンが、いくつかの経路を経《へ》て地下の牢屋に放り込まれる様子が描き出されている。

先程の人影の映像で静まり返ったシアター内が、どっと沸いた。システムの容赦なさに笑ったのか、はたまたリリーの手書きの図に笑ったのかは定かではないが。

ちなみに人影と穴の仕掛けは、アンネゲルトがずっと前にプレイしたゲームから拝借したのだ。ホラーゲームとは知らずに始めてしまって後悔したけれど、一度始めたものは終わらせなくてはという意地だけでクリアした覚えがある。

当時を回想し、大変だったなあと感慨に耽《ふけ》っていると、隣に座るエンゲルブレクトにぽつりと言われた。

「あの白い影……見覚えがあるのですが」

「そうでしょうね。あれ、リリーに頼まれて私が白いドレスを着て走った映像なのよ」

「え？」

彼の方を向いて、にっこり笑うアンネゲルトに、エンゲルブレクトは驚きで二の句が継げない様子である。

さっきの言葉通り、アンネゲルトは人影の映像の為、離宮完成間近のある日、リリーに頼まれて白いドレスを着て離宮内を走り回ったのだ。

「何度も走らされて、終わった頃にはくたくたになったのよね……」

撮影時の辛さを思い出し、遠い目になりながらぼやく。リリーがなかなか納得せず、同じ箇所を何度も走らされれば、誰でもうんざりするだろう。それでも、こうして完成品を見ると、リリーのこだわりがどの辺りにあったのかがよくわかる。

「ドレスを持ち上げる角度とか、足を上げる高さとか、散々注文をつけられたけど、こういう理由だったのねえ」

しみじみと言うアンネゲルトに、エンゲルブレクトが首を傾げた。

「ですが、こちらを見た時の顔は違ったようですが」

「ああ、確か、顔だけは別人に変えてあるって聞いたわ」

さすがにアンネゲルトの顔であれをやる訳にはいかなかったのだ。下手をすると、今度は「王太子妃は実は悪霊だった」などという噂《うわさ》を流されかねない。

顔の部分だけは、帝国の女優に演じてもらったという。その辺りは、リリーの実家であるリリエンタール男爵家が色々と技術面でサポートしてくれたそうだ。

「帝国の女優なら、スイーオネースで知られていなくても不思議はないから」

「いつの間にそんな事をしていたんだよ……」

少し離れた席から、呆れ返ったニクラウスが日本語でぼやく声が聞こえてきた。ちゃっかりこちらの会話を聞いていたらしい。

「ちゃんと伯父《おじ》様の許可は得たらしいわよ？」

演じた女優を推薦《すいせん》したのは、皇后シャルロッテなのだ。無論、皇帝ライナーも全てを知っている。

アンネゲルトの言葉に、ニクラウスは眉根を寄せた。

「本当に？　まったく……」

まだ何やらぶつぶつと言っているが、突っ込むと小言に発展しかねないので放置しておく。スクリーンでは、既に次の仕掛けの映像が流れ始めていた。

実は、離宮内部には空間操作系の術式が多数使われていて、罠の為に見た目以上に広い部屋や長い廊下などが設《しつら》えられている。また、扉や階段などを隠す、幻影の壁も作られていた。

離宮中央にある大階段は、イェシカにより仕掛けの使用が認められなかった為、幻影の壁で覆《おお》って見えなくなる処理が施《ほどこ》されている。他にもアンネゲルトの私室や地下への階段、エレベーターなども全て隠されていた。

今侵入者達が引っかかっている仕掛けは実にシンプルで、侵入者達が半ばまで階段を駆け上ると段差が全てなくなり、スロープ状態になるというものだ。突然足下が不安定になった侵入者達は全員転んで、そのまま転げ落ちていった。当然、彼等の行く先には大穴が口を開けていて、侵入者達を丸呑みにしていく。

普通ならば悲鳴が上がりそうな映像なのだが、全ての仕掛けをリリーが明るく実況中継しているおかげか、シアター内は相変わらず笑いに包まれていた。

フィリップによる絶妙な突っ込みがまた笑いを誘うらしく、ついにはシアター内からリリー達のやり取りに合いの手が入る始末だ。

そんな中、スクリーンを眺めつつポップコーンをつまむアンネゲルトの隣から、エンゲルブレクトの疑問が飛んできた。

「それにしても、相手の恐怖心に訴えかける罠ばかりなんですが……もっと単純なもので良かったのではありませんか？」

彼の言い分はもっともである。同じような意見が離宮改造の会議の際にも出ていたけれど、アンネゲルトがホラーハウス仕立てを強く推《お》したのだ。

――そういえば、あの時もどうして恐怖にこだわるのかって聞かれたっけ。

アンネゲルトはうっすらと笑った。

「この離宮って、呪われているって噂《うわさ》が未だに残っているでしょう？　だったらそれを逆に利用しようと思って」

正規の手続きを踏んで島や離宮に来た者には何も起こらないが、勝手に踏み込んでくる不届き者達には恐ろしい呪いが待っている、というコンセプトで罠を考えたのだ。

もちろん、侵入しようとした者達から噂《うわさ》が広がる可能性があるものの、犯罪者達の言い分を信じる者など、彼等と同様の考えの持ち主に他ならない。つまり、アンネゲルトにとって不利な事は何もないのだ。

そう言い切ると、エンゲルブレクトは額《ひたい》を押さえて俯《うつむ》く。

「どうかした？」

「いえ……何でもありません」

何でもないという様子ではないが、本人がそう言うのだからこれ以上は突っ込めない。

アンネゲルトは「そう？」とだけ答えて、スクリーンに向き直った。

現在映し出されている仕掛けは、リリー曰《いわ》く「動物シリーズ」だそうだ。

「……蜘蛛《くも》って、動物だったかしら？」

「その前に、あんな大きさの蜘蛛《くも》をどうやって作ったんですか……」

アンネゲルトの素朴な疑問に、エンゲルブレクトが頭を抱えつつ返してきた。スクリーンの中では、三メートルはあるだろう巨大蜘蛛《くも》の巣に侵入者が引っかかっている。蜘蛛《くも》の糸が極細なので、巣があるとわからなかったらしい。

巣の上で極細の糸に絡め取られた侵入者達の絶望に染まった表情は、下手な映画よりもリアリティがある。当然だ、彼等は本当に死の恐怖を味わっているのだから。

もちろん、蜘蛛《くも》は本物ではない。魔導で作った疑似生命体であり、感覚的にはロボットに近いとの事だ。

『あれらには、登録されていない生命反応を捕縛《ほばく》するよう命令してあります。今回は攻撃命令をしていないので、離宮内で侵入者達が命を落とす事はありません』

「今回『は』？」

リリーの解説に気になる部分があったアンネゲルトは、ティルラに確認した。組み込んでいないから攻撃しないというのなら、出来ないのではなく、しないという意味になる。

ティルラからの返答は、肯定だった。

「命令を組み込めば攻撃をさせる事も可能です。そういった用途も想定して作製させていますから」

彼女達は、離宮を戦場にするつもりなのだろうか。

「……今更だけど、今回の侵入者達って、島に上陸する前に排除出来たんじゃないの？」

「そう申し上げたではありませんか。お忘れですか？」

そういえば、遊戯室でそんな事を聞いた記憶がある。今回は島全体、とりわけ離宮内部の防衛システムのテストの為に、あえて襲撃者を引き入れていた。

──この島って、どこに向かってるのかしら……

半分は自分で言い出した事だけれど、出来上がった結果を見ると少々先が怖い。

『あ！　動物シリーズのメインイベントです』

リリーの解説も、とうとうテストという体裁《ていさい》を取り繕《つくろ》わず、イベントと本音を口にするようになっている。

スクリーンには、逃げ惑う襲撃者に襲いかかるライオン、チーター、豹《ひょう》の姿があった。鋭い爪や牙を見せつけてはいるが、基本的に押さえ込むだけで攻撃はしていない。これも捕縛《ほばく》命令のみがなされている証拠だ。

では、攻撃命令が出ていた場合はどうなったのか。それを想像してしまったアンネゲルトは、その映像のグロテスクさに気分が悪くなった。やらない方がいいとわかっていても、こういう事はつい考えてしまうものだ。

そんなこんなでいきなりぐったりしたせいで、エンゲルブレクトに心配をかけてしまったのだけが悔《く》やまれる。

再び、リリーの解説がシアター内に響いた。

『この動物シリーズは、攻撃よりも捕縛《ほばく》を優先に考えて作りました。蜘蛛《くも》の糸には鎮静、催眠《さいみん》効果を、またライオンやチーターなどの爪、牙にも同様の術式が施《ほどこ》してあります』

どうやら、攻撃命令を出したところでこちらが想像したような状況にはならないらしい。安堵するべきか、先に言ってほしかったと抗議するべきか、しばし迷うアンネゲルトだった。

離宮の防衛システムの大規模テストは、深夜二時を回る頃にようやく終了した。動物シリーズの後も、一見何もない廊下に精神を混乱させる術式が施《ほどこ》されていたり、複数の子供が壁や天井を走り回る仕掛けがあったりした。

一番見物客に受けたのは、若い侍女風の女性が逃げ惑うのを追いかけていた襲撃者達の映像である。何を目的に追いかけていたかは一目瞭然《いちもくりょうぜん》だった。捕まった侍女が押し倒された途端、彼女の顔が溶け出す仕掛けで、これにはシアター内の女性陣から拍手喝采《はくしゅかっさい》が飛んだ。

「……まあ、彼等はならず者達ですから」

暗に、自分は違うと弁明するエンゲルブレクトの姿が、おかしいやら突っ込みたいやらで、アンネゲルトは笑うのを我慢するのが大変だった。

よく見れば、シアター内のそこかしこに、同じような弁解を口にしているらしき男性の姿がある。映像の中の襲撃者達が、それまでとは反対に顔が溶けた侍女に追いかけ回される姿を見て、女性陣からの「ざまあみろ」の大合唱を受けての事らしい。

「あの侍女風の女性はどういう仕組みなの？」

マイクを使ってリリーに質問してみると、恐ろしい答えが返ってきた。

『あれも疑似生命体です。本当は人間そっくりなものは作ってはいけないと言われていたのですが』

「まさか未許可⁉」

『はい。この結果を帝国に送って、有用性を証明しようと思います！』

これも、リリーの研究の一環なのだそうだ。帝国内で中止命令を受けてしまったので、研究を続けられる場所を探していたのだという。

『やはりアンネゲルト様についてこの国に来て良かったです！』

ハイテンションのリリーとはうらはらに、アンネゲルトは血の気が引く思いである。今更だが、リリーの常識外れぶりに寒気がした。

しかし、それは当初からわかっていた事ではあったのだ。彼女は最初から「研究のパトロンを得る事」と、「襲撃者の身柄を下げ渡す事」を条件に、この国へ来たのだから。

「……リリーって、怖い」

味方であっても、一歩間違えれば非常に危険な存在になりかねない。ようやくその事実を実感したアンネゲルトに、ティルラから苦笑交じりの言葉がかかった。

「ご安心ください。彼女も最近は、やっていい事と悪い事の区別がつくようになってきていますから」

「本当に？　だって、未許可のあれ、作ってるのよ？」

ティルラを信じない訳ではないが、実際に許可を得ずに疑似生命体で人間もどきを作ってしまっている。

アンネゲルトの怯《おび》えた様子に、ティルラは優しい声で続けた。

「未許可と言っても、ここはスイーオネースですし、まだあいったものを規制する法がありません。特区設立の際には法整備も併《あわ》せて進められるでしょうけれど、今のところは問題ありませんよ」

それは、今後問題が出てくるという事ではないのか。そう反論したかったが、アンネゲルトの気力が尽きてしまった。今夜は襲撃以外に、色々と精神的疲労に繋がる出来事が多かったせいか。

「何か……疲れた……」

「もうこんな時間ですから、そろそろお休みになった方がいいかと」

エンゲルブレクトの気遣わしげな言葉に、アンネゲルトはつい頷きそうになった。とはいえ、まだテストは続いていて、襲撃者は離宮に残っている。せめて全員捕縛《ほばく》の報を聞くまではここにいると言おうとした時、リリーの宣言がシアター内に響いた。

『たった今、全襲撃者を捕縛《ほばく》しました！　皆様、お疲れ様でした』

なんというタイミングだろう。ほっとしたアンネゲルトは、急激に襲いくる睡魔に抗《あらが》えず、まぶたを落としていた。

◆◆◆◆

眠るアンネゲルトを起こさないよう抱き上げて、エンゲルブレクトは彼女の私室へ続く廊下を歩く。前には彼女の側仕えであるティルラが、後ろにはアンネゲルトの弟であるニクラウスがいた。

もう少しでアンネゲルトの私室に到着するという時に、ティルラの携帯端末が着信を報《しら》せる。彼女は先に進むよう小声で頼むと、廊下の隅に移動して通話を始めた。

その姿を目の端に捉え、エンゲルブレクトは再び歩き出す。早く腕の中の婚約者を寝台まで送り届けなくては。

本音はもっとこうしていたいが、背後にいる彼女の弟の視線が痛い。彼は自分と彼女の結婚を推《お》し進めてはいるものの、正式に婚姻するまでは手を出すなと言って憚《はばか》らないのだ。

確かに、これからの自分の立場を考えれば、彼の主張もわかる。何より、アンネゲルトの名誉にも関わる事だ。

不意に、腕の中の彼女が身じろぎをした。起こしてしまったかと焦ったが、単純に寝ぼけているだけらしい。

無事にアンネゲルトを寝台に横たえてすぐ、控えていた小間使い達が音もなく寄ってくる。ここからは彼女達の仕事だ。

無意識のうちに詰めていた息を吐くと、ティルラに部屋から出るよう促《うなが》された。確かに、小間使い達がいるとはいえ、女性の私室に長くいるものではない。

そう納得して廊下に出たところ、ニクラウスとティルラも続いた。てっきり二人は残るものと思っていたので訝《いぶか》しんでいると、ティルラから一気に気の引き締まる話をされる。

「伯爵、今回の首謀者がわかりました。捕縛《ほばく》に向かっていただけますか？」

「わかった」

拒否する理由などない。エンゲルブレクトはまだ王太子妃護衛隊の隊長なのだ。

シーズン中の王都は一晩中寝る事がない。日の入りも遅くなるこの時期は、庶民達も夜更けまで楽しむものなのだ。

そんな王都を、馬を駆って走り抜ける一団があった。エンゲルブレクト率《ひき》いる王太子妃護衛隊である。あの後、クアハウスに避難する使用人達の警護を買って出ていた部下達と離宮で落ち合った彼は、地下列車を使ってイゾルデ館を経由し王都に出た。

国王アルベルトから委譲された、王太子妃の護衛に関しての権限はまだ返上していない。今回の襲撃を指示したのがフランソン伯爵と判明した時点で、エンゲルブレクトには伯爵を独断で捕縛《ほばく》する権限が発生していた。

正直、今がシーズン中で良かったと心から安堵する。こんな時間にこれだけの人数で移動しても不思議に思われないのは、ひとえにシーズン中だからだ。この時期は馬や馬車で貴族があちらこちらに移動する為、王都の庶民も慣れていた。

フランソン伯爵邸は、かろうじて王都と呼べる場所にある。王宮から離れているこの辺りは、下級貴族の屋敷が多くある区画だった。家の力が弱いからこそ、ここにしか屋敷を構えられなかったのだろう。

「周囲を固めろ。猫の子一匹逃すな」

エンゲルブレクトの命令に、前もって班分けしてあった部隊が館の裏側へと回る。配置完了の合図に、隊員が凝《こ》った造りの門についている呼び鈴を鳴らした。

何度目かの呼び出しで、ようやく館の玄関に明かりがつき、男が出てくる。今まで寝ていたのが一目でわかる様子の男は、門の外の護衛隊の姿を見て血相を変えていた。

「こ、これは一体……」

狼狽《うろた》える家人に、馬上のヨーンが馬を一歩進ませて来訪の理由を述べる。

「我々は王太子妃護衛隊だ。伯爵に用がある。開門を」

ヨーンに威圧されたのか、家人はおろおろとするばかりだ。

「しゅ、主人に確認しませんと……」

「その暇はない。今すぐ開けよ」

ヨーンが腰の剣に手をかけると、男は短い悲鳴を上げて門を開けた。開いた門から、騎馬のままで護衛隊隊員がなだれ込む。彼等が通り過ぎる脇で、家人は腰を抜かしていた。

前庭で馬を下りると、隊員の二人が屋敷の扉を蹴破った。扉の向こうには、寝間着姿の家政婦らしき中年の女性が明かりを手に立っていて、驚きの顔でこちらを見ている。

「あ、あなた方は一体——」

「おい！　伯爵の部屋はどこだ？」

「ひい！」

軍人である護衛隊隊員に凄《すご》まれた女性は、悲鳴を上げて怯《おび》えてしまった。その様《さま》を後ろから見て、エンゲルブレクトは部下を叱咤《しった》する。

「女性相手に声を荒らげる奴があるか！　夜分に悪いが、我々は国王陛下の代理でここへ来た。当家の主人はどこにいる？」

エンゲルブレクトの態度にか国王の代理という言葉にか、どちらが効いたのかはわからないが、女性は怯《おび》えながらもしっかりと答えた。

「に、二階の奥です」

「案内せよ」

無言で頷く女性を先頭に、エンゲルブレクト達は屋敷の二階に上がっていく。内部の造り自体はまあまあだが、よく見るとあちこちが傷《いた》んでいた。修繕をしていないのか、それとも出来ないのか。何となく後者ではないかと思えた。

——だからこそ、離宮襲撃などという大それた事をしでかしたのか。

そうまでして、保守派の中で生き残りたかったのだろう。もっとも、今回の件でこの家は終わりだ。さらに言えば、保守派を選んだ時点でフランソン伯爵は終わっていると言っていい。

保守派に参加している貴族には、長く家を存続させてきた家系が多かった。よく言えば名門、悪く言えば先祖の名声に頼るだけの家である。保守派筆頭のリンドバリ侯爵だけは名実共に揃っているというのがエドガーの意見だったが、他に見るべき貴族はいないとも言っていた。

女性の案内で到着したのは、二階の中央辺りにある部屋だ。女性が扉を叩いて来客を告げても、部屋の中から反応はない。

「構わないから、開けてくれ」

エンゲルブレクトの指示を受けて女性が扉を開けようとするが、開かなかった。

「施錠《せじょう》されているようです」

「鍵は？」

「少しお待ちください」

そう言って女性は小走りでその場を走り去り、少ししてから戻ってきて、エンゲルブレクトに鍵を手渡す。

それを使用して扉を開けたエンゲルブレクトは、室内の異常に気付いた。匂いと気配で一歩遅かった事を悟り、手で女性を下がらせる。

踏み込んだ部屋の中は、カーテンで窓が塞がれているせいで真っ暗だ。エンゲルブレクトは以前ティルラから渡されていた懐中電灯を取り出して、部屋の中を照らし出す。

部屋に設《しつら》えられている暖炉《だんろ》の側に、豪奢《ごうしゃ》な椅子があった。こちらに背を向ける形で置かれている椅子に近寄り、座っている人物を確認したエンゲルブレクトは静かに言い放つ。

「……死んでいる」

フランソン伯爵は、眠っているような穏やかな表情で椅子に座ったまま亡くなっていた。覚悟の自殺という奴だろうか。

ともかく、これで黒幕へ繋がる糸が途切れてしまった。後悔に駆られたのはほんの数秒で、エンゲルブレクトはすぐに懐《ふところ》から携帯端末を取り出す。通信相手はティルラである。

「サムエルソンだ。フランソン伯爵は死んでいた」

『そうですか』

端末の向こうの声は冷静で驚きを感じさせない。こうなる事は想定内だったとでも言わんばかりだ。

『間に合わなかったのは悔しいですが、何か手がかりがないか探る為、こちらからも手の者を送ります。家人を一部屋に集めて、伯爵の部屋はそのまま封じておいてください。死場合によってはフランソン伯爵の遺体はこちらで引き取る事になるかもしれません。死因を特定出来れば、何かの手がかりになります』

それだけ言うと、ティルラが通信を切った。エンゲルブレクトは指示された通りに部屋を封鎖し、家人を全員一階の食堂に集めておく。

時間が時間だから屋敷周辺の探索《たんさく》も出来ず、結局ティルラの手配した人員が到着するまで、エンゲルブレクト達は何も出来ずに時を過ごすばかりだった。

程なく、到着した人員を見てエンゲルブレクトは驚きを隠せなかった。ティルラがリリーを連れてきたのだ。

「わざわざ来たのか？」

「私はリリーのお目付役ですよ。フィリップが疲労困憊《ひろうこんぱい》で泥のように眠っていて、起こすのが可哀想だったんです」

ティルラの言葉に、エンゲルブレクトはつい納得してしまった。確かに、最近はリリーを止めるのはフィリップの重要な仕事になっていた気がする。

フィリップも夕べから続いた騒動で、疲れが出たのだろう。多くの人をクアハウスに誘導したり、避難先でも責任者のような事をやっていたという。彼は鍛えた軍人ではなく研究者なのだから、体力が保たなくとも当たり前だった。

ティルラが連れてきた人員は情報部の人間らしく、屋敷のあちこちから書類やら手紙やらを押収している。その様子を眺めながら、エンゲルブレクトはティルラと並んで廊下に立っていた。

フランソン伯爵の部屋は、リリーが一人で調査中である。彼女に追い出される形で二人は廊下にいるのだ。

「それで、一人でリリーは何をやっているんだ？」

「少し細かい作業をしているんですよ。他の人がいるとあれこれ混ざってしまうので、なるべく部屋に入る人間を制限した方がいいそうです」

ティルラに説明を受けても、エンゲルブレクトにはさっぱりわからない。だからといって下手にリリーに説明を求めると地獄を見る事は、彼もよくわかっている。

どれだけそうしていたのか、周囲でそろそろ押収が終わろうかという頃に、ようやくリリーが部屋から出てきた。ふらふらと出てきた彼女は、随分と疲れて見える。

「……大丈夫か？」

思わずそう聞いたエンゲルブレクトに、珍しくもリリーは無言で頷いただけだ。ティルラには小声で何か囁いていたようだが、エンゲルブレクトの耳には届かなかった。

「伯爵、ここでやる事は終わりました。フランソン伯爵の遺体は、親族の方で弔《とむら》っていただきたいと思います」

ティルラからの申し出に、エンゲルブレクトは部屋の中に視線をやる。そこには、まだ椅子に座ったままのフランソン伯爵の遺体があった。

「持っていかなくていいのか？」

「必要がなくなりました」

どういう意味かはわからないが、もう戻れるというのならそれに越した事はない。三人で一階に下りると、ティルラはリリーを先に外に出してからエンゲルブレクトに尋ねた。

「家人を集めている部屋はどこですか？」

「こちらだ。食堂に集めてある」

食堂には、寝間着姿の男女が十数人集まっている。誰もが不安そうな顔だ。

とはいえ、いきなり夜中に叩き起こされ、当主が死んだと聞かされれば不安にもなるだろう。それに加え、彼等は次の就職先を探さなくてはならないのだ。

「フランソン伯爵家の家人ですね。私は王太子妃殿下に仕える者です。あなた方の今後は妃殿下が責任を持って面倒をみますので、安心なさい。失業一時金に関しては、明後日までには支払うように整えます」

ティルラの宣言に、それまで不安そうにしていた人々の顔に安堵が広がった。それはいいとして、勝手にそんな事を言ってしまっていいのだろうか。

エンゲルブレクトの疑問に、ティルラはにこやかに答えた。

「問題ありませんよ。アンナ様はそういった事には寛容な方ですし。むしろ彼等を無一文で叩き出したら、そちらの方をお怒りになられるでしょう」

何でも、異世界の国では働く人間の権利というものがあるらしい。エンゲルブレクトにはよくわからないが、雇用側の一方的な理由で解雇された場合、一定の収入が保証されるそうだ。

それをアンネゲルトが保証してやる必要があるのかどうかは謎だが、問題ないというのがティルラの意見である。

「そういうものなのか？」

「そういうものですよ。さて、明日の朝にはアンナ様に報告しなくてはいけません。伯爵、同席してくださいますよね？」

この笑顔のティルラに逆らえる人間などいるのだろうか。エンゲルブレクトは、少なくとも自分には無理だと諦めて頷いた。

◆◆◆◆

翌朝、目覚めたアンネゲルトは、全てが終わった事をティルラから聞かされた。

「え？　じゃあ、今朝方まで皆働いていたの？」

「はい。振り替えの休息時間は確保してありますから、問題ありません」

ティルラもこの後、ザンドラと交代して休むらしい。それを聞かされたアンネゲルトは、ほっと安堵する。休みなしで働くなど、どこのブラック企業か。

「朝食の後、会議室を使って昨日の件についての説明を行いたいのですが、よろしいですか？」

「もちろんよ」

ティルラからの言葉に了承を返し、アンネゲルトは身支度に取りかかった。

会議室には全員が集まっていた。アンネゲルトの他にはニクラウス、エーレ団長、ティルラ、ポッサート、リリー、フィリップの帝国組に加えて、エンゲルブレクトとヨーンのスイーオネース組の顔もある。彼等はフランソン伯爵捕縛《ほばく》の責任者としての出席だ。

「では、早速今回の事件の概要を説明します。襲撃の主犯はフランソン伯爵でした。王都の伯爵邸に赴《おもむ》きましたところ、既に絶命していたのを確認しています。また、今回の襲撃の目的は、王太子殿下のお命でした」

ティルラからずらずらと発表された内容は、どれもアンネゲルトにとって驚くものだった。襲撃を企《くわだ》てたのがフランソン伯爵だというのも、彼が既に亡くなっているというのも、襲撃の目的がルードヴィグの命だった事もである。

フランソン伯爵には、魔力阻害の術式を開発した魔導士を東域から連れてきた疑惑があった。スイーオネースに戻ったら調べてみようと思っていたところに、今回の襲撃だ。

随分とタイミングがいい。

「ティルラ、フランソン伯爵が離宮を襲撃した件と、東域での件って関わりがあるのかしら？」

「そちらについては調査中です。結果が出るまでお待ちください」

調べるにしても、当人が亡くなっているのでは難しかろう。そうは思ったが、アンネゲルトは口に出さずにいた。情報部の調査に関しては、アンネゲルトが知らない事も多い。

「先程アンナ様が仰《おっしゃ》った通り、フランソン伯爵には例の魔力阻害の術式を作った魔導士を、東域から連れてきた疑惑がありました。こちらに残っていた情報部に探るよう指示を出してありますので、調査は継続しています」

「だが、本人は死んだのだろう？　これ以上、どうやって調べるんだ？」

エーレ団長のもっともな質問に、ティルラは答えた。

「伯爵邸に残された資料や、彼の交友関係などから洗っている最中です。もう少しまとまらなければ何とも言えませんが、どうもちぐはぐな印象を受けます」

「どういう意味？」

眉間に皺《しわ》を寄せるティルラに、アンネゲルトは首を傾げる。彼女がこんな様子を見せるなど、珍しい事だ。

「フランソン伯爵の評判と、屋敷に残っていた資料や例の魔導士関連の情報の消し方に違和感があります。具体的には、フランソン伯爵はプライドばかり高い小者というのがよく聞く評価ですが、屋敷に残っていた資料は細かく分類されていて能力の高さと几帳面さが窺《うかが》えます。そして魔導士関連の情報だけ、何の痕跡も残さずに消しているんです」

ティルラの説明を聞いても、アンネゲルトはどこに違和感があるのかわからないけれど、エーレ団長やエンゲルブレクトは違うらしい。

「妙だな……」

顎《あご》ひげを撫《な》でながら唸《うな》るエーレ団長に、エンゲルブレクトも同意した。

「私も、今の話はおかしいと思います。フランソン伯爵は几帳面とは程遠い。それに、魔導士の情報を消したのなら、資料そのものを残す事もおかしいでしょう」

その言葉を聞いて、アンネゲルトは「ああ、なるほど」とようやく理解した。行動に一貫性が見られないという意味だ。

「資料を揃えたのは、伯爵じゃないいんじゃないの？」

貴族ならば、そうしたものは使用人に調《ととの》えさせるのではないか。アンネゲルトはそう思って何気なく口にしたのだが、その発言に全員の視線が彼女に集まった。

「え……何？」

「今日は妙に冴えてますね、姉上。確かに、別人が用意したものなら、詳細な資料が残っていてもおかしくはない」

訝《いぶか》しむアンネゲルトにそう言ったニクラウスは、ティルラに向き直る。

「確か、リリーが場を『読んだ』時に、伯爵以外に人がいたんだったね」

「ええ。リリー、報告を」

「はい」

魔導士にとっては常識だが、人だけでなく「場」も事象を記憶する。特に水の多い場ではそれが顕著《けんちょ》だ。優れた魔導士は、そうした場が記憶する事象を読み取る事が出来るという。リリーは昨晩、フランソン伯爵の私室でそれを行ったようだ。

ティルラに促《うなが》されたリリーが立って、報告を始めた。

「伯爵邸の部屋に残されていた記憶を読み取ったところ、伯爵の最期に立ち会ったのはクリストフェルという人物です。不鮮明ですが、似顔絵を用意しました」

そう言って彼女が配った紙には、四十がらみのこれといって特徴がない男性の顔が描かれている。これが「クリストフェル」という人物のようだ。

「場の状況から、彼が伯爵を毒殺したのだと思われます。時間はちょうど離宮に襲撃犯が上陸した頃です」

「ちょっと待て。では、伯爵は襲撃の結果を知らずに死んだのか？」

エーレ団長の言葉に、ティルラが頷く。

「我々が屋敷に到着した時には、死後数時間が経っていました。間違いありません」

「え……じゃあ、そのクリストフェルっていうのが、実は黒幕なの？」

言ってはなんだが、こんなどこにでもいそうな人物が、あんな大それた事を考えるのだろうか。そう思っていると、またもや室内の視線がアンネゲルトに集中していた。

「何なの？」

皆の視線の意味がわからないアンネゲルトの疑問に、ティルラが答える。

「アンナ様の仰《おっしゃ》った事は半分正解ではないかと」

彼女は手元のリモコンを操作して、室内のスクリーンに整然と並べられた書類を映し出した。

「おそらく、クリストフェルはフランソン伯爵の後ろにいる黒幕から差し向けられた人間なのでしょう。屋敷に残されたこれらの資料も、彼がこちらの目を欺《あざむ》く為に用意したと思われます」

「え……じゃあ、調べても意味がないんじゃないの？」

「それが、そうとも言えないんです」

資料によれば、今回の襲撃事件の他にも、最初のカールシュテイン島襲撃事件や、イゾルデ館襲撃事件を企《くわだ》てたのも伯爵という事になっていた。しかも、彼が中心となっている保守派派閥と一緒に立案したというのだ。

「ですが、こちらの調査によれば、伯爵の所属していた派閥は外遊前には既に解散状態で、今では集まる事すらない有様だったのです。これで襲撃を企《くわだ》てるのは不可能かと」

しかし、証拠となりそうな資料だけは伯爵邸に残っていた。誰が見てもねつ造したものだ。それもクリストフェルがやったのだろうが、彼の目的はどこにあるのか。

「それって、こっちの調査能力を甘く見ていて、派閥の内情を知らないと思ってるって事？」

「もしくは、時間稼ぎかもしれません。ないとわかっていても、資料が出てきた以上、調査は必要ですから」

アンネゲルトの疑問に、ティルラがもう一つの可能性を提示した。こちらが目的だとすると、クリストフェルという男は嫌な性格をしていそうだ。

その後も今回の襲撃人数やシステムテストの結果などが報告された。中でもリリーの報告は重要なものである。

「襲撃者の持ち物に、例の魔力阻害の術式を刻んだものがありました。使用していた痕跡がありましたけれど、全て防御出来ています」

つまり、例の術式を恐れる必要はなくなった訳だ。リリーによれば、今もフィリップと研究を進めているらしい。阻害の方法を調べる事によって、より効率的な魔力の伝達方法が見つけられそうなのだという。

これには省魔力に力を注いでいるフィリップが強く興味を示しているそうで、興奮した様子の彼からも説明があった。だが残念ながら、アンネゲルトは半分も理解出来ないでいる。

とりあえず、研究続行の許可は出しておいたので、そのうち成果を見せてくれる事だろう。

三　収束

襲撃事件から半日も経っていないというのに、王宮には報告がいっていたらしい。そのせいで、アンネゲルトはルードヴィグともども、国王アルベルトに呼び出されている。公式の会見とする為か、謁見の間に通されていた。

「またしても、襲撃されたそうだな」

「はい……」

イゾルデ館が襲われたのは、去年の事だ。雪深い時期だったと記憶している。

――あれが、もう一年以上前の出来事なんだ……時間が経つのって、本当に早いな……

あの時は襲撃と呼ぶべき事態だったが、今回は果たしてそう呼んでいいのかどうか悩む。何せ襲撃者が島に侵入した時点でこちらには丸わかりだった上、離宮の防衛システムの運用試験に利用したのだ。

それでもアルベルト達を心配させたのには違いないので、アンネゲルトは神妙にしていた。

玉座に座るアルベルトは苦い表情を浮かべている。

「余のもとにも色々と話が舞い込んでいる。ともかく、こちらで処理出来る事はするので、心やすくいなさい」

おそらく、フランソン伯爵の件についても報告がいっているのだろう。貴族が王族を暗殺しようとした場合、一族郎党が罪に問われる。伯爵の一族がどれだけいるかは知らないが、彼等全てに罰を与える事を考えると、アルベルトの表情が苦くなるのも頷けるというものだ。

せめて自分の行動でアルベルトを煩《わずら》わせないよう、アンネゲルトはいっそう殊勝な態度を心がける。

「ご温情に感謝いたします、陛下」

「ルードヴィグ、お前もしばらくは王太子妃についているといい」

「……はい」

何故か不服そうなルードヴィグの態度は気に入らないが、アルベルトの言葉のおかげで、王太子が離宮に滞在し続ける口実が出来たというものだ。

実は、この辺りのやり取りは全て打ち合わせ済みである。暗殺対象がルードヴィグだった時点で、ティルラが手を回して帝国の在スイーオネース大使であるエーベルハルト伯爵を巻き込んだ。彼からアルベルトに、ルードヴィグを離宮で匿《かくま》う提案がなされ、即時受け入れられたと聞いている。

――こういう時、絶対君主制って楽よねー。

国王の鶴《つる》の一声で、世継ぎの安全対策が即決されるのだ。これは民主政治では出来ない。謁見の間を出ると、ルードヴィグから「世話になる」と一言あった。本当に以前からは考えられない程、彼の態度は柔らかい。もし最初からこうであったなら、自分達の間も少しは違ったのだろうか。

――それはそれで、違う厄介の種になったかもしれないけど。

時間を巻き戻して何度やり直しても、きっと自分はエンゲルブレクトを好きになる。彼が彼である以上、これは変わらないと自信を持って言える事だった。

「今日はもう離宮へ戻るのか？」

隣にいたルードヴィグに尋ねられて、アンネゲルトの意識は現実に連れ戻される。しまった、今日はこれから重要な予定があるのだ。

彼女は精一杯の笑顔を作ってルードヴィグに答えた。

「あら、まだ大事な用事が残っていますよ。殿下がお望みになった事ではありませんか」

ルードヴィグは首を傾げているが、確かに彼が自分に依頼していた事だ。

「殿下には、これからアレリード侯爵と会っていただきます」

実は王宮へ到着する少し前に、エドガーを通じて侯爵から「今日、王太子と会う時間を作ります」と報《しら》せがあった。二人が王宮に来るのに合わせてくれたのだろう。

「頑張ってくださいね。侯爵との会談に必要なのは、粘《ねば》りと根性でしょうから」

そう告げた時のルードヴィグの顔は、アンネゲルトから見ても緊張に満ちたものだった。


スイーオネース王都クリストッフェションのエールヴァール宮は、敷地内に複数ある宮殿の総称だ。個々の宮殿にもそれぞれ名があり、国王の生活空間がある宮殿はテオリーン宮と呼ばれている。その宮殿に、アレリード侯爵夫妻の部屋はあった。

テオリーン宮は中央に位置するハフグレーン宮に比べれば小ぶりだが、王宮群の中では大きい方に数えられる。何より装飾の壮麗さで知られていた。

そのテオリーン宮の玄関で、アレリード侯爵夫妻がアンネゲルトとルードヴィグを出迎えてくれている。

「お久しぶりにございます、妃殿下。遅くなりましたが、お二人におかれましては無事外遊を終えられました事、心よりお慶《よろこ》び申し上げます」

夫であるアレリード侯爵の、最初の挨拶《あいさつ》がこれだ。自国の王太子であるルードヴィグより、帝国から嫁《とつ》いできたアンネゲルトへの挨拶《あいさつ》を先にしたのである。

既に侯爵からの攻撃は始まっているらしい。隣のルードヴィグの様子を窺《うかが》うと、さすがに気付いたのか顔が引きつっている。

それを横目で見ながら、アンネゲルトは侯爵夫妻に挨拶《あいさつ》を返した。

「久しぶりですね、侯爵。夫人も変わりないようで安堵しました」

「私も、妃殿下がお帰りになるのを今か今かとお待ちしておりましたのよ」

その侯爵夫人の言葉に、外遊に出立する際に彼女と交わした約束を思い出す。アンネゲルトの王宮侍女を増やすとか、候補者を見繕《みつくろ》うとか、そんな内容だったはずだ。

しまったと思った時にはもう遅い。笑顔の侯爵夫人に捕まり、アンネゲルトは別室へと連れていかれてしまった。

侯爵夫妻の個人的空間は、テオリーン宮の東側半分を占めている。ルードヴィグが侯爵といる部屋は一階にあり、夫人がアンネゲルトを連れていったのは二階の南向きの部屋だった。

「こちらなら邪魔は入らないでしょう。妃殿下、まさかお約束をお忘れではありませんよね？」

「え……ええ、もちろん、覚えていてよ」

嘘である。つい先程、目の前の夫人の顔を見て思い出した。東域でのあれこれや、襲撃のドタバタが重なって、今の今まですっかり忘れていた。

本日ここに来れば、この話は出て当然だろうに。まだ外遊ボケが残っているらしい。

――でも、せめて休暇中は忘れていたかった……

これもルードヴィグが運んできた面倒か。逆恨みしたくなるけれど、思いとどまった。どう考えても、アンネゲルトの自業自得だ。問題を先送りにした結果なので、誰にも文句は言えない。

「では妃殿下、こちらをご覧ください」

そう言って侯爵夫人が差し出してきたのは、一枚の紙だ。そこにはびっしりと人の名前が書き込まれている。

冷や汗が流れるのを感じながら、アンネゲルトは夫人に尋ねた。

「……侯爵夫人、これは一体、何？」

「お約束しておりましたでしょう？　外遊からお戻りになったら王宮侍女の増員をすると。その候補者の名簿です。ただいま宮廷では妃殿下の王宮侍女が大変な人気でして、そこまで絞り込むのも苦労しましたわ」

笑顔で言う侯爵夫人に、アンネゲルトは再び名簿に目を落とす。ざっと見ただけで、数十人分の名前がある。

「その中に気になる方はいらっしゃいますか？」

「え……と、名前だけでは誰が誰だか、よくは――」

「では、上から順にご説明いたしますね。まずはこちらの――」

そうして、侯爵夫人による候補説明は延々と続いたのだった。

実に三時間にわたって、侯爵夫人からみっちりと説明を受ける羽目になったアンネゲルトは、口を開いたら貴婦人の名前が飛び出てくるような気がしていた。

「本日はこの辺りにしておきましょう。近々、我々が主催する舞踏会がございますので、そちらで実際にお引き合わせいたします」

「よ、よろしくね……」

上機嫌のアレリード侯爵夫人に対し、アンネゲルトは愛想笑いにもひびが入りそうな程疲労している。身体的なものではなく、精神疲労だ。

今日は向かう先が王宮であり、かつ侯爵夫人のもとだという事がわかっていたので、側仕えがついてきていない。おかげで誰にも助け船を出してもらえず、全てを一人で乗り切る事になった結果がこれである。

――もう、二度と侯爵夫人と一対一で過ごさないって決めた！

正直、アンネゲルトの身がもたない。侯爵夫人は母より年上に見えるというのに、このパワーは一体どこから湧き出てくるのか。

ぐったりしながら一階に下りると、ホールにルードヴィグが待っている。アレリード侯爵の姿が見えないけれど、どうしたのだろう。もしや、話し合いが決裂したのか。その割には、ルードヴィグは上機嫌だ。何と彼は首を傾げるアンネゲルトに満面の笑みを見せたではないか。

「妃の方も話は終わったようだな」

「え、ええ……あの、侯爵は？」

「父上に呼び出された。見送れずに申し訳ないと言伝《ことづて》をされたぞ」

侯爵が王太子に言伝《ことづて》を頼む。その異常さにルードヴィグは気付いていなかった。

――本当に、この人が優秀って言った人、ここに出てこい。

どこの世界に王族を使いっ走りに使う貴族がいるのか。いや実際には走らせてはいないが、この場合、家令か何かに伝言を持たせて二階まで来させるのが正しい在り方だろう。

アンネゲルトは自分の背後をちらりと見る。笑みを浮かべたアレリード侯爵夫人の姿がそこにあった。彼女は夫の行動を咎《とが》める気はないらしい。

つまり、夫婦してルードヴィグを見限っているという事だ。エドガーの言葉通り、革新派はエンゲルブレクトを次期国王に推《お》す方針のままなのだろう。

それにしては、ルードヴィグの満足そうな姿が気になった。

「侯爵とのお話し合いは無事済んだようですね」

テオリーン宮を辞した後は、馬車でイゾルデ館へ行き、そこから地下列車で離宮へ戻る事になっている。馬車への道すがら、黙っているのもどうかと思ったアンネゲルトが水を向けてみた。途端、堰《せき》を切ったようにルードヴィグがしゃべり出す。

「そうなのだ！　今まで苦手意識を持っていた相手だったが、話してみると道理がよくわかっている人物なのだな。侯爵は私にはまだまだ至らないところが多いものの、今後に期待すると言ってくれたぞ」

嬉しそうなルードヴィグには悪いが、どう聞いてもうまく話をはぐらかされただけの気がする。大体、「今後に期待」という言葉について、アンネゲルトはそのニュアンスに近い文章を何度も見た記憶があった。

――通称お祈りレター……ええ、企業からの不採用通知を何度もらったか！

聞こえのいい言葉を並べていても、結局「うちにはいらないよ」と言っているのだ。侯爵の言葉にも、それと同じものを感じる。

とはいえ、アンネゲルトにその事を指摘する義理はない。彼女にとっても、ルードヴィグの今後は赤の他人として「ご多幸をお祈りします」状態なのだ。

沈黙は金なり。そんな言葉が頭をよぎったアンネゲルトの耳に、ルードヴィグからの質問が滑り込んだ。

「それで、妃の方はどうだったのだ？」

思わず舌打ちしたくなったのは、致し方ない事だろう。先程まで自分がどれだけ精神を削って侯爵夫人と対峙していた事か。おそらく、それを説明したところでルードヴィグには理解出来まい。彼の能力を見くびっているのではなく、こういった女性同士のやり取りに関して、男性は驚く程鈍感なのを知っているだけだ。

「……大変疲れる話し合いでした」

まさか、王宮侍女の説明を受けるだけでこれ程疲れるとは。しかも、どの貴婦人も侯爵夫人の強力なプッシュ付きなのだ。誰を選んでも一言言われそうで、今から憂鬱《ゆううつ》である。

アンネゲルトの様子に、ルードヴィグは「そうなのか」と一言で終わらせた。今はその態度に賞賛を贈りたい。これであれこれ聞かれていたら、感情が爆発して場所もわき

まえずルードヴィグに怒鳴り散らしていた事だろう。

ぐったりして馬車へ戻ると、エンゲルブレクトが心配そうな表情で待っていた。

「お疲れのようですね」

「そうね。早く離宮に帰りたいわ」

彼の気遣いが嬉しいアンネゲルトは、微笑んで答える。彼女の視界には、既にルードヴィグの姿は入っていなかった。

◆◆◆◆

アンネゲルト達と共に一旦離宮に帰ったエンゲルブレクトは、すぐに国王アルベルトに呼び出されて王宮に戻る事になった。

行き先はハフグレーン宮の執務室ではなく、テオリーン宮にある国王の私室である。部屋にはアルベルトの他にアレリード侯爵とエドガーの姿があった。

部屋に入ってソファに腰を下ろすと、早速アルベルトから切り出される。

「今回狙われたのはルードヴィグだったそうだな」

「王太子殿下の護衛を解任されていない時にこの失態、面目次第もございません」

「よい。百人超えの人数だったと報告を受けている。護衛隊だけでどうにか出来る人数でもあるまい。それに結局ルードヴィグも王太子妃も無事だったのだから問題なかろう」

それすらも離宮の防衛システムのおかげで、自分達はほとんど役に立っていないのだが、ここでそう言う訳にもいかなかった。

「主犯はフランソン伯だと聞いているが」

「そのようです。王都の伯爵邸に向かいましたところ、事切れておりました」

「ふん、切り捨てられたか。例の薬の件も含め、奴の後ろに黒幕がいると考えるべきだろうな」

あの時伯爵邸から押収したものは大量にあり、現在も調査が進められている。何せ事が起こってまだ二日と経っていないのだ。黒幕に繋がる証拠があったとしても、見つかるのはまだ先だろう。

――もしくは、伯爵を手にかけた者が既に証拠を消しているかもしれない。

手際の良さから、相当の手練《てだ》れとエンゲルブレクトは見ている。それだけの人物なら、証拠を残していくような真似はするまい。

「まあよい。ルードヴィグもしばらく離宮で世話になるのだから、あれの事は問題ないだろう」

アルベルトの言葉に、エンゲルブレクトは内心で少しむっとした。形だけとはいえ、アンネゲルトの夫が彼女の離宮に滞在するのはいい気がしない。たとえ生活する建物が離れていたとしてもだ。

ルードヴィグは引き続き、森の離れに入る事が決まっている。ダグニーも一緒なのは、アンネゲルト側からの教会に対する言い訳のようなものか。婚姻無効の申請には、婚姻後半年以上、夫婦生活が皆無だった事を立証しなくてはならない。

だが、今はそれについて考えている場合ではない。今回の呼び出しの理由は、離宮襲撃の件ではなく別にある。この部屋にいる顔ぶれを考えれば、おのずとわかるというものだ。

「さて。東域から何やら面白いものを持ち帰ったようだな」

きたか、とエンゲルブレクトは身構える。東域にいた亡父の側近から受け取った書状と指輪は、帰国して船を下りる際にエドガーに渡しておいた。

「ユーン伯を通じてアレリード侯爵から受け取った品の鑑定が、先程ようやく完了したと報《しら》せを受けた。それで伯を呼び出したのだ。疑う訳ではないが、うるさく言う者はいるのでな」

どうやら、東域から持ち帰った先代国王の直筆の書状と指輪が本物かどうか、調べていたらしい。王位継承に関わる事なのだから当然だった。

「結果は本物だそうだ。これで伯は余の弟という事だな。この年で弟が出来るとは思わなかったよ」

笑うアルベルトに、エンゲルブレクトは何も言えない。こんなにあっさりと王族として認められるとは予想もしていなかったのだ。

――書状と指輪が本物と認められたのだから、そういう事なんだろうな。

ヨルゲン十四世が生きていたら、問題はなかった。彼が一言、エンゲルブレクトを自身の子だと宣言すれば済む。つくづく、実の父と名のみの父のおかげでいらない苦労をさせられたものだ。

内心で二人の父親に悪態を吐いていたエンゲルブレクトの前で、アルベルトはしみじみと口にする。

「父には、母との間に生まれた余と余の妹達以外に、子はいないと思っていた」

実際には庶子が多くいたのだが、全てが前王妃アナ・アデルの手によって命を落とした。その際のヨルゲン十四世の嘆きは、とても深かったそうだ。

だが、エンゲルブレクトは彼に嘆く資格はないと考えている。元々アナ・アデルをそこまで追い詰めたのは他ならぬヨルゲン十四世自身なのだ。

「だが……まあ、いい。あの書状と伯自身の外見という証拠があれば、文句を言う者もいまい」

そう呟くと、アルベルトは人の悪い笑みを浮かべた。彼の言う「文句を言う者」とは、すなわち王の政策に反対する者達という意味でもある。これからは、自分もそうした世界に身を置くのだ。改めて、何という事になってしまったのだろうと思う。

しかし、後悔はしていない。この立場をもぎ取らなければ、アンネゲルトを手に入れる事は出来ないのだから。

気を引き締めるエンゲルブレクトに、アルベルトは続けた。

「正式な披露の日程は追って知らせる。それまではサムエルソン伯爵として、与えられた使命を全《まっと》うするがいい」

「御意」

エンゲルブレクトは一礼し、許可を得て退室する。アルベルトの前に出ると例外なく緊張する彼だが、そのせいで一つ重大な事を聞き落としていたと、最後まで気付かずにいた。

◆◆◆◆

離宮が襲撃された事件は、すぐに王都にいる貴族達に知られたようだ。シーズン中という事も手伝って、噂《うわさ》の伝達速度がいつもより速い。アンネゲルト達にも建物にも傷一つなかった為か、アンネゲルトの休暇中にもかかわらず見舞客がひっきりなしに訪ねてきた。

「大丈夫とは思っておりましたが、ご無事なお姿を拝見して安堵いたしました」

そう笑うのは、何かと頼りにしているエーベルハルト伯爵である。彼の奥方クロジンデは、帝国皇帝ライナーの従姉妹《いとこ》で、アンネゲルトにとっては親戚の「お姉様」だ。

「本当に、心配いたしましたのよ」

「ご心配をお掛けして申し訳ありません、お姉様。伯爵も」

夫とは対照的な態度の妻、クロジンデはアンネゲルトの隣に腰を下ろし、その手を握っている。一方、アンネゲルトは苦笑気味だ。

「クロジンデ、この離宮にあって何事かあるはずがないだろうに」

「まあ、世の中何が起こるかわかりませんのよ!?」

「ここは国内でも一番安全な場所だよ。その証拠に、王太子殿下もこちらにご滞在なさっているじゃないか」

「それとこれとは別です！」

ぷりぷりと怒る妻の顔を眺めながら、夫は楽しそうに笑っていた。「妻の怒った顔は魅力的」と言って憚《はばか》らない彼は、今回の事件を夫婦のお楽しみの「だし」にしているらしい。

「王都の方はいかがですか？」

小間使いの持ってきたワゴンからお茶を出しつつ、ティルラが質問した。今回の「見舞い」には、情報交換の意味合いもある。

帝国情報部も色々と収集してきてくれるが、やはり貴族間の話は伯爵に任せるのが一番なのだとか。エーベルハルト伯爵は、お茶を優雅に一口飲んでから口を開いた。

「離宮が襲撃された、という話は出回っているよ。ただ、その目的までは伏せられているね」

「そうですか」

今回の件に関して、一部の情報には箝口令《かんこうれい》が敷《し》かれている。襲撃犯の目的が王太子暗殺だったという事を知っているのは、離宮の主立《おもだ》ったメンバーと国王アルベルト、彼の側近であるアレリード侯爵とヘーグリンド侯爵、アレリード侯爵の腹心の部下ユーン伯エドガーのみだ。

エーベルハルト伯爵には、ティルラの方から情報が行っている。これもアルベルトの許可を受けてのものだった。

「いつまで隠しておけるかはわからないがね」

エーベルハルト伯爵の言葉に、ティルラは無言で頷く。人の口に戸は立てられない。どのような情報も、いつかは漏《も》れるものだ。軍部で情報を扱ってきたティルラも、それはよくわかっているのだろう。

ふと、クロジンデが思い出したように尋ねた。

「そういえば、王太子殿下はどうなさっているのかしら?」

「今は離宮の離れでヴェルンブローム伯爵夫人とご一緒にお過ごしです」

ティルラの返答に、クロジンデは頷いている。この状況ならば、教会に夫婦生活がなかったと申し立てる時に有利になるのだ。

実情を聞いて、エーベルハルト伯爵も納得していた。

「離れか。この時期に距離を置く事は大事だね」

伯爵の言葉に、ティルラも相づちを打つ。

「婚姻無効の申請の為には、なるべくアンナ様と離しておく必要があるかと」

夫婦は二人してさらに頷いている。ここにいる面子《メンツ》にとって、婚姻無効は既に決定事項だ。

「ならば、申請はなさったんですか？」

「それが……」

伯爵の問いに、困惑顔のアンネゲルトは、現状について二人に話して聞かせた。

先日、申請の為とはいえ、王太子妃がいきなり教会を訪問するものではない、とティルラに言われたアンネゲルトは、日時を決めて訪問する旨《むね》をしたためた手紙を教会に送ったのだ。無論、用件も書き添えている。

それに対する返事が先日届いたのだが、内容は絶句ものだった。「教会の仕度が調《ととの》うまで訪問を待ってほしい」というのだ。

王族の訪問を教会側の都合で先延ばしにするなど、聞いた事がない。これがスイーオネース流のやり方なのかと腹が立ったけれど、下手に怒鳴り込んで教会の心証を悪くするのも良くないという結論に至り、おとなしく待っている最中なのだ。

アンネゲルトはついぼやいてしまった。

「本当に、いつになったら婚姻を無効に出来るのかしら……」

「ここまで来たのですから、焦らずともよろしいのでは？」

苦笑する伯爵の意見も理解出来るのだが、一刻も早く独身に戻りたい事情があるのだ。

溜息を吐くアンネゲルトに、隣のクロジンデは優しい声をかけてくれた。

「アンナ様が焦るお気持ちはよくわかりますわ。愛しい方がいるのですもの、早く偽りの関係は解消したいですわよね」

そうなんですと頷きかけて、はたと気付く。一体、自分はいつこの二人にエンゲルブレクトと婚約した事を話しただろう。いや、話していない。

こういう時は大体ティルラが犯人である。さっと彼女に視線をやると、大変いい笑顔が返ってきた。本当に、自分のプライバシーはどこにあるのか。

複雑なアンネゲルトには構わず、エーベルハルト伯爵も話に乗ってきた。

「おお、そういえばご婚約が整ったそうですね。おめでとうございます」

「まだ二人の間での口約束でしかないのだけど」

「それでも、お約束なさったのですよね？　帝国の公爵ご夫妻もお喜びでしょう」

エーベルハルト伯爵の言葉に、婚約したと船の通信で伝えた時の両親の反応を思い出す。母は喜んでくれたからいいのだが、父は大変渋い顔をしていた。スイーオネースに嫁《とつ》ぐ時にはあんな表情は見せなかったのに、今回に限っては何故なのか。

その疑問を口にすると、エーベルハルト伯爵から生温かい視線を向けられてしまった。

「え？　私がおかしいの？」

「いえ、姫にはぜひ、娘を持つ父親の複雑な心境を察していただきたく……」

相手が代わるだけで、娘が嫁に行きっぱなしなのは同じだというのに、どこが違うのやら。伯爵の言う複雑な心境が理解出来ないアンネゲルトは、首を傾げるばかりだ。

「サムエルソン伯爵も、無事王族として認められたそうですね。発表はまだ先との事ですが」

エーベルハルト伯爵は国王アルベルトから直接聞いたらしい。アンネゲルトはもちろん、当日のうちにエンゲルブレクト本人に聞いている。その場にニクラウスもいたのが邪魔だったが、十分嬉しいニュースだった。

「喜ばしい事だわ」

「帝国にもこの件は報告いたしました。陛下からも、伯爵との結婚の後押しをするようにとの命をいただきましたよ」

「そ、そう……」

実情はどうあれ、立場上、政略結婚という枠組みからは逃れられないようだ。アンネゲルトとしても、自分の再婚相手が王族という事で、帝国とスイーオネースの同盟が存続するのであれば、いい話だと思う。

その後も軽い雑談が続いていたが、エーベルハルト伯爵がティルラにかけた一言で流れが変わった。

「それはそうと、教会の調査は進んでいるのかい？」

外遊に出る前に、アンネゲルトは帝国情報部を通じていくつか調査を命じている。それが伯爵にも情報共有されているのだろう。

「大分進みましたが、やはり司教の調査が難航しているようです」

ティルラの言葉に、ハルハーゲン公爵の隣に立つ美貌の司教を思い出す。聖職者に、まして男性に対して使う形容詞でない事は重々承知しているが、それ以外の言葉が見つからないのだ。

ステーンハンマル司教が現在の地位に就《つ》いたのは、ほんの数年前だと聞いている。若くしてその座に就《つ》く程有能な人物なのだろうが、帝国情報部が調査に難航する程とは思えない。

「あの人を調べるのって、そんなに大変な事なの？」

アンネゲルトの素朴な疑問に、ティルラは苦笑を返すばかりだ。

ステーンハンマル司教には、社交の場で度々《たびたび》助けてもらった覚えがある。それも、ハルハーゲン公爵からだ。

思えば、あの二人の組み合わせも随分と不思議である。年齢も大分違うし、立場も身分も違う。なのにどうしてあんなに親密なのだろうか。

「確か、司教はスイーオネースの下級貴族の血筋だけど、ご出身は違うのよね？」

クロジンデの言葉に、ティルラは頷いた。

「この国で生まれ育っていないのは確かです。簡単な経歴ならばすぐに調べがついたんですが。今は彼の育ったロンゴバルドまで調査の手を広げています」

ティルラが口にした国名に、アンネゲルトは驚きを隠せない。帝国人にとって、この国名はとある人物とワンセットで覚えられている。

「ロンゴバルドって、皇后陛下の故国じゃないの」

帝国皇帝ライナーの后《きさき》であるシャルロッテは、ロンゴバルド王国の王女だ。あの国は教皇庁領と接していて、教会の力が強い国でもある。

それは逆も言えて、ロンゴバルド王室は教皇庁に大きな影響力を持っていた。おかげで帝国の人間は助かっているらしく、現にティルラも、あの国での調査はやりやすいと言っている。

「ロンゴバルドでは大分情報が入手しやすいはずですが、あの司教の事は調べにくいのか、うちの連中も手こずっているようですね」

何故スイーオネース貴族である両親がロンゴバルドでステーンハンマル司教を産んだのかさえ、未だに判明していないそうだ。

どうにも経歴が追跡しにくいのは、偶然か、あるいは意図的なものか。後者ならば、何故足跡を辿られないようにしたのか気になるところである。

いずれにせよ、司教は謎多き人物だった。

「という訳ですので、司教に関する報告はいましばらくお待ちください」

「それはいいけど」

調査しづらいというのであれば、ひとまず近づかなければいいだけだ。ハルハーゲン公爵とセットで現れるので追い払うのに苦労するが、二人まとめて要注意人物として考えておけばいい。

これでこの話は終わりだと思っていると、エーベルハルト伯爵が別の話題を持ち出してきた。

「そういえば、殿下に出された宿題の方はどうなりました？」

「まだ答えはもらえないみたい。まあ、とっくに期限は切れているからいいのだけど」

帰国までに答えるという約束だったのに、本人は忘れているのかとぼけているのか、こちらが答えを要求しないのをいい事に勝手に期限延期を決めた節がある。

アンネゲルトも、これ幸いと黙《だんま》りを決め込んでいた。婚姻無効は夫婦どちらかからの申請だけでいいので、ルードヴィグを納得させる必要などない。

それを説明すると、エーベルハルトとクロジンデが微妙な表情になった。

「殿下は驚かれるでしょうね」

「それはそうだと思うけど……」

伯爵は責めている訳ではないとわかってはいるものの、何となくアンネゲルトは後ろめたい思いになる。とはいえ、帰国と同時に婚姻無効の申請をすると宣言してあるのだから、騙《だま》した訳ではない。

「王太子殿下には少し可哀想な気もしますけど、全てはあの方の自業自得ですわね」

そう言って、クロジンデは軽い溜息を吐いた。薬の影響が抜けた後はアンネゲルトにも穏やかに接している彼だが、嫁《とつ》いできた頃の仕打ちは帝国組全員が忘れていない。

ルードヴィグはアンネゲルトだけでなく、帝国そのものも侮辱《ぶじょく》したのだ。その事を本人が気付いていないようなので周囲の者も蒸し返す真似はしないが、忘れた訳でも完全に許した訳でもなかった。

「まあ、この先廃嫡を免《まぬが》れるかどうかは、殿下ご自身の努力によるでしょう。かなり厳しい道になるのは目に見えていますがね」

　エーベルハルト伯爵によれば、これまでがこれまでであり、簡単に汚名返上とはいかないだろうというのが大方の見解だそうだ。まずは貴族との繋がりを作るところから始めなくてはならないのだから、道のりは遠い。

「とりあえず、アレリード侯爵との会談は和《なご》やかに終わったみたいだけれど、といって侯爵の助力を期待出来るとは言えないものね」

「おそらく無理でしょう。革新派が推《お》すのはサムエルソン伯です。姫との事もございますし、革新派としての方針は簡単に変わりませんよ」

　エーベルハルト伯爵の言葉に、アンネゲルトはテオリーン宮で感じた事は正しかったのだと悟る。アンネゲルト達が思うより、ルードヴィグの廃嫡は確実なもののようだ。

「廃嫡されたからといって、どこかに幽閉とかはないわよね？」

「ありませんよ。ご本人が罪を犯したというのであれば別ですが、今回の場合は爵位を賜《たまわ》って臣下に下るだけです」

　もっとも、そうした形での廃嫡はかなり珍しい。通常、健康なままでの廃嫡の場合、本人が国を脅《おびや》かす犯罪に関わったり、著《いちじる》しく統治能力に欠けていたりする事がほとんどで、生涯幽閉が基本だという。

今回のルードヴィグの廃嫡は、国の害になりそうだという事が原因であって、別に能力が足りないからという理由ではないらしい。

国の害とは、国益を損なう事、もしくは国を混乱に陥れる事などが考えられるのだとか。ルードヴィグの場合、その二つが混在しているので手遅れではないかというのが、エーベルハルト伯爵の考えだった。

「国を動かすのは国王一人の力ではありません。本人の能力が足りずとも、周囲に優秀な臣下を置ける人物であれば十分王として機能しますが、現在の殿下ではこの国が割れかねません」

王を見捨てた貴族達は、自分の領地と領民を守る為に小国として独立する可能性がある。その原因になりかねないというのであれば、国の害どころの騒ぎではない。

そうならないように、今の体制を維持しつつ国を発展に導ける人物を王にと望んでいるのが各貴族である。その発展の方向性で派閥に分かれているわけだ。

「サムエルソン伯が王になれば、引き続き帝国との同盟が維持出来ますし、技術供与も期待出来ます。それだけでなく、姫がお作りになられる魔導特区が発展する可能性もある。革新派でなくとも推《お》したくなるというものです」

事実、保守派から革新派に鞍替《くらが》えする貴族も増えているらしい。途中参加では派閥内での地位は望めないが、将来的に見れば、このまま保守派に所属しているよりも旨《うま》みがあると計算したのだろう。余程の大貴族でもなければ、そうした計算が出来ない家は落ちぶれていくだけなのだとか。

——結構、貴族っていっても気を抜けないのね……

何だか世知辛《せちがら》い話ながら、どこでも生き抜くのにはそれなりの能力が必要という事かと、アンネゲルトは妙な納得をしていた。

エーベルハルト伯爵夫妻の後も、見舞い客は後を絶たなかった。特に貴婦人が多かったのは、襲撃事件からこっち、クアハウスが閉鎖されている事への穏やかな苦情が目的だったらしい。

クアハウスの経営自体は選定した商人に移っている為、アンネゲルトが東域に外遊に出ていた間も営業していたそうで、その間に貴婦人や裕福な商人の妻や娘達を虜《とりこ》にしていたとか。

「私も随分楽しませていただきましたのよ。ですから、なるべく早くの再開を希望しますわ」

そう言って穏やかに微笑んでいるのはアレリード侯爵夫人である。襲撃直後にテオリーン宮で顔を合わせているのだから見舞いは不要だろうに、本日の朝一番にしっかり約束を入れて見舞いの体《てい》で離宮にやってきたのだ。

「その辺りは私では決められないの。国王陛下から言われているものだから」

クアハウス閉鎖は、アルベルトの意向だった。表向きは襲撃事件の全容が解明されるまで安全確保が出来ないせいとなっているが、その実、閉鎖中にアルベルト自身が楽しむ為なのだ。

この辺りはさすがに言えないので誤魔化したものの、さすがはアレリード侯爵夫人、実情はきっちり知っていた。

「ほほほ。陛下の事でしたら存じていましてよ。まあ、あの方はご自身が楽しみたい為に私達に我慢を強《し》いるだなんて」

「こ、侯爵夫人？」

侯爵夫人は笑顔のはずなのに、目だけが笑っていない。何やら気迫まで感じられる。

「本日も陛下がいらっしゃっているのでしょう？　私、ちょっとクアハウスまで行って直談判してまいりますわ」

そう言うが早いか、侯爵夫人は貴婦人の礼を執《と》るとあっという間に離宮を後にした。

残されたアンネゲルトはしばらく呆然としていたが、小間使いから声をかけられ、慌ててクアハウスに連絡を入れる。

「そちらにアレリード侯爵夫人が向かったから、対応お願い！」

さすがに入浴中の国王へ突撃をする事はないだろうが、確実に閉鎖に関する苦情を言うはずだ。侯爵夫人に責め立てられる国王を想像して、少し笑ってしまった。

本日の来客は侯爵夫人以外にもいたので、次々と見舞いを受けたけれど、人に会うのは存外疲れるものだ。

昼食を挟んで本日最後の見舞い客だと通されたのは、ハルハーゲン公爵とステーンハンマル司教だった。

「妃殿下のご無事な様子を拝見して、ようやく安堵いたしました」

今にも彼女の足下に跪《ひざまず》かんばかりのハルハーゲン公爵に、アンネゲルトの腰は引けている。いつにも増して過剰な表現をする公爵は、苦手を通り越して恐怖の対象になりそうだ。

「襲撃されたと言っても、危険な事など一切なかったのですから」

だから心配そうな顔をして近寄ってくるな、とまではさすがに口に出来ないが、本当は言ってやりたい。アンネゲルトの右手は彼に捕らわれ、じっくりと撫《な》で回されている。おかげで右腕を中心に鳥肌が立っていた。

それにしても、これまで彼がこんな風に接触してきた事はなかったのに、今回に限って妙に接触してくるのは何故なのか。

――これ、振り払ったらダメなのかな……

あまりの状況に、愛想笑いも底を尽きそうだ。これでも大分猫を被るのがうまくなったと思っていたのに、そろそろ堪忍袋の緒が切れそうである。

もう少しで爆発するところだったアンネゲルトを救ったのは、意外な人物だった。

「公、そのくらいになさいませんと、妃殿下に嫌われてしまいますよ？」

公爵の隣に座った妖艶《ようえん》な人物、ステーンハンマル司教だ。彼は形のいい唇に笑みを載せ、公爵に微笑みかけている。慈愛の笑みには苦いものが少し混ざっていた。

苦笑されたのが悔しかったのか、ハルハーゲン公爵は残念な様子を隠そうともせずに、ようやくアンネゲルトの手を放す。

「相変わらず無粋《ぶすい》だね、君は。これだから聖職者というものは好かないのだよ。ああ、君は別だ。私の大事な友だからね。妃殿下、どうか私の想いだけはわかってください」

何をわかれというのか。解放された右手を左手でさすり、先程までの感触を払い落とそうとしているアンネゲルトは、顔を逸らし口元を引きつらせていた。

「それにしても……」

彼女の反応には目もくれず、ハルハーゲン公爵は出されたお茶を一口含む。

「殿下のお命を狙うとは、不届きな侵入者達ですね」

「……え？」

今、公爵は何と言ったのか。聞き間違いでなければ、「妃殿下」ではなく「殿下」と言ったはずだ。

今回の襲撃事件は、対外的には離宮に賊が侵入した、とだけ発表されている。これまでの経緯から、詳しく知らない貴族達には狙われたのはアンネゲルトだと思われているが、実際に狙われたのは王太子ルードヴィグだ。

この事を知っているのは限られた人物のみで、その中にハルハーゲン公爵は含まれていない。

固まったアンネゲルトの態度で察したのか、ハルハーゲン公爵は彼らしくない、にやりとした笑みを浮かべる。

「私にも、色々と教えてくれる知り合いはいるのですよ」

つまり、誰かから漏《も》れた情報を彼の耳に囁いた人物がいるという事だ。公爵の情報網を侮《あなど》りがたしと見るべきか、国王の側近に口の軽い者がいると見るべきか。

「王太子殿下のお命を狙うなど、神をも恐れぬ行いです」

そう呟いたのは、ステーンハンマル司教だ。この世界でも、王権は神が与えた神聖なものであるという王権神授説がまかり通っている。王の権威を脅《おびや》かす者は、王権を授けた神に逆らう者と取られるらしい。

神に仕える聖職者である彼にとって、ルードヴィグの命が狙われた騒動は、別の意味で許しがたい事なのかもしれない。

その時、アンネゲルトは唐突に閃《ひらめ》いた。ステーンハンマル司教はこの国の教会組織の長《おさ》を務める人物だ。ならば、彼に頼めば婚姻無効の申請が可能なのではないだろうか。

——将を射んと欲すれば、まず馬を射よ！　……この場合、逆かな？

いつ終わるかわからない教会の仕度を待つより、トップの人間にねじ込む方が早い。ずるだという自覚はあるが、使えるコネがあるのだから、使わなければ損だ。

意を決したアンネゲルトが口を開こうとしたのと同時に、公爵から驚きの言葉が飛び出る。

「そうそう、妃殿下は教会に婚姻無効の申請を出そうとなさっておられるとか」

あやうく変な声が出るところだった。ルードヴィグ暗殺未遂の件とは違い、こちらは別段隠している訳ではないので公爵が知っていても不思議はない。

それでも、苦手な相手からプライベートを話題に出されるのは、なんだか嫌なものだ。

だが、これはいいチャンスでもある。せっかく話題を振ってくれたのだから、素直に乗ってしまえばいい。

そう決めたアンネゲルトは早速、こちらに来てから磨きのかかった愛想笑いを浮かべる。

「ええ、そうなんです。でも教会の都合で、申請すら出来ない状態なのだけど」

意味のない嫌みを、公爵越しに司教へぶつけてみた。

一体教会は、いつまで申請を受け付けずに拒否するつもりなのか。本当なら教会に直接乗り込んで、担当者に文句を言いたいところだ。そんな思いが言葉にこもったのか、司教が少し居心地悪そうにしていた。

公爵の方は、何やら神妙な表情で頷いている。

「わかります、わかりますよ、妃殿下。教会も役所同様、融通《ゆうずう》が利かないところですからね」

彼は隣にいるステーンハンマル司教をちらりと見た。まるで教会の悪い部分は、全て司教のせいだと言わんばかりだ。

ステーンハンマル司教は、公爵の言い分を苦笑で受け流している。年齢は公爵の方が上のはずなのに、精神的な年齢は逆転しているらしい。

「妃殿下、教会を代表してお詫び申し上げます」

司教は妖艶な顔に蠱惑的《こわくてき》な笑みを載せている。綺麗な男性には興味のないアンネゲルトでも、気を抜いているとふらふらと引き寄せられそうだ。

「そうだな、君がしっかり下の者に言って、すぐにでも申請出来るよう取りはからうべきだ」

「承知いたしました。戻りましたら、私の方から担当者に申しつけましょう」

ハルハーゲン公爵の妙に偉そうな口ぶりにむっとしたアンネゲルトだったが、続くステーンハンマル司教の言葉に、すぐにそんな気分は吹き飛んでしまった。

ここしばらく頭を悩ませていた問題がこんな形で解決するなど、世の中何が幸いするかわからない。

素直に喜んでいいのか悩むが、裏があったところで現時点ではどうしようもなかった。早く独身に戻りたいのは本音なので、ここは司教の申し出にありがたく乗らせてもらおう。

「ぜひ、よろしくお願いします、ステーンハンマル司教様」

アンネゲルトの言葉に、ステーンハンマル司教は相変わらず本音が読めない微笑で応えた。

千客万来とはこの事か、翌日にはまた珍しい来客が離宮にあった。国王の側近、ヘーグリンド侯爵である。

「妃殿下におかれては、ご健勝のご様子。この目で確かめて安堵いたしました」

いかにも上流貴族、という容貌《ようぼう》のヘーグリンド侯爵は、愛想笑い一つ浮かべず述べた。対するアンネゲルトの頬は、引きつり気味である。

「わざわざのお見舞い、ありがとう侯爵」

「いえ、臣下として当然の事にございます」

これがアレリード侯爵であれば、もう少し砕けた雰囲気になるのだろうが、同じ侯爵でも目の前の人物では、部屋の中にいらない緊張感が漂《ただよ》うばかりだった。

おかげで、会話が弾む気配さえない。さて、どうしたものか。こちらから話題を振るべきかと悩むアンネゲルトだったが、先に口を開いたのはしかめっ面をした侯爵の方だった。

「時に」

「はい？」

「一部で何やら噂《うわさ》を耳にしたのですが」

「まあ、どんな噂《うわさ》かしら？」

内心ヘーグリンド侯爵でも噂《うわさ》を気にするのかと驚いたけれど、顔には出さずに済んだ。

表向きは噂《うわさ》と言いつつ、実は人を使って調べさせた情報を口にする事もあるそうだから、ヘーグリンド侯爵の場合はそちらだろう。

「妃殿下がルードヴィグ殿下との婚姻を無効にすべく、教会に申請を行ったとか」

やはり調べた事を言っているようだ。内心「それか」と少し安堵する。この話に関しては、特に隠していないけれど積極的に言いふらしてもいない。そのせいか、離宮襲撃の噂《うわさ》に負けて社交界には広まっていないのだという。

アンネゲルトとしては、その後のエンゲルブレクトとの結婚の方が隠しておきたい事なので、婚姻無効は広まったところで問題なかった。ヘーグリンド侯爵に情報を流したのは、教会関係者だろうか。

――アレリード侯爵側から漏《も》れたとは思えないのよね。仲悪そうだし。

同じ国王の側近という立場ではあるが、外の国を多く見てきたアレリード侯爵に対して、ヘーグリンド侯爵は国内専門なのだと聞いている。おかげで政治の場でもしばしば対立するらしい。

ヘーグリンド侯爵が婚姻無効の事実について知りたいのは、帝国との同盟の問題があるからか。それこそアレリード侯爵の専門のような気もするが、もしかしたら「個人的」

な興味で聞いているだけかもしれない。

――まず、ないだろうけどね。

アンネゲルトは愛想笑いを貼り付けたまま、ヘーグリンド侯爵に答えた。

「実は、申請はまだなの。教会の方から仕度が調《ととの》っていないと言われてしまって。でも先日、ハルハーゲン公爵と一緒にステーンハンマル司教様がお見舞いにきてくださって、申請出来るよう取りはからうと仰《おっしゃ》ったから、もうじき出来るようになると思うわ」

彼等が離宮に来たのは昨日で、まだ教会からは何の連絡もない。気ばかり焦るが、今はおとなしく待つ以外に手はなかった。せっかくこの休暇中に申請しようと思っていたのに、休暇はもう明日で終わりだ。

扇の陰でアンネゲルトが小さな溜息を吐いていると、ヘーグリンド侯爵が口を開いた。

「一つ、伺ってもよろしいでしょうか？」

「……何かしら？」

てっきり「婚姻無効など言語道断！」と説教でもされるのかと予想していたら、そうではないらしい。一体何を聞かれるのかと身構えていると、侯爵は意外な事を尋ねてきた。

「ルードヴィグ殿下との婚姻を無効になさると、妃殿下のこの国でのお立場は非常に微妙なものとなりますが、すぐに帝国へお戻りになる予定ですか？」

そこなのか、と思うと同時に、この人物は国王の側近だったのだと改めて思い出す。自分が嫁《とつ》いできたからこそ出来上がった帝国との同盟だ。その自分が政略結婚を無効にして帝国に戻ってしまったら、同盟の方も白紙に戻ると考えたのだろう。

正直、それは帝国側も望まないらしい。そうでなければアンネゲルトの再婚話に帝国皇太子であるヴィンフリートが首を突っ込んでくるはずがないのだ。

現に今も、彼の側近でありアンネゲルトの弟でもあるニクラウスが、エンゲルブレクトとの再婚を見届ける為離宮に滞在している。半年で帝国に帰っていいと言っていたのに、随分な手のひら返しだ。

——……もしかして、状況が変わったから？

アンネゲルトがエンゲルブレクトに惹かれなければ、同盟を違う形に持っていったのではないか。その計画が最初からあったから「半年で帰っていい」と言われたのかもしれない。

何にしても国を背負うというのは大変なのだな、と他人事のように感じつつアンネゲルトは答えた。

「すぐに帝国に戻る事はありません。この島は陛下から私個人がいただいたのだし、離宮の修繕も終わったばかりだもの。それに、魔導特区はまだまだ手を入れなくてはならない問題も多く、中途半端なまま放り出したくありません」

魔導特区を作るのは決定したけれど、細かい事はまだ決まっていない。こんな状態で帝国に帰るなど出来なかった。

実際にはエンゲルブレクトとの結婚を控えているので、すぐどころか今後も帝国に帰る事はないのだが。それを今ヘーグリンド侯爵に言う訳にはいかなかった。

エンゲルブレクトとの結婚は、彼が正式に王族として披露されてから発表すると決まっている。これはニクラウスやティルラだけでなく、エンゲルブレクトやエドガーも交えた話し合いで決まった事だった。

そんなアンネゲルト側の事情を知らない侯爵は返答に満足したのか、頷いて同意する。

「その方がよろしいでしょう」

「侯爵は、婚姻無効に反対しないのね」

つい、口にしてしまった。彼の立場なら、反対してもおかしくはない。帝国との繋がりを保とうと思っているのならば、なおさらだ。

だが、侯爵からの答えは意外なものだった。

「殿下のなさりようを知っていれば、反対は出来ますまい。あの方をお諫《いさ》め し切れなかったのは、我々臣下の不徳の致すところです」

侯爵の言葉に、エーベルハルト伯爵の言葉を思い出す。もしかして、ルードヴィグが王太子としての資質を疑問視され始めたのは、自分との事があった辺りからなのだろうか。

気にはなるが、今更だ。彼との婚姻は解消され、自分はエンゲルブレクトと結婚する。そしてエンゲルブレクトは革新派が推《お》す次代の国王候補だ。

物事は動いている。それはもう誰にも止められない。ルードヴィグにも、もちろんアンネゲルトにも。

侯爵が離宮を辞した後、アンネゲルトは図書室でぼんやりと過ごしていた。このところ通常のシーズン中と同程度に客の相手をしていたので、精神疲労が酷い。

自分の部屋で休んでもいいのだが、彼女は図書室の独特の雰囲気が好きだった。本に囲まれてのんびり過ごす時間は、とても貴重なものに感じられる。

それを知っている周囲の者は、アンネゲルトが図書室にいる間は極力近寄らないようにしていた。

アンネゲルトは行儀悪く長椅子に寝そべっている。脳内にはヘーグリンド侯爵の言葉がよぎっていた。彼女が考えている通り、ルードヴィグに対する貴族の評価が一昨年《おととし》から続いているものだとすると、彼がその評価をひっくり返すのは至難の業《わざ》だ。

何か一発逆転出来る程のものを彼が提供出来ればいいが、それは絶望的と言っていい。時間をかけて蓄積された評価を変えるには、同じだけの時間か、大きな出来事が必要になる。

「……どっちも無理そうなんですけど」

何せアンネゲルトの出した宿題にさえ、未だに回答出来ないでいるのだ。地頭の良さはあるのだろうけれど、学習不足は否定出来ない。

あれは多分、反国王派だったという乳母《うば》の影響だろう。王制や貴族を嫌い、その必要性を学ばずに嫌悪だけをすり込まれた結果ではないか。結果、社交を学ばず、貴族の味方を作る事もせず、今に至っている。

アンネゲルト自身、胸を張って皇族だと言える程の要素はないけれど、そんな彼女の目から見ても、ルードヴィグのやりようは酷かった。今は大分ましになっているが。

あのまま薬の一件がなかったら、今頃どうなっていたのだろう。

「もっと酷くなってたかなー」

少なくとも、一緒に東域に行く事はなかっただろうし、世継ぎを産んでくれなどと言われる事もなかったはずだ。

思い出しては怒りが再燃する。世継ぎ云々の前に、お互いの関係修復が先だろうに。しかも愛人の存在をどうするかは触れもしなかったのだ。馬鹿にするにも程がある。せっかく少しは見直したと思ったのに、改めて評価が下がった。

「もう心配なんてしてやらないから」

東域外遊を通じて妙な情は湧いてしまったものの、ルードヴィグに対してはそこ止まりだ。これ以上首を突っ込むつもりはないし、彼が廃嫡されようがされまいがどうでもいい。とにかく、ルードヴィグとの婚姻を無効にしてエンゲルブレクトとの結婚を進めればいいだけだ。

そこではたと気付いた。ルードヴィグとの婚姻を無効にして王太子妃の地位を降りるのだが、もしエンゲルブレクトが立太子されて王太子になったら、彼と結婚するアンネゲルトはまた王太子妃になるのだろうか。

「何か、変」

とはいえ、彼との結婚をやめるつもりは毛頭ない。まずは無効の申請だが、教会は何をしているのやら。いい加減仕度は調《ととの》ったのではないだろうか。いつまで経っても報《しら》せがこないのなら、アポなしで突撃してやる。

そう決めたアンネゲルトは、翌日の為に早めに休む事にした。

結局、翌日アンネゲルトが教会に突撃する事はなかった。というのも、教会から申請を受け付けるという報《しら》せがようやく届いたからだ。

何だか肩すかしを食らった気分だったが、これでようやく一歩進めるのだからと自分に言い聞かせ、アンネゲルトは仕度をして教会に向かった。

申請の手続きを済ませて、やっとこれで終わると思いきや、担当者から無慈悲な言葉が下される。

「では、これより審査をいたします。結果がわかるのは最低でも一月《ひとつき》はかかるかと――」

「一月《ひとつき》ですって!?」

あまりの事に、アンネゲルトの声は叫び声に近くなっていた。おかげで目の前にいた担当者が、目を白黒させている。

「……失礼。でも、どうしてそんなに時間がかかるのかしら？」

大体、審査って何だ、審査って。そう思いはしても、口には出さずに我慢した。

「そ、その、確かに夫婦の間に何もなかったのか、確かめねばなりませんので……」

それをどうやって確かめるのか。問いただしたいところだが、出来る訳がない。結局、アンネゲルトはおとなしく申請の書類を提出しただけで、島に帰ってきた。

そんな彼女を離宮で待ち構えていたのは、アレリード侯爵とユーン伯エドガーだ。二人は応接室で、アンネゲルトの帰りを待っていた。

「教会に申請をなさったそうですね。おめでとうございます」

侯爵はただのご機嫌伺いだったらしい。先程までリリーから話を聞いていたとかで、申請の話は彼女からの情報のようだ。

エドガーの方は例の事件の見舞いだった。

「離宮襲撃の件は災難でしたね。ですが全員捕縛《ほばく》なさったとか。その光景を僕も見たかったなあ。仕事なんて放っておいて、僕も離宮に滞在していれば良かった」

「おいおい、仕事を放るのは感心せんな」

「ですが閣下、それくらいの価値はありましたよ。エンゲルブレクトとグルブランソンから聞いたんですから、間違いありません」

なんと、捕縛《ほばく》劇の情報元はあの二人だったのか。シアターと特設会場で観覧していた事も、エドガーは知っている訳だ。

——道理で悔しがってる訳ね。要はあのお祭り騒ぎに参加したかったと。

確かに彼の性格なら、あの騒ぎに参加出来なかったのは無念だろう。それだけでなく、東域への外遊に同行したエドガーは、船の中で帝国の技術をあれこれ見たせいか、離宮の仕掛けにも大変興味を持っていた。先程リリーが相手をしていたというのも、エドガーからの要請で技術的な事を聞いていたのではないか。

ここで、アンネゲルトに一つの疑惑が生じた。

「ユーン伯、まさか見舞いと称して仕掛けをご自分の目で確かめに来た、とか言わないわよね？」

「ははは、そんなまさか」

笑って否定するエドガーだが、半分くらいはそう思っていそうだ。もっとも、離宮の仕掛けに関しては技術的な問題で公表出来ないが。

——あ、でもあの時の映像が残っているかも。

襲撃の際に見た映像は、リアルタイムのものがほとんどだったけれど、いくつかは録画のものだと言っていた。それにリリーなら運用試験の結果を簡単に消す事はないだろう。

そう考えたアンネゲルトは、少しだけ人の悪い笑みを浮かべた。

「そうよね、ユーン伯がそんな事をするはずないわよね。あの時の映像は残っているかもしれないけど、お見せするようなものでもないからリリーに言って消去させましょう」

「え⁉　い、いや、それはもったいな……いえ、そのようなものが残してあるのでしたら、何かの折に必要になるかもしれませんよ？　時に、そのえいぞう、とやらはリリー嬢が管理しているので？」

　あからさまに引っかかったエドガーに、アンネゲルトは笑いを抑える事が出来ない。アレリード侯爵も、呆れながらも笑っていた。

「お前……色々とダダ漏《も》れだぞ」

「えー？　だって面白いものがたくさん見られるかもしれないんですよ？　閣下だって見たいでしょう？　そうですよね？」

　どうやらエドガーはお仲間を増やしたいらしい。ここで二人揃って要請すれば、映像を見られるという読みか。アレリード侯爵もわかっているのか、苦笑しつつも肯定している。

「そうだな。滅多に見られるものではないだろうし」

「でしょう!?　という訳で妃殿下、ぜひとも実際の『えいぞう』とやらを見せてください」

　そのあからさまな言い方に、アンネゲルトはついに笑い転げた。侯爵の前では初めてだが、エドガーには船の中で散々素の姿を見せていたのですっかり油断した結果だ。

　ひとしきり笑い終わった後、滲《にじ》んだ涙を拭《ぬぐ》ったアンネゲルトは答える。

「そうね。今日の事を黙っていてくれるなら、リリーに頼んでみるわ」

さすがに二人の前で馬鹿笑いしてしまったのはよくなかった。こんな取引をしなくても吹聴したりしないだろうとは思うが、形ばかりの条件として言ってみたのだ。

案の定、ノリのいいエドガーは了承してくれる。

「もちろんですとも。閣下もいいですよね？」

「わかったわかった。しかし、そんなに見たいのか」

「当然ですよ」

即答したエドガーに、アレリード侯爵は軽い溜息を吐いてからアンネゲルトに向き直った。

「という訳ですので、今日見た妃殿下のご様子は誰にも漏《も》らしません。もちろん、妻にもです。私の名誉にかけてお誓いいたします」

「あ、僕も誓います」

随分と軽い誓いだが、どのみち形だけなので問題ない。アンネゲルトはきちんとリリーに伝える事を了承し、録画の鑑賞はまた日を改めてと決まった。

話題が落ち着いたのを見計らって、侯爵が口を開く。

「時に、サムエルソン伯が王族として陛下に認められた話は、お耳に入ってらっしゃいますか？」

「聞いています。正式なお披露目《ひろめ》はまだ先だとも」

新しい王族としてお披露目《ひろめ》する前に、色々と面倒な手続きやら何やらが必要らしい。それを経てから貴族関連に根回しをし、ようやくお披露目《ひろめ》が出来るのだ。

面倒な話だとは思うが、手続きは大事だし、貴族関連の根回しという名の調整も必要な事だった。特に根回しを怠《おこた》ると、貴族達からそっぽを向かれてしまって後が大変になる。

アンネゲルトの返答に、アレリード侯爵も頷いた。

「先が長いように感じられるかもしれませんが、万事、我々にお任せください」

「期待しています」

特にアンネゲルトから伝えなくても、エドガーからエンゲルブレクトとの婚約話が伝わっているのだろう。そうでなければ今の言い回しは出てこない。

とにかく、革新派がエンゲルブレクトの後ろ盾となってくれるのは心強い。アレリード侯爵もエドガーもやり手だし、宮廷内での最大派閥の革新派が動いてくれれば根回しも楽なはずだ。

その後、少し雑談をしてからアレリード侯爵は王都へと戻り、エドガーはエンゲルブレクトのもとへ行くという。彼等二人が退室するのを見送って、アンネゲルトは軽い溜息を吐いた。

今日は随分と忙《せわ》しない日だ。申請の手続きに、アレリード侯爵とエドガーとの面会である。それだけでどうしてこんなに疲れるのか謎だが、疲弊したのは確かだった。

四　嵐の後

エンゲルブレクトは執務室にて、大量の書類と格闘していた。護衛隊の書類だけでなく、王族としてのお披露目《ひろめ》に関係するものも含まれているからか、これまで以上の量になっている。

うんざりしながら決裁していると、さらにうんざりする人物がやってきた。

「やあ、エンゲルブレクト。励んでいるかい？」

「とっとと失せろ」

声だけで誰かわかったので、顔も見ずに吐き捨てる。今は一分一秒が惜しいのだ。エドガーなぞに構っている暇はない。

だが敵も然《さ》る者、この程度で簡単に出ていったりはしなかった。

「何さ、その態度。せっかく陣中見舞いに来てやったっていうのに」

「そうか、それはありがたい。ついでに今すぐ出ていってくれたらもっとありがたいぞ」

忙しすぎて殺気立っている為、自分でも随分と素っ気ない対応だなと思う。だが、やはりエドガーは気にした様子もなく、執務机のすぐ前まできた。

「先日、どこぞの王族の公爵様が離宮に来たって話は聞いてる？」

囁かれたのは、ついこの間離宮を来訪したハルハーゲン公爵についてだった。例の事件の見舞いと称して離宮を訪れているのは彼だけではない。確かに要注意人物ではあるが、今更彼が離宮に来ただけで警戒する程の事でもないだろうに。

「その件なら知っている」

「またあの司教を伴っていたっていうのも、知ってるね？」

エドガーの声の調子が変わった。こういう時に片手間に聞くと怒る事を知っているので、エンゲルブレクトは手を止めて顔を上げる。エドガーは真剣な面持ちでこちらを見ていた。

「司教がいたから、直談判して申請が出せるようになった、と聞いてるぞ」

それの何が問題なのか。エンゲルブレクトには見当もつかないが、エドガーは眉間に皺《しわ》を寄せて考え込んでいる。

ややして、口を開いたと思ったら、エドガーはある要請をしてきた。

「悪いんだけどさ、ニクラウス君とティルラ嬢を呼び出してくれないかな？　出来れば、誰にも聞かれない場所で話がしたいんだ。もちろん、君も込みだよ」

彼が何をしたいのか、さっぱりわからないものの、呼び出す人間から考えるに、アンネゲルト関連の事だろう。エンゲルブレクトは無言のまま頷き、内線で二人に連絡を取った。

ティルラから会談場所として提供されたのは、図書室である。

「ここでしたら小間使い達もあまり来ませんし、ご要望にはぴったりかと」

基本的に、離宮の各部屋は盗聴対策が施《ほどこ》されていると同時に、防犯目的の監視カメラと集音器が仕掛けられている。収集したデータは、中央制御室が一括して管理しているそうだ。その事もティルラから告げられたが、エドガーは外に漏《も》れないなら問題ないとした。

「それで、お話というのは何でしょう？」

年に見合わない落ち着いた様子で促《うなが》すニクラウスに、エドガーはおどけた様子で肩をすくめる。

「実はこちらでも手詰まりになりましてね。お互い目的は一致しているし、そちらの情報を少し融通《ゆうずう》してはもらえないかと思いまして」

「こちらの情報……ですか」

ニクラウスは顎《あご》に指を当てて考え込んでいる。帝国側の決定権を握っているのは、この場ではニクラウスだった。

彼とは対照的に明るい調子のエドガーは、今回は大盤振る舞いする気らしい。

「もちろん、こちらの情報も全て開示しますよ。その上で、お互い理に適《かな》った方法をとるのが一番かと」

彼にしては珍しいやり方だ。いつもなら相手の弱みにつけ込むのに、最初から手の内を見せるとは。それだけ相手を重要視しているのか、もしくはこれも手管《てくだ》の一つなのか。全て開示すると言いながら、その実、隠すべき事は隠すのかもしれない。

エンゲルブレクトと同じ疑念を、ニクラウスも持ったようだ。

「そう言われても、はいそうですかと承諾出来ませんよ。とりあえず、何の情報を知りたいのか、聞かせてもらいたいものです」

「君相手に腹芸はしませんよ。ちなみに、今回の事は侯爵閣下から全て委《ゆだ》ねられています。我々が知りたいのは……」

エドガーは一度言葉を切り、ニクラウスを真正面から見据えた。

「あなた方がロンゴバルドで調べている、ステーンハンマル司教の情報です」

エドガーの口から出てきた名前が意外だったのか、それとも想定していた内容だったからか、図書室内は一瞬静まり返る。

そんな室内の空気などお構いなしに、エドガーは続けた。

「我々としても調査は進めているんですが、どうにもロンゴバルドにはいい伝手《つて》がなくて。帝国ならば、皇后陛下があの国出身でいらっしゃるから、我々が掴めない情報も掴めるのでは、と思ったんです」

エドガーの言い分に合点がいったとばかりに、ニクラウスが対応する。

「なるほど。しかし残念ながら、我々も全てを調べられた訳ではないんです。調査は続行していますが、どうにも追いにくい人物でして」

「やはり司教の事は調査していたんですね。彼はこの国の教会の長《おさ》ですから、当然といえば当然ですけれども」

エドガーは頷きながら言った。彼がステーンハンマル司教を調べる事になったのも、まさしくそれが理由だったようだ。アンネゲルトが魔導特区設立を望む以上、最大の壁は魔導を神の教えに反するとして禁じている教会になる。敵に勝つ為には、敵を知る必要があったのだろう。

少し考え込んでいたニクラウスは、エドガーの提案に乗る事にしたらしい。

「こちらが知っている分は提供しましょう。その見返りに、どのような情報をもらえるかにもよりますが」

彼の言葉に、エドガーはエンゲルブレクトがよく知る、にやりとした笑みを浮かべる。

「では一番の目玉を。司教の血筋に関わる事です」

「血筋？」

ニクラウスが一瞬ティルラと視線を交わしたのを、エンゲルブレクトは見逃さなかった。彼等にとって、それは有益な情報になり得る様子だ。

という事は、帝国側はロンゴバルドで調べてもステーンハンマル司教の血筋に辿り着けなかったという事か。

エドガーはニクラウス達帝国側の考えがわかったのか、にっこりと微笑んだ。

「彼は我が国の下級貴族であるステーンハンマル家の出身となっていますが、実際は違うという事までは調べられたと思います。僕が知っているのはその先、彼の実の父親についてです」

エドガーの言った内容に、何だか自分の事を重ね合わせてしまう。エンゲルブレクトもつい最近、自分の本当の父親を知ったばかりだ。

それにしても、こうも父親の不明な子がいるとは。調べたら他にもごろごろ出てくるのではないか。

エドガーからもたらされた情報はやはり貴重だったのか、ニクラウスだけでなくティルラも興味を示した。

「それが本当なら、ロンゴバルドでの調査が捗《はかど》りそうだ」

「そうですね。ユーン伯、ぜひ、その情報をお教えください」

ニクラウスとティルラの言葉に、エドガーは鷹揚《おうよう》に頷いて答える。

「もちろんです。ただし、実はこの情報も不確かなものなのです。なので、恥を承知でお願いしたいのですが、真偽を帝国の情報網で確認していただけますでしょうか」

そうくるか。見ればニクラウスは苦い顔をしている。だがここでエドガーからの申し出を断るつもりはないらしい。おそらく、調査を進めるには何かしら新しい情報が不可欠なのだろう。

ニクラウスはティルラの方を確認してから、エドガーに向き直る。

「わかりました。彼の血筋と思われる名を教えてください」

商談成立のようだ。エンゲルブレクトは呆れ半分感心半分でエドガーを見た。彼はニクラウスの言葉に頷き、彼曰《いわ》く目玉の情報を開示する。

「司教の母親はサールグレーン伯爵令嬢アン＝ソフィと目《もく》されています。ちなみに父親は……」

エドガーは一旦言葉を切ると、エンゲルブレクトに複雑な表情を向けた。何故彼がそんな素振りを見せるのかわからないが、何だか嫌な予感がする。

そして、その予感は的中した。

「ステーンハンマル司教の父親は、おそらく先代国王ヨルゲン十四世です」

再び、図書室は重い沈黙に包まれた。ヨルゲン十四世は、現国王アルベルトの父親で、この場にいるエンゲルブレクトの父親でもある。つまり、ステーンハンマル司教は二人の異母兄弟という事か。

重苦しい沈黙を破ったのは、その原因を投下したエドガーである。

「まあ、まだ確定ではないんですけどね。でも高確率で事実だと思いますよ」

「ちなみに、根拠は？」

ニクラウスの質問に、エドガーは額《ひたい》に指を当てて思い出すようなポーズを取りつつ語った。

「最初に特定したのは、司教の母親の情報でした。どう調べても、彼が誕生した時期にステーンハンマル家に子供を産める女性はいなかったので。で、次はステーンハンマル家に生まれた子を押しつけられる家を探してみた。すると、サールグレーン伯爵家が浮かんできたのです。両家は、本家と遠い分家という関係だ。そしてここからが重要」

そう言うと、エドガーは額に当てていた人差し指をびしっとニクラウスに突きつける。

「当時のサールグレーン伯爵家には娘がおり、しかも彼女は国王の近くにいた」

つまり、数多くいたヨルゲン十四世の愛人の一人だった、という訳だ。だが、腑《ふ》に落ちない点もある。ニクラウスも同様に考えていたのか、エドガーに尋ねた。

「では、サールグレーン家は国王の子と思われる子供を、分家へ養子に出したという事ですか？　何故そんな事を？」

普通、国王の子を身ごもった娘がいれば、親は生まれてくる子を盾に王家から土地や金、爵位、権力などを引き出す算段をする。そんな金の卵である子供を他家に、しかも分家へ養子に出すなど考えられない。

だが続くエドガーの言葉に、エンゲルブレクトは納得した。

「どうも、当時の伯爵家当主は相当な頑固者、かつ信心深い人物だったようでね」

スイーオネースは昔から教会の勢力が強い国であり、その分、敬虔《けいけん》な信者が多い。そして教会では妻以外の女性との間に子供を儲《もう》ける事を禁じている。つまり、王侯貴族が愛人を持つ行為は、教会としては本来なら許してはならない事なのだ。

信心深い父親なら、自分の娘が教会の教えに背《そむ》いて妻子ある男性との間に子供を儲《もう》けた場合、金の卵ではなく、罪深い存在と思うのではないか。

エドガーも同じ考えに至ったらしい。

「ここからは推論になるけど、未婚の娘の妊娠を知った当主は子の父親を問いただす。娘の口から出た名前に、自分の娘が罪を犯したと悟った当主は、伝手《つて》を頼ってロンゴバルドへ娘をやり、そちらで出産させた。ロンゴバルドを選んだのは、教皇庁領が近いからだろうね。おそらく、地上で一番神に近いといわれている場所にやる事で、娘の罪を少しでも軽くしたかったんじゃないかな。その後、子供は名前だけステーンハンマル家に入れて、実際には予定通り教皇庁へ入れて養育してもらったってところか」

身分と金さえあれば、子供でも教皇庁に入る事は出来る。ある程度の年齢に達するまでは、ロンゴバルド内の縁ある家で養育させたのではないだろうか。

ニクラウスとティルラはエドガーの話を聞いて考え込んでいる。

「確かに、そうだとすると辻褄《つじつま》は合う。足跡を残さない為か、とにかく記録を追うのが難しかったそうだから。幼子を連れていたのに一箇所に二年と住んでいないというのは、尋常じゃない」

親しく付き合っていた近所の人間もおらず、誰に聞いても転居先を知らなかったのだとか。おかげで国中をしらみつぶしに探さなくてはならなかったそうだ。

それにしても、理由はどうあれ娘の父親が国から出したおかげで、彼女は腹の子ともども命拾いした事になる。娘自身が、父親のやり方をどう思ったかは知らないが。

「それで、伯爵令嬢のその後は？」

エンゲルブレクトの問いに、エドガーは何でもない事のように答えた。

「父親の命令でロンゴバルドの男爵家へ嫁《とつ》いでいるよ。無事跡取りも産んで、安泰に過ごしているって」

エドガーも手をこまねいていた訳ではない。令嬢の嫁《とつ》ぎ先までは特定出来たのだが、肝心の令嬢本人には接触出来なかったのだそうだ。

「僕の力じゃ、ここまでが精一杯みたいなんだよね。で、一つ帝国の力を借りられないか、と思ったんだ」

「なるほど。ロンゴバルドの男爵家ならば、王家には逆らえないでしょう。たとえどのような事情があろうとも」

そう言って笑うニクラウスは、エドガーの同類らしい。彼も目的の為には手段を選ばないようだ。こんなところまでアンネゲルトと違うのだなと、似ているようで似ていない彼女の弟を眺める。

「帝国の皇后陛下はロンゴバルドの王女だった方です。王位を継がれた兄君との仲は良好で、便宜《べんぎ》を図ってもらう事も多いのですよ。男爵家程度なら、圧力をかけるのも簡単です。早速帝国に連絡しましょう。ティルラ」

「はい」

ニクラウスとの短いやり取りだけでしっかり意図が伝わっているのか、ティルラは図書室に備え付けられている内線で制御室へ連絡を入れた。

それにしても、今日はなんて日なのか。まさか他にも生きている兄弟がいるとは。

「大丈夫かい？」

珍しくエドガーが気遣いの言葉を口にする。どうやら酷い顔色をしていたようで、ニクラウスも心配そうにこちらを見ていた。

正直に言えば少し休みたい気分だが、そんな事も言っていられない状況なのはよくわかっている。エンゲルブレクトは強がりで大丈夫だと答えた。

「血が繋がっているとしても、今更だ」

国王アルベルトの時も、実感はなかったのだ。ステーンハンマル司教でもそれは変わらない。エンゲルブレクトにとっての「兄弟」は死んだルーカスだけだ。もう一人「妹」と呼べる人物――ダグニーがいたけれど、彼女は近くにいても遠い存在になってしまっている。

「どちらかというと、よく生き残れたなという思いだな」

　エンゲルブレクト自身は王妃の大虐殺の後に生まれている為、被害に遭いようがないが、彼より年上のステーンハンマル司教は違う。年齢から考えると、ちょうど事件の頃に生まれたことになる。偶然が彼を生き残らせたのだ。

その彼が、長年王位に欲を見せているといわれるハルハーゲン公爵と共にいる。そこには、どんな意味があるのか。

　エンゲルブレクトはエドガーに向き直った。

「私としては司教と公爵との繋がりの方が気になる」

「まあね。そういえばあの公爵、見舞いで来た時に妃殿下にべたべた触っていたらしいよ」

　エドガーの発言に、エンゲルブレクトは不機嫌を露《あら》わにする。彼が離宮に来ていたのは知っているが、そんな事になっていたとは。

「聞いていないぞ」

「まあまあ。妃殿下もきっと君には言いづらかったんだよ。そういう乙女心は理解してあげなきゃ。そうそう、ヘーグリンドのじいさんも来たんだってね。びっくりだよ」

　先代国王の時代からの重鎮も、彼にかかればただのじいさんである。しかし軽い口調の割には、エドガーの表情は真剣なものだ。

「何か、気になる事でもあるのか？」

「うん。何故この時期に、じいさんが妃殿下のもとを訪れたんだろうね？」

エンゲルブレクトのみならず、ニクラウスもこれには首を傾げている。何故も何も、襲撃事件に対する見舞いだろうに。

その考えが伝わったのか、エドガーは苦笑して付け足した。

「ただの見舞いなら、代理人を立てるよ、あのじいさんなら。現に今までの襲撃では、一度も見舞いなんて来ていないでしょ？」

そういえば、彼が見舞いに訪れた事は一度もない。おそらく代理人どころか見舞いの品で終わらせてきたのではないだろうか。

思い当たったらしいエンゲルブレクトを見て、エドガーは続けた。

「そんなじいさんが、何故今回だけ見舞いと称して離宮に来たのかなあって。今、王宮は暇じゃないのに」

「何かあったのか？」

シーズン中の王宮が多忙なのは当たり前だが、その程度でエドガーが「暇じゃない」と口にするとも思えない。エンゲルブレクトの問いに、エドガーは肩をすくめて答える。

「何かも何も、君の事があるからじゃないか。もっとも、新しい王族については秘中の秘だし、じいさんにも知らされていないけどね。それに坊やの廃嫡問題も絡んで、王宮は去年のシーズンなんか目じゃない程の忙しさだよ。これはじいさんも一緒なんだけどなあ」

エドガーの指摘に、先程まで自分を悩ませていた書類の山を思い出す。エンゲルブレクト自身、決裁しなければならない書類に忙殺されているのだから、関係各所はさらに大変だろう事は少し考えればわかるはずだったのに。忙しさにかまけて周囲を見ていなかったようだ。

軽く反省するエンゲルブレクトを余所《よそ》に、エドガーは話を続けた。

「忙しいはずのじいさんが、わざわざ時間を作ってまで妃殿下を見舞ったのは、やっぱり継承問題の鍵を握るのが妃殿下だからかね？」

「それは、国王陛下が姉に仰《おっしゃ》った話ですか？」

エドガーに質問したのはニクラウスだ。そういえば、外遊に出立する前に、アンネゲルトが選んだ人物が次の王になるなどとアルベルトが言っていたと聞いている。それをヘーグリンド侯爵が真に受けたのだろうか。

だが、エドガーの意見は違うらしい。

「うーん……陛下は相手を選んで言ってそうなんだよね。実際、僕も閣下も、もちろんヘーグリンドのじいさんもそうだと思うけど、陛下の口から直接は聞いていないんだ。多分、この話を直接聞いたのはヨルゲン坊やと妃殿下だけじゃないかな。もしかしたら、じいさんはその話を知らないかもね。まあ、耳のいいじいさんに限ってそれはないか」

随分と大胆な推測だが、納得は出来る。エンゲルブレクト自身は東域外遊から戻って以来、まだ宮廷にはほとんど出ていないので貴族達の噂《うわさ》を聞いていないが、耳ざといエドガーが他人からこの話を聞いていないと言うのなら、宮廷でも出回っていないのだろう。

「ハルハーゲン公爵にも話していないと？」

「多分、だけどね。そんな話を陛下から聞いていたら、あの公爵ならもっと違う手を使ってきそうだから」

そうだろうか、とエンゲルブレクトは懐疑的だった。話を聞いたからこそ、より積極的な行動に出たのではという彼の意見に、エドガーは首を横に振る。

「王位を熱望している公爵が、妃殿下を手に入れれば王になれると知ったら、さらになりふり構わない手を使ってくるよ。それこそ、僕らの知らない薬でも使うかもしれない」

エドガーの最後の一言に、室内はしんと静まり返った。ルードヴィグに盛られていた薬も、スイーオネースはおろか帝国でも知られていないものだったのだ。薬の件とフランソン伯爵の件の黒幕がハルハーゲン公爵だとしたら、まだこちらが知らない薬を持っていても不思議はないのではないか。

「まあ、さすがにその後を考えれば、そこまで短絡的な手は使わないとは思うけど、用心はしておいた方がいいいんじゃないかな」

エドガーの言葉に反論出来る者はいなかった。

◆◆◆◆

離宮の離れで生活するダグニーは、これまでの人生で最も穏やかな時間を過ごしていた。日中はアンネゲルトの王宮侍女としての仕事を、夜はルードヴィグの話し相手をしている。

そう、話し相手だ。東域から帰る頃より、ルードヴィグとダグニーの間に男女の関係はなかった。彼はアンネゲルトに世継ぎを産んでほしいと頼んだそうなので、当然の事とも言える。

それでもまだ彼女がルードヴィグの側に置かれているのは、完全に関係が切れるのを彼が嫌がった為か、もしくは婚姻無効の申請が無事通るようにというアンネゲルトの思惑か。

どちらでも構わなかった。自分の役目はもうじき終わる、その予感は当たっていたという事だ。

ルードヴィグの側を辞した後、自分はどうするのか。家に帰るのか、それとも――

「……だめね。何も出てこないわ」

いかに自分が空《から》っぽな存在かを思い知らされる。こんな事を考えるようになったのも、東域で全く違う価値観に出会ったからだろう。東域になど、行かなければ良かったのかもしれない。

そこまで考えて、ダグニーは頭を振った。たとえ今苦しい思いをしているとしても、東域での経験は何ものにも代えがたいものだ。

それに、東域に行った事で自分の世界が広がったのを感じる。家や国に縛られているのが現実だけれども、心だけは自由にありたい。

ふと、ダグニーは父親であるホーカンソン男爵の事を思った。手紙で帰国した旨《むね》は知らせたが、その後、父からは返事すらない。てっきりまた新しい命令でも書き送ってくるのかと身構えていた分、何だか不気味である。

実の父に対して持つべき感情ではないのだろうが、外遊に出立する前の父は、ダグニーの目から見ても理解出来ない存在になっていた。

可能ならば、父には所属している保守派を離れてほしい。しかし、亡くなった母への屈折した思いを抱える父は了承しないだろう。

権力闘争という意味では、既に革新派が勝利したも同然だ。絶対的な数が違うのだし、魔導技術をいつまでも導入しないという保守派の方針では国が廃《すた》れるだけである。保守派の貴族は大丈夫だと主張しているようだが、彼等は魔導技術をほとんど知らないからそう言えるのだ。

実際に魔導技術を見て、それでも導入する必要なしと主張出来るのなら、それは物知らずな愚か者だとしか思えない。

考え事をしていたダグニーのもとに、ルードヴィグが戻ったと報《しら》せが来た。休暇も今日で終わり、明日からは社交や公務が始まる。ルードヴィグはその下準備として王宮に赴《おもむ》いていたのだ。

「お帰りなさいませ、殿下」

「ああ……」

いつになく覇気がない。出かける時には気合十分だったのだが。おそらく、今日の下準備がうまくいかなかったのだ。

アレリード侯爵との会談はいい感触だったとルードヴィグは言っていたけれど、本当にそうなのだろうか。革新派の中心人物で有能な侯爵が、廃嫡寸前と目《もく》されているルードヴィグに肩入れするとは思えないのだ。

とはいえ、それを口にする事も出来ない。自分が何かを言える立場だとは思わないし、下手な事を言ってルードヴィグが意気消沈するのは見たくなかった。

結局、ダグニーはいつものように彼が口を開くのを待ったが、ルードヴィグはしばらく無言で彼女と同じ時間を過ごした後、自室へと引き上げてしまう。

その背中を見送りながら、終わりの時はすぐそこまで来ているのだと、ダグニーは改めて自覚した。

◆◆◆◆

シーズン中のアンネゲルトは社交や公務で忙しくなるが、それ以外にも仕事があった。

「えーと、クアハウスの売り上げがこっちの書類で、温室の花から採取したオイルの検査結果がこれで……香水の試作品も出来上がってきてるんだー」

クアハウスも温室も、運用に関しては商人を入れている。オーナーという立場にあるアンネゲルトは、それぞれの施設から上がってくる報告書その他を確認して、必要なら追加の指示を出すのだ。片手間で出来る仕事ではない。

クアハウスの人気は上々のようだ。常に予約が一杯で、今一番予約が取れない施設として有名なのだという。そこで現在使っているのは輸入物の精油だが、ゆくゆくは全て温室で製造したものに変更したいと考えていた。その為にも検査や試作は大事である。

温室ではまだ実験的な栽培も多いけれど、既に香水作りや精油作りは始まっていて、その為の作業所も温室の側に設《しつら》えてあった。多くは南方原産の植物で、北国のスイーオネースではまずお目にかかれないものである。それもあって、最近では温室を見学用に公開する案も出ていた。

報告書の中には、クアハウスや温室で働く人員の補充の必要性も記されている。これは雇用創出の意味からも、地元民を採用する事が決まっていた。

それぞれ専門的な知識や技術が必要になるので、研修期間を設《もう》けて人材育成をする予定でいる。その為の書類も、アンネゲルトの手元に来ていた。

「お金儲《もう》けって……大変なのね……」

日本では、アルバイト程度の経験しかなかったアンネゲルトだ。人を雇うという事の難しさを、ここに来て痛感していた。

思えば、彼女の周囲にはそういう立場を経験している人間が多い。母もそうだし、広い意味では父もそうだ。しゃくだが、人を使うという点では弟のニクラウスの方がアンネゲルトより慣れている。本人は反論するだろうけれど。

ティルラやエーレ団長も配下を持つ立場の人間である。そして——

「エンゲルブレクトも、か……」

王太子妃護衛隊も、結構な人数だ。エンゲルブレクトは彼等を統率する力を持っているという事だし、それを国王にも認められているという事でもある。

「今度コツでも聞いてみようかしら？」

そんな独り言を漏《も》らしつつ、アンネゲルトは書類とのにらめっこを再開した。


今年のシーズンは、警備の点を考えて離宮に留まる事が正式に決定したと、書類仕事が終わったアンネゲルトに、ティルラが報告してくれた。

「地下列車を使えば、船で行き来するよりは楽に王都に行けますしね」

なんだかんだで、この理由が一番大きかったのではないだろうか。シーズン中の離宮残留を喜んだのは、アンネゲルトよりも小間使い達だった。彼女達はシーズンの忙しい合間を縫って、イゾルデ館への引っ越し準備をしなければならないのかと戦々恐々《せんせんきょうきょう》としていたらしい。それがなくなったので、彼女達だけで祝杯をあげたという。

「そこまで大変なんだ……」

思わず呟いたアンネゲルトに、ティルラの返答があった。

「シーズン中にアンナ様が着用なさるドレス、靴、アクセサリー、小物など全て移動させますからね。以前であれば、離宮に忘れ物をした場合、取りに戻るのも一苦労でしたよ」

いちいち「アンネゲルト・リーゼロッテ号」を出す訳にはいかないので、護衛艦の一隻を移動に使っていたのだとか。それも乗っている兵士達に気兼ねするので、なかなか大変だったそうだ。

その点、地下列車は一日に運行する時間が決まっているとはいえ、気兼ねなく利用出来るんだとか。小間使いだけでなく下働きの者達にも、王都に気楽に買い物に出られるからと好評らしい。

「それはいいとして、イゾルデ館も警備を見直したんだから、あっちでもいい気はするんだけど」

アンネゲルトの何気ない一言に、ティルラが苦笑を返す。

「イゾルデ館には離れはありませんよ？　一つ屋根の下で王太子と暮らしますか？」

「いや、それはなしで。というか、王太子だけ離宮で過ごせば問題ないんじゃない？」

「警護対象はひとまとめにしておいた方が守りやすいんです。それに、イゾルデ館の警備と島の警備は全くの別物ですよ。さすがに王都の真ん中で大規模な術式は使えませんから」

「え？　島の警備って、そんな大きな術式を使ってるの？」

自分の持ち物であり、改造の際にはあれこれ注文をつけたが、具体的にどんな術式や技術を使っているかは全く知らないのだ。

アンネゲルトの疑問に、ティルラは呆れている様子だった。

「アンナ様の船が、帝国の技術の粋《すい》を集めているというのはご存知ですよね？」

「ええ、もちろん」

船の内覧会の時にも、伯父《おじ》である皇帝ライナーから聞いている。皇帝の御座船《ござぶね》と同型船で、見る者を圧倒する船だ。

ティルラは静かに続けた。

「それらの技術でも一番大きな術式が、空間拡張に関するものだという事はご存知でしたか？」

「そうなの!?」

これは初耳だったが、考えてみれば当然かもしれない。見た目は小さいのに、中に入ったら広大な空間が広がっているなど、夢物語のようではないか。

「あれ？　という事は、離宮って……」

「船よりも多く空間をいじってますよね」

ティルラの返答に、アンネゲルトは言葉をなくした。魔導技術は術式が大きくなればなる程、扱いが難しくなり、制御出来る術者が少なくなる。当然、大きな術式を使用すればコストは高額になるのだ。現に「アンネゲルト・リーゼロッテ号」にかかった建造費のうち、一番大きな割合を占めているのは魔導技術料だという。

アンネゲルトが離宮改造に当たって技術料を考えなくて済んだのは、リリーがいたからである。帝国内でも魔導の大家《たいか》として知られる家の出で、自身も優れた魔導研究家の彼女がいればこそ、技術料を気にせずに離宮を改造する事が出来たのだ。

「……今更だけど、リリーに技術料を支払わないとだめよね？」

「その辺りは問題ありませんよ。現在リリーの身分はアンナ様の側仕えであって魔導技術者ではありません。第一、それを言ったら船や離宮の地下に作り上げた研究所の使用料を取らなくてはならなくなりますので、リリーから苦情がきます」

そういえば、帝国を出立する際の顔合わせ時に、リリーの目的はスイーオネースでの魔導研究であり、アンネゲルトの側仕えとして同行するなら、皇帝がその研究の後押しをするという約束だと聞いた。

考えてみれば、もし技術料が発生するのであれば、ティルラから一言あっただろう。アンネゲルトはほっと胸をなで下ろした。あれだけ大規模な術式を使った離宮の技術料がいくらになるか、想像もつかない。

「危うく借金額が増えるかと思ったわよ……」

「これを教訓に、もう少し色々と調べる癖をつけてくださいね」

「はーい」

ティルラからの言葉に、相変わらず間の抜けた返事を返すアンネゲルトだった。

◆◆◆◆

エンゲルブレクトは一人、王宮に来ていた。普段付き従っているヨーンは今回いない。彼は離宮に残して護衛隊の指揮に当たらせているのだ。ヨーン本人はアンネゲルトの側仕えの一人であるザンドラと一緒にいられるのが嬉しいらしく、留守番を快《こころよ》く引き受けていた。

一人で来たのは、国王アルベルトからそのように通達があったからだ。それだけで、今日の呼び出しの内容が知れるというものである。

エンゲルブレクトがアルベルトの異母弟である事は、まだ公表していない。各種手続きと根回しが終わっていない為と聞いているが、本当の理由は別にある気がしていた。

ただ、その理由が何なのかまではわからない。

——私の思い違いかもしれないしな。

らちもない事を考えていると、テオリーン宮に到着した。本日の呼び出し先は、アルベルトの私室である。

部屋には既に人がいた。国王アルベルトの他、アレリード侯爵とエドガーである。エンゲルブレクトが王族であると知っている人間ばかりだ。

「よく来た。その後はどうだ？」

アルベルトに勧められて腰を下ろすと、途端に近況を聞かれた。職務に関しては報書で伝えているので、それ以外について聞かれているのだろうが、特に言うべき事は何もない。

「手続きと仕事の書類に忙殺されていました」

「ははは。手続きという奴は本当に厄介だからな」

豪快に笑うアルベルトに肯定も出来ず、エンゲルブレクトは無言を貫いた。その態度の何が琴線《きんせん》に触れたのかわからないが、アルベルトがにやりと笑う。

「何だ、相変わらず愛想のない奴だな。兄に対して遠慮はいらんぞ」

人の悪い笑みを浮かべた国王を、エンゲルブレクトは何とも言えない思いで見る。どう反応するのが正しいのか、わからない。

エンゲルブレクトに救いの手を差し伸べてくれたのは、アレリード侯爵だった。

「陛下、お戯《たわむ》れはその辺りで」

「何だ、つまらん。せっかく見つかった兄弟なのだから、少しは交流してもいいだろうに。まあいい。今日伯を呼んだのは他でもない、今後の事だ」

やっと本題に入ったアルベルトに、エンゲルブレクトは内心ほっとしながら頷く。それを確かめて、アルベルトは口を開いた。

「まずサムエルソン家だが、これは今のまま、伯が当主とする」

意外な言葉だ。確かに血の繋がりがない人間が爵位と領地を受け継ぐ事はあるものの、それは後継者がいない場合に限られる。相続に関しては、貴族であれ庶民であれ、法でしっかりと決められているのだ。

驚きが顔に出ていたのか、アルベルトが面白そうに笑っている。

「納得いっていないようだな。だが、伯の相続に関しては、先代伯爵トマスの遺言書がある。中身は見たか？」

「いえ……父の遺言書は手続きに使っただけで、中身には目を通しておりません」

手続きの全ては専門の人間に代行を頼んだので、遺言の中身までは見ていない。

スイーオネースでは故人の遺言は重要視され、遺言書で後継者が指名されていた場合、たとえ血の繋がりがなくとも家を継げる。逆に言えば、故人の長男だったとしても、遺言書で指名されていないと家を継げない場合もあるのだ。

エンゲルブレクトの返答に、アルベルトは真面目な調子に戻った。

「そうか。遺言書には長男次男という表記はなく、伯の個人名が記されていた。伯が何者であっても、爵位と領地を継げるようにという配慮ではないか？」

アルベルトの声が遠く聞こえる。まさか、名指しされていたとは。父はエンゲルブレクトの出自が、どこかから親族に漏《も》れる可能性も考えていたという事か。

あり得る話だ。父トマスは、全てにおいて先を見越して動いていた。遺言が執行される前に、何らかの形で親族にエンゲルブレクトの出自が知られれば、彼等が相続に異議を申し立てると読んでいたのだろう。

もしくは、エンゲルブレクトに何があっても、彼以外の人物は相続出来ないようにしたとも言える。遺言の執行時点で指定された相続人が死亡している場合、爵位や領地、財産は全て国のものとなる。あの親族に渡すくらいなら、国に返上した方がましという訳か。

――どこまでも、親族を信用していなかったんだな。当たり前か……

考え込むエンゲルブレクトの耳に、アルベルトの声が響いた。

「サムエルソン家の事はいいな？　次は王族としての伯の身分だが」

はっとして顔を上げたエンゲルブレクトの視線の先、アルベルトがこちらをまっすぐに見ている。

「伯には、長らく後継がおらず宙に浮いていた、ヴァレンクヴィスト家を継いでもらう」

聞き覚えのない家名だ。これでは爵位がわからない。戸惑うエンゲルブレクトに、アレリード侯爵が補足説明を入れた。

「ヴァレンクヴィスト家は大公家で、六代前の王の時代に後継者が途絶えて忘れ去られた家だ。領地は王家に返納されていたので、今回の大公位継承と共に大公領も復活する」

大公家といえば、第二の王家ともいわれている。公爵家よりも地位は上で、その当主ともなれば王太子と同等だ。

驚きのあまり声が出せずにいるエンゲルブレクトに、アルベルトはにやりと笑う。

「腹違いとはいえ、余の弟だ。このくらいの地位が相応《ふさわ》しかろう。レンナルトよりも上になるぞ」

その顔を見てどきりとした。何故ここでハルハーゲン公爵の名前が出てくるのか。確かにエンゲルブレクトは彼を好いてはいないものの、それだけでこんな事を言うとも思えなかった。

エンゲルブレクトとアンネゲルトの婚約を知っている者は少ない。エドガーが知っている以上、アレリード侯爵にも伝わっていると見るべきだが、果たしてそれはアルベルトまで届いているのだろうか。

隠すような事ではないのかもしれないが、少なくともエンゲルブレクトの王族としてのお披露目《ひろめ》が終わるまでは、お互いに公《おおやけ》にするつもりはなかった。アルベルトがアンネゲルトに話した王位の件もある。

ここで確認するべきか、悩むエンゲルブレクトに、アルベルトはまたもにやりと笑った。

「これでレンナルトが釣れればいいのだがな」

「は？」

思ってもいなかった事を言われ、エンゲルブレクトは間の抜けた声を出してしまう。幸い、それを注意する者はいなかった。

アルベルトの言葉を受けて、アレリード侯爵が続きを話す。

「殿下の薬の件と、先日の離宮の件の黒幕は同一人物ではないかというのが我々の意見だ。そして、その人物は先程陛下が名を挙げられた人物ではないかと考えているのだよ。伯が大公の地位に就《つ》けば、彼の攻撃対象が殿下から伯に移る可能性がある。そこを押さえようという話なのだ」

つまり、自分はハルハーゲン公爵の前に放り出される餌という訳か。確かにルードヴィグ、ましてやアンネゲルトの命が狙われるより自分が狙われた方が生き残る可能性は高い。もっとも、アンネゲルトの場合はリリーの魔導でどうにでもなりそうだが。

しかし実情はどうあれ、彼女が襲われるのは自分の精神がもちそうにない。それくらいなら、自分が囮《おとり》になった方がずっとましだ。

エンゲルブレクトは座ったまま最敬礼を執《と》り、アルベルトに謝辞を述べた。

「陛下のご温情に感謝いたします」

正直、諸々の事件の黒幕がハルハーゲン公爵であればいいとさえ思っている。自分を餌に彼を釣れるのなら、全力で釣り上げてみせるだけだ。その結果、彼を自分の手で捕《ほ》縛《ばく》出来れば胸のむかつきも晴れるだろう。

内心で物騒な事を考えているエンゲルブレクトを余所《よそ》に、アレリード侯爵により大公領の確認が行われた。

用意のいいエドガーが懐《ふところ》から一枚の地図を取り出す。広げられたそれは、スイーオネース全土の地図だ。

「大公領はここになる。サムエルソン伯爵領とは接していないが、問題はないだろう」

示されたのは、国の北に位置する山脈とその裾野《すその》を含む地方だ。聞けば、山も領地に含まれるらしい。そしてその領地は、アンネゲルトが拝領した領地の隣だった。彼女の領地も王家からの割譲《かつじょう》であるから、当然の事かもしれないが。

サムエルソン伯爵領と同じように山から伸びる川は内海まで続いていて、船で王都まで行き来出来そうだ。

「広いねえ。サムエルソンの所領に比べれば、大体三倍くらい？」

「広さだけならそうだな。まあ、今までは国所有という事で整備がされているから、領主のいない土地と言ってもそこまで荒れてはいないはずだ」

アレリード侯爵の言葉に、エンゲルブレクトは内心ほっと胸をなで下ろす。領主のいない土地は荒れやすく、そこを元に戻して収入を上げるには、相当な力が必要となる。

これまで軍に身を置いてきたエンゲルブレクトが、自身で領地運営を出来るとは思えず、腕のいい領主代理がいればいいがと思案する。伯爵領の切り回しも、城代に任せっきりだ。

これまでは王家直轄領という事で、中央より城代が派遣されていたのだとか。アルベルトの代になってから役人の不正には厳しくなったという話だから、ここに派遣された城代も優秀な人材なのかもしれない。

ざっと地図で所領の位置を確認した後、アルベルトが重々しく宣言した。

「披露はシーズン後半に余が主催する舞踏会で行う事とする。侯爵、万事よろしく頼む」

「お任せください」

大公家復活となれば、あちらこちらでの調整も必要になる。既にシーズンの半ばを過ぎ、国王主催の舞踏会まではあまり間《ま》がない。侯爵だけでなく、自分もさらに忙しくなるだろう。

だがこれを越えれば、アンネゲルトとの結婚にまた一歩近づけるのだ。それを糧《かて》に多忙を乗り切る覚悟を決めたエンゲルブレクトだった。

◆◆◆◆

シーズン中の舞踏会は華やかだ。本日はアレリード侯爵主催の舞踏会で、革新派の貴族が多く出席する為、アンネゲルトは普段より気楽に過ごしていた。

今夜の同行者はティルラとザンドラの帝国組に加え、マルガレータとダグニーの王宮侍女二人だ。二人を同時に連れ歩くのは滅多にない事であり、アンネゲルトも加えた年の近い三人は談笑しつつ舞踏会を楽しんでいた。

何曲かダンスをした後、壁際に設《しつら》えられた椅子でアンネゲルトが休んでいると、主催者の一人であるアレリード侯爵夫人が近づいてくる。挨拶《あいさつ》回りのようだ。

「ごきげんよう、妃殿下。良い夜ですね」

「侯爵夫人。ええ、とても」

笑顔で答えたのはアンネゲルトの本音だった。

とはいえ、今日の護衛の中にエンゲルブレクトの姿がなかったのは少しだけ不満だが。先日彼から聞いた話では、大公になる事が内定したそうなので、それも仕方がないのかもしれない。

今すぐという訳ではないものの、王太子妃護衛隊の隊長職も退《ひ》く事が決まったという。さすがに大公が王太子妃の護衛をするのはおかしいという話になったのだとか。

それに、婚姻無効の申請が通ればアンネゲルトは王太子妃の地位を降り、必然的に「王太子妃護衛隊」は解散となる。

既に国王アルベルトの耳にも申請の話は伝わっているのだろうが、今のところその件に関して特に何も言われていない。

——そういえば、ヘーグリンド侯爵が尋ねてきたくらい？　いいのかな、それで。

こちらには都合がいいが、どうにも奇妙な感覚が拭《ぬぐ》えない。

愛想笑いを浮かべながらも考え込むアンネゲルトに、アレリード侯爵夫人が耳打ちした。

「それで、王宮侍女候補の方はいかがですか？　本日の舞踏会には、名簿に名前の挙がっている貴婦人を集めておりますのよ」

しまった、その問題もあったか。どう逃げようかと思ったアンネゲルトだったが、ふと気付く。婚姻無効の申請はもう出していて、その情報はヘーグリンド侯爵が知っているのだから、アレリード侯爵、ひいては侯爵夫人も知っているはずだった。

では何故、侯爵夫人はこんなに急いで王宮侍女を決めさせようとするのだろうか。

アンネゲルトは微笑むアレリード侯爵夫人をちらりと見た。

「あの、侯爵夫人」

「はい妃殿下。何でございましょう」

「私が教会に出した申請の事は、ご存知かしら？」

侯爵夫人に遠回しに言っても無駄だから、直球で聞いてみる。果たして、どんな反応が返ってくるのか。

だが、夫人は笑みを浮かべたまま予想外の答えを口にした。

「それがどうかなさいましたか?」

「え?」

「ルードヴィグ殿下との婚姻を無効になさるのですよね? 夫から聞いて存じておりますよ。私も喜ばしい事と存じます。それが何か?」

侯爵夫人の言葉に、アンネゲルトは何も言えない。まさかこんな返答だとは思わなかったのだ。ルードヴィグとの婚姻を無効にすれば、アンネゲルトには王宮侍女は不要なはずなのに。

——あれ? 王太子妃を降りても、王宮侍女って持つものなの?

アンネゲルトの混乱を見て取ったのか、アレリード侯爵夫人はころころと笑った。

「まあ、妃殿下。王宮侍女というのは、王族に必要な侍女なのですよ。たとえルードヴィグ殿下との婚姻を無効にしても、他の王族の方とご結婚なさったら、やはり王宮侍女は必要なのです」

侯爵夫人の言葉の意味を理解するのに時間がかかったアンネゲルトだが、理解した途端、頬が真っ赤に染まったのを自覚する。

エンゲルブレクトはもうじき大公の地位に就《つ》く。彼と結婚すれば、アンネゲルトは大公妃になるのだ。奇《く》しくも略敬称は今と同じ「妃殿下」である。

その事実に思い当たり慌てるアンネゲルトに、侯爵夫人は笑みを深めていた。

「ご理解いただけましたか？　では、改めて王宮侍女の増員を考えていただけますわね」

侯爵夫人の凄みのある笑みに、逃げられない事を悟る。アンネゲルトは降参状態となり、侯爵夫人の案内で名簿にある貴婦人達と顔合わせをしていった。


いい加減人の顔と名前が一致しなくなる頃、アンネゲルトは目眩《めまい》に似た感覚に陥《おちい》る。足下がふらついたのを、側に控えていたザンドラが支えてくれたおかげで倒れずに済んだ。

「妃殿下、お加減がよろしくないのですか？」

案内していた侯爵夫人が心配そうに顔を覗き込んでくる。体調管理はきちんとやっていたはずなのだが、ここに来て長旅の疲れが出たのかもしれない。

「大丈夫よ、侯爵夫人。ちょっと目眩《めまい》がした程度だから」

「ですが……」

「本当に大丈夫だから。でも、少し人の来ない場所で休ませてもらえるかしら」

まだ心配している侯爵夫人に頼み、別室で少々休ませてもらう事にした。侯爵夫人と彼女の小間使い、それにザンドラと一緒に舞踏会場を抜け出し、やや離れたところにある一室を借り受ける。

「こちらをお使いください。すぐに冷たい飲み物をお持ちします」

そう言い残し、侯爵夫人は小間使いと共に退室していった。今日の会場は数ある王宮の中の一つ、ヴェステルマルク宮であり、中規模の舞踏会や夜会が行われる場としても知られている。侯爵夫妻のプライベートエリアであるテオリーン宮は、中央宮であるハフグレーン宮を挟んで反対側だ。

長椅子にもたれたアンネゲルトは、深い溜息を吐いた。座ってじっとしていると、体が大分楽になる。

「会場から黙って出てきちゃったけど、ティルラ達が心配しているかもしれないわね……」

腕輪にGPS機能もあるので、探そうと思えばかなりの精度で居場所を割り出す事が可能だが、出来れば言伝《ことづて》だけでも残してくれれば良かった。

そういえば、ザンドラがここにいるではないか。

「ザンドラ、悪いけど会場に戻って、ここにいる事をティルラに伝えてきてくれる？」

すぐに動いてくれると思ったザンドラは、首を横に振って拒絶した。

「アンネゲルト様のご命令でも、それは出来ません」

　意外な返答に、アンネゲルトは驚いて言葉が出ない。これまでにザンドラへ直接頼み事をした回数は少ないけれど、そのどれも黙ってやってくれたのに、今回に限って拒絶するのは何故なのだろう。

「……どうして？」

「今アンネゲルト様をお側で守れるのは私だけです。ティルラ様より、アンネゲルト様の命を守る事を最優先にせよと命じられています。ですから、お側を離れる事は出来ません」

　ザンドラの返答に、アンネゲルトはもう何も言えなかった。ここは王宮であり警護は万全だという事実も、ザンドラを頷かせる理由にはならなさそうだ。

「わかったわ。侯爵夫人が飲み物を持ってくるよう頼んでくれているはずだから、その時に伝言を頼みましょう」

　アンネゲルトの言葉に、ザンドラは無言で頷いた。これは彼女の中でも許容範囲だったらしい。

　それにしても、こんなところで目眩《めまい》を起こすとは。離宮に戻ったら一度メービウス医師の診察を受けた方がいいかもしれない。自覚のないまま疲労を溜め込んでいる場合もあるし、何かの病気のサインだったら困る。

ザンドラとのやり取りから数分が経った頃、部屋の扉が開かれた。誰かは知らないが、入室の許可も得ずに入ってくるなど、不躾《ぶしつけ》にも程がある。ザンドラがさっとアンネゲルトがもたれる長椅子の前に移動した。

その向こうから、あまり聞きたくない人物の声が聞こえてくる。アンネゲルトは無意識のうちに立ち上がり、左手にはめた腕輪を右手で握りしめていた。

「妃殿下、お加減はいかがですか？　ご気分が優れないと聞きこのレンナルト、心配でいてもたってもいられずにこうして参りました」

「ハルハーゲン公爵……」

ずかずかと部屋に入ってきたハルハーゲン公爵は、ザンドラが立ち塞がっているのでアンネゲルトには近づけないらしい。

小柄なザンドラにかばわれる形のアンネゲルトの前で、不機嫌な様子で舌打ちしている。彼らしくない行動だ。

だが、すぐにいつもの調子に戻った。

「妃殿下、お加減がよろしくないのであれば、王都にある私の屋敷においでください。

腕のいい医師もおりますので、ご心配には及びません」

「いいえ、結構よ。少し休んだら会場へ戻ります」

公爵の屋敷に行くなど、冗談ではない。大体、本当に具合が悪いなら離宮に帰るのが筋だろうに。申し出を拒否したアンネゲルトに、ハルハーゲン公爵は低い声で言った。

「いいえ、妃殿下は私と一緒に来なくてはいけませんよ」

その言葉にも物言いにも、違和感しかない。今夜の彼はどこか変だ。底知れない不気味さに怯《ひる》みそうになりつつも、アンネゲルトは気力で振り切った。

「一体何を言っているの。いいから早く部屋から出て――」

「そうでないと、妃殿下の大事な王宮侍女がどうなるかわかりませんよ？」

拒絶を遮《さえぎ》って告げられた内容に、一瞬息が詰まる。今、彼は何と言ったのだろうか。

アンネゲルトは震える声で確認した。

「まさか、ダグニーとマルガレータに何かしたの？」

「ダグニー？　ああ、ヴェルンブローム伯爵夫人。ご自身の目で確かめてご覧になりますか？」

そう言うと、ハルハーゲン公爵は軽く振り返って開け放したままの扉に視線をやる。扉の陰になっているところから姿を現したのはダグニーだ。

「ダグニー！　無事なの？　マルガレータは？」

扉をすり抜けるようにして入ってきたダグニーの様子がおかしい。彼女は両手で何かを包み込んでいた。表情には、苦しみを耐える修行者めいた趣《おもむき》がある。一体、彼女に何があったというのか。

狼狽《うろた》えるアンネゲルトに、近づいたダグニーが両手を差し出してきた。ザンドラが遮《さえぎ》っているのでよく見えない。

「ザンドラ」

アンネゲルトが声をかけても、彼女はその場をどこうとしなかった。その代わり、ダグニーが差し出したものを確認する。

「ヴェルンブローム伯爵夫人の手にあるのは、マルガレータ様の指輪のようです」

その言葉に、アンネゲルトはマルガレータが大事にしていた指輪を思い出す。叔母《おば》であるアレリード侯爵夫人からもらったのだと、嬉しそうに話していたのだ。彼女があの指輪を他人に渡すとは思えない。では、どうして指輪がダグニーの手にあるのか。

そして、何故ダグニーはハルハーゲン公爵と一緒にいるのか。

「ダグニー……あなた……」

アンネゲルトに、ダグニーは答えない。彼女ではなく、再びハルハーゲン公爵が口を

開いた。

「さて、これでおわかりでしょう？　私のところにはむくつけき男が多いのですよ。そんな連中の中に若い王宮侍女がいたらどうなるか、妃殿下もおわかりになるかと思います」

公爵の言い分に、かっとなって口を開きかけたアンネゲルトは、ある事に気付く。マルガレータは今夜自分達と一緒にヴェステルマルク宮に来て、アンネゲルトがこの部屋に来るまで舞踏会場にいた。

ならば、アンネゲルトがこの部屋に来てからのわずかな時間で攫《さら》われたのだ。革新派が多く招待されている舞踏会場から、周囲にそれと知られる事もなく。

その事実に、アンネゲルトは戦慄《せんりつ》した。もしかしたら、自分達は公爵の実力を過小評価していたのではないか。そう思っても今更だ。マルガレータは攫《さら》われ、アンネゲルトに対する人質とされている。アンネゲルトがハルハーゲン公爵に従わなければ、彼女の身がどうなるかわからない。

悩んでいる暇はなかった。

「マルガレータはどこにいるの？」

「これからご案内いたしますよ。ああ、妃殿下お一人で」

「だめよ。ザンドラも一緒に。この子をここに置いていけば、あなた達の事が帝国にも筒抜けになるのよ。それでもいいの？」

強気のアンネゲルトに、ハルハーゲン公爵は一瞬ためらいを見せてダグニーに視線を向ける。ザンドラを連れていっても問題ないかどうか、彼女に判断させようというのか。

「例の魔導を封じる術式があれば、問題ないかと思います」

ダグニーの言葉に、アンネゲルトは驚きで目を見開いた。本当に、これは一体どういう状況なのだろう。

ハルハーゲン公爵は、ダグニーの答えに満足そうに頷いている。

「そうか。あれは日々品質が向上しているようだから、フランソンの私兵どものようにはなるまい。いいだろう」

そう言うと、公爵は改めてアンネゲルトに手を差し伸べてきた。

「では妃殿下。どうぞこちらに」

アンネゲルトはゆっくりと歩み、彼を無視してダグニーの前に進み出る。

「あなたがどうしてこんな事をしているのか、後でゆっくり聞かせてもらうわ」

まっすぐ見つめるアンネゲルトの視線から目を逸らし、ダグニーは部屋の奥に進んで壁に手をかけ、そこを開いた。

ヴェステルマルク宮には、使用人が使う裏道がある。ダグニーが開いた扉の先に伸びているのがそれだ。

彼女は無言で先導し、後に続くアンネゲルト達も一言も口にしなかった。ザンドラは普段からあまりしゃべらないが、アンネゲルトは口を開いたら文句を山のように言わずにはいられないのをわかっていたので、意思の力で口を閉じていたのだ。

今は一刻も早く、マルガレータの元へ向かわなくてはならない。彼女の身が心配だ。命の危険はなさそうだけれど、公爵の言葉からは貞操の危機が懸念《けねん》される。

——私が行くまで、無事でいてね、マルガレータ。

実際にアンネゲルトが行ったところでどうなるものでもないが、ザンドラがいればマルガレータの事も守ってくれるはずだ。

裏道を進み続け、いくつかの角を曲がった先にある扉を抜けると、宮殿の裏に出た。そこには一台の黒い馬車が停められている。どうやら、これに乗れという事らしい。ダグニーが馬車の扉を開けてアンネゲルトに乗車を促《うなが》してくる。次にザンドラ、最後にダグニーが乗り込むと扉が閉まった。公爵は馬車に乗らない。その事実に、アンネゲルトはほっと胸をなで下ろす。

「申し訳ありません、妃殿下」

馬車に乗ってすぐ、ダグニーが小声で謝罪してきた。声を抑えたのは、車外に漏《も》れるのを防ぐ為だろう。

「どうやってマルガレータを攫《さら》ったの？」

「私が会場外に呼び出し、公爵の手の者が連れ去りました。その時に、指輪を……」

ダグニーが手引きしたからこそ、誘拐に成功したという事か。アンネゲルトは重い溜息を吐いて言い放った。

「彼女が無事でなかったら、あなたにも責任を取ってもらうわよ」

「はい……」

車内での会話が一旦途切れたところで、馬車が動き出す。車内に響くのは、車輪と車体が軋《きし》む音だけだ。ロウソクの頼りない明かりが、ぼんやりと狭い内部を照らしている。御者《ぎょしゃ》席との間にある小さな窓以外に、窓と呼べるものはない。これでは周囲の景色すら見えないではないか。

もっとも、見えたところで暗くてどこへ向かっているのか判断出来ないだろうけれど。ダグニーには色々と聞きたいが、全てはマルガレータの無事を確認してからだ。アンネゲルトは再び左腕にはまった腕輪に触れた。

――大丈夫。きっと、来てくれる。

助けが来るまでは、少人数で何とか凌《しの》がなくてはならない。アンネゲルトは早々に覚悟を決める事になった。

◆◆◆◆

ハフグレーン宮にて国王アルベルトやエドガー、それに馴染みのない文官と共に手続きやら何やらに忙殺されていたエンゲルブレクトは、軍服のポケットからの振動で携帯端末への着信を知った。

その場で了解を得て部屋を出て、廊下に誰もいない事を確認してから通話をタップする。通信の開始時には、まず名乗るようにと教わったが、相手はそれを待ってくれない。

『アンナ様が攫《さら》われました。至急イゾルデ館までお戻りください』

ティルラの冷静な声に、一瞬内容が頭に入ってこなかった。とんでもない事が起こっているようだ。

「……どういう事だ？」

『お伝えした通りです。詳しくはイゾルデ館で。では、お待ちしております』

それだけ伝えると、ティルラは通信を切ってしまった。声に切羽《せっぱ》詰まっている様子はなかったけれど、彼女なりに焦っているのかもしれない。

エンゲルブレクトも、ここでのんびり構える余裕はなかった。すぐに部屋に戻って緊急事態が起きた旨《むね》を伝えて退出許可を取ると、馬を飛ばしてイゾルデ館に戻る。

館の方では連絡を受けていたのか、馬丁も小間使い達も何も聞かずに馬を預かり、部屋まで案内してくれた。行き先は普段の話し合いで使われる部屋ではなく、館の第二中央制御室だ。

以前は警備室という名称だったが、イゾルデ館のシステムが一新された際に、第二中央制御室という名称に変更されていた。ちなみに、第一中央制御室は離宮にある。

初めて入るそこは、見た事もない品で埋め尽くされていた。それに感心したり驚いたりしている暇もなく、ティルラ達が集まっている大きなテーブルの側に案内される。

テーブルにいたのは、エーレ団長、ニクラウス、ティルラ、リリー、それにヨーンだ。

「急に呼び戻しまして、申し訳ありません」

そう言ったティルラは、リリー同様、舞踏会用の装《よそお》いのままだった。そういえば、今夜のアンネゲルトの予定はヴェステルマルク宮で開かれているアレリード侯爵主催の舞踏会だったか。二人とも、着替える間も惜しんだらしい。

エンゲルブレクトは、真っ先に説明を求めた。

「アンナが攫《さら》われたと聞いたが、どういう事なんだ？」

「まずは状況を説明します。今夜はヴェステルマルク宮で開かれている舞踏会にアンナ様と私、リリー、ザンドラ、それに王宮侍女の二人で参加していました。アンナ様の側には必ず私達帝国の者がつくようにしていたのですが、ザンドラだけがついている最中に、アンナ様が会場を出られたのです。これはご気分が優れなかったから別室で休む為のものだった事が、アレリード侯爵夫人からの聞き取りで判明しています。時を同じくして、会場から二人の王宮侍女が退場しました。これはアンナ様が退場してからほんの数分後の事です。そのまま様子を見ていたところ、王宮侍女達はそのまま戻らず、アンナ様の腕輪に仕込んだ緊急発信用の信号をイゾルデ館と船、及び離宮の制御室で確認しています。その際に、腕輪の集音マイクからの通信内容が録音されました。こちらです」

流された音声は、別室でのアンネゲルトとハルハーゲン公爵とのやり取りだ。内容を聞く前のエンゲルブレクトは、怒りで我を忘れるかと思っていたが、そうはならなかった。深く静かな怒りが自分の中で広がっていくのを感じる。

それはアンネゲルトを攫《さら》った張本人であるハルハーゲン公爵への怒りであり、肝心な時に側にいられなかった己への怒りでもあった。

「彼女は、今どこに？」

自分でも驚く程低く冷たい声が出たものの、それに何かを言ってくる人間はこの場にいない。すぐさまティルラから答えがあった。

「腕輪の発信器機能によると、王都の東方面へ向かっているようです。移動速度から、馬車を使っているのではないかと思います」

馬ならもっと速いはずだというのがティルラの意見だ。移動が馬車な事に少しだけほっとする。アンネゲルトは乗馬があまり得意ではないと聞いていたが、落馬の危険だけはなくなったようだ。

怒りはまだ持続しているが、少しだけ落ち着いたエンゲルブレクトはティルラに問いただした。

「それで、これからどうするんだ?」

「もちろん、アンナ様達を奪還《だっかん》しに行きますよ。『隊長さん』もそのつもりでしょう?」

「無論だ」

ティルラが使った呼称に、エンゲルブレクトは苦笑を返す。それは以前、アンネゲルトだけが使っていたものだ。

ティルラがテーブルにつく全員に向かって宣言した。

「通信の録音からもわかるように、今回の首謀者はハルハーゲン公爵です。アンナ様がマルガレータ様と合流出来れば、お二人の生命は保証されたと思っていいでしょう。リリーの作った道具がありますし、ザンドラもいます。それでも、今回は時間との勝負です。相手を一人たりとも逃さずに無力化します。立案はこちらで、現場の指揮はサムエルソン伯、お願い出来ますか？」

「了承した」

エンゲルブレクトからの返答を聞いたティルラは、エーレ団長に向き直る。

「エーレ団長、イゾルデ館をお願いしたいのですがよろしいですか？」

「任せておけ。若君はどうなさる？」

エーレ団長にそう言われたニクラウスは苦笑を一瞬浮かべるも、すぐにいつもの柔和な笑顔に戻った。

「僕はティルラと一緒に行きます。猫の手くらいにはなりますよ」

エンゲルブレクトにはニクラウスの言う「猫の手」という意味がわからなかったが、帝国組はわかっているらしい。ティルラは確認するようにリリーにも言った。

「あなたは現場に同行してちょうだい。フィリップにはイゾルデ館でエーレ団長の補佐を」

「わかりました。彼は今、離宮に残っていた護衛隊の方々と地下列車でこちらに向かっているそうです」

携帯端末を握りしめたリリーは、画面を見ながらそう告げる。おそらく、フィリップとメールのやり取りをしていたのだろう。

「では、サムエルソン伯、全員の装備を終えてから前庭に集合してください。時間は――」

ティルラの告げた時間は、今から二十分後である。列車で到着する者達は車内で装備を終えるそうなので、現在イゾルデ館にいる者達だけが問題だ。

解散になった後、配下の者を集めて中央制御室に付随《ふずい》している装備管理室へ入り、帝国側から支給された装備を調《ととの》える。これまでの軍服とは違う質感に最初は戸惑いも大きかったが、船や離宮の地下での訓練時に使用していたので、今では隊員全員が慣れていた。

最後に剣ではなく銃を渡される。今回使用する銃は魔導を利用したものではなく実弾だ。

「これでいいのか？」

エンゲルブレクトが管理室の責任者に確認したところ、彼は頷いて肯定する。

「はい、ティルラ様から、今回はこちらを渡すようにと仰《おお》せつかっております」

その言葉で、ティルラが何を警戒しているのかがわかった。魔力阻害の術式の解析は完了しているが、開発した本人が向こうにいる以上、改良が加えられているかもしれないと考えたのだろう。そうなると、こちらの対策が不十分で魔導が使えなくなる可能性がある。それが実弾の銃を使用する理由だ。

東域外遊へ赴《おもむ》く際の航海で、初めて射撃訓練を受けた。それ以来、継続して実弾での訓練も続けている。隊員の誰からも、不安の声は上がらなかった。

「準備はいいな？」

エンゲルブレクトの確認に、全員が答える。彼等は装備を手に館の前庭へ移動した。

◆◆◆◆

馬車に乗っていたのは、おおよそ一時間程度か。停車した馬車の扉が外から開かれる。まずダグニーが降りて、次にザンドラ。アンネゲルトは最後に降りた。

到着した先は、深い木立《こだち》に囲まれた屋敷である。ここが王都のハルハーゲン公爵邸なのだろうか。

「ようこそ、妃殿下。このような形でお招きしたのは心苦しいですが、この館はあなたの為に用意したのですよ」

どうやら、本来の公爵邸ではないらしい。ヴェステルマルク宮からまっすぐに来ているのなら、馬車に乗っていた時間からして、ここは王都の外れである可能性が高かった。

――王族の公爵の屋敷が、王都の外れって事はないよね。

アンネゲルトは緊張しつつも、マルガレータを攫《さら》われた怒りの方が勝っていた。周囲の木立《こだち》の様子や、建物の内外に見える荒事に慣れていそうな男達の存在から判断して、少なくとも王都の中心ではない事を確信する。

「さあ、ではこちらにどうぞ」

「マルガレータはどこ？」

アンネゲルトは公爵のエスコートには従わず、怯《おび》えもせずに自分の疑問を相手に突きつけた。ここまでアンネゲルトを連れてきている以上、彼等にこちらを殺す意思はない。傷つける程度の真似はするかもしれないが、その辺りはリリーの道具が防いでくれる。

揺るがないアンネゲルトを、ハルハーゲン公爵はつまらないものを見るような目で見つめ返してきた。

「あのような取るに足らない娘がそこまで大事なのですか？」

「当然でしょう？　私の王宮侍女なのよ」

大事だからこそ人質として使えるのではないか。自分で人質に取っておいて、この男は何を言っているのやら。アンネゲルトの蔑《さげす》みの視線を悟ったのか、苦々しい表情をしたハルハーゲン公爵は、その場にいるダグニーへ高圧的に案内を申しつけた。

「あの娘のもとへ妃殿下をご案内して差し上げろ、決して愚かな真似はしないように」

「……わかりました」

感情を感じさせない様子で頷いたダグニーは、小声でアンネゲルトに「こちらです」と言って歩き出す。アンネゲルトは、何も言わずにその後を追った。

屋敷の中には至る場所に武装をした男達がいる。装備がばらばらな様《さま》を見るに、金で集めた傭兵《ようへい》かならず者といったところか。

彼等は一様に下卑《げび》た目でこちらを見てくる。着ている物から、金を持っていると判断されたのか、それとも違う意味か。少なくとも、彼等は王太子妃としてのアンネゲルトを知らないようだ。

ハルハーゲン公爵家にもきちんとした私兵団がいるはずなのだが、さすがにこんな犯罪には使わないだけの理性はあったらしい。

邸は古いが、趣味のいい作りをしている。建て増しを繰り返したらしく、酷く複雑な間取りになっていた。廊下が斜めになっていたり、段差がある箇所も見られる。

ダグニーは屋敷の全てを知り尽くしていると思《おぼ》しき足取りで進んでいく。そして、屋敷の裏手奥に来た辺りで階段を下り始めた。

——地下か……大丈夫かな。

通信状況が悪くなるのは心配だが、ここまで来てしまえば居場所は伝わっているはずだ。今は何よりもマルガレータの安全が最優先である。アンネゲルトは地下へ向かって伸びる階段に足を進めた。

狭い階段を下りた先には、石壁が剥《む》き出しの寒々しい廊下が左右に伸びていた。廊下は狭く、大人二人がやっとすれ違える程度である。

ダグニーは廊下を右手に向かった。しばらく進むと突き当たりがあって、また左右に廊下が伸びている。そこも右に曲がったダグニーは、並んでいる扉の一つの前に陣取る男へ声をかけた。

「開けてちょうだい」

男はまだ若く、二十代前半程度か。長めの前髪がだらしない印象を与えるが、眼光だけは妙に鋭かった。

男は無言で扉の鍵を開けて、扉を開く。中に窓はないようで、廊下同様、石組みの壁と床が剥《む》き出しの、部屋というよりは物置とでも言うべき場所だった。

部屋の中にあったロウソクの光でようやく中を見回すと、隅の方にいた人影がこちらを見る。

「マルガレータ！」

思わずアンネゲルトは中に飛び込んでいた。

「ひ、妃殿下……？」

わずか数時間とはいえこんな場所に軟禁《なんきん》されていたせいか、マルガレータはやつれている。だがドレスに異常はなく、怪我なども見受けられない。

「大丈夫？　おかしなところはない？」

ざっとマルガレータの様子を見たアンネゲルトは、確認の言葉に頷いたマルガレータを抱きしめた。その時彼女の腕に、見知った腕輪がはまっているのに気付く。

――どうしてこれ……ああ、そういう事か。

これまであった違和感、その答えがわかった瞬間だった。最初からあまり心配はしていなかったが、これならば大丈夫。勝ちは自分達のものだ。

マルガレータを抱きしめたまま、アンネゲルトは彼女の耳元で囁く。

「必ず助けが来るから、それまで一緒に頑張って」

彼女の頭を抱えるようにして抱きしめていたので、アンネゲルトの言葉にマルガレータが小さく頷いたのを見られる事はなかったと思う。

そっと彼女から離れると、マルガレータの目には涙が溜まっている。

「マ、マルガレータ？　どこか痛むの？　怪我をしているとか？」

焦るアンネゲルトに、マルガレータは首を横に振って否定した。

「ひ、妃殿下、申し訳ありません。私がこのようなところに囚われなければ、妃殿下を危険にさらす事もありませんでしたのに……」

自分が人質にされたせいで、アンネゲルトがこんな場所まで来る事になったのだと気に病《や》んでいるのだ。泣く一歩手前のマルガレータに、アンネゲルトは努めて柔らかい言い方をした。

「そんな事ないわ。むしろ、私の問題にあなたを巻き込んでしまったのだから、謝罪するなら私の方よ」

「いいえ！　妃殿下が悪いなどあり得ません！　ですから、どうか謝罪などと考えないでください」

「ええ、そうね。悪いのは全て、今回の首謀者だわ」

こういう言いくるめ方は、ティルラのやり口を参考にしている。そもそも、アンネゲルトが言った通り、悪いのはハルハーゲン公爵なのだ。ヴェステルマルク宮やこの屋敷で見せた姿が、彼の本性なのだろう。今までは特大の猫を被っていたという事か。

——まったく、鋼鉄製の猫でもこううまく本性を隠せないでしょうよ。

鈍色《にびいろ》の招き猫を頭の上に乗せているハルハーゲン公爵を想像してしまい、あやうく場所や状況を忘れて噴き出すところだった。何とか踏みとどまったアンネゲルトは、背後を振り返る。

扉の前にはダグニーと監視役らしき男、そして彼等とアンネゲルト達との間の位置に、ザンドラが立っている。

「さて、ここから出てもいいのよね?」

「構いませんが、公爵がお呼びのようです」

ダグニーの返答に、アンネゲルトはしばし考え込む。この場で助けを待ってもいいが、どうせなら時間いっぱいまで公爵の言い分を聞いてみようか。

いざとなれば道具もあるし、ザンドラもいる。アンネゲルトは腕輪とポケットの中身を確認してから答えた。

「わかったわ。行きましょう」

五　準備はいいか

イゾルデ館を出たエンゲルブレクト達は、一路東へと向かっている。アンネゲルトの持っている発信器からの信号が移動を止めたので、その地点へ向かう事になったのだ。

移動手段は魔力で動く車だった。前方の運転席と後方の乗用部分には仕切りがあり、乗用部分は車両に対して両脇に長椅子がある。

前方の席に座ったエンゲルブレクトは、目を閉じて精神を集中させていた。こうでもしていないと、冷静ではいられない。

彼女は無事だ。リリーが山のように用意していた仕掛けを身につけているのだし、ザンドラも側についている。万が一はあり得ないだろう。

こんな事なら、側を離れなければ良かったと何度思ったか。そうなったら相手はいつまでもしっぽを掴ませなかったかもしれないが、それならそれでいい。生涯彼女を守り切ればそれで良かったのだ。

膝の上で組んだ手に力が入り、甲の部分に痛みを感じる。しかし、ぎりぎりと音が上がる程力を込めるのを止められない。これをやめたら、叫び出してしまいそうだった。

「落ち着いてください」

不思議と静かな車内で、エンゲルブレクトの耳に心地よい声が響く。顔を上げると、こちらを見ているニクラウスと目が合った。

「姉の心配をしてくれるのは嬉しいですが、冷静でいてください。姉の為にも、あなたの為にも」

「わかっています……」

「リリーの作る道具は少々やり過ぎな面もあるくらいですから、きっと公爵達の方が音《ね》を上げますよ」

これで帝国の技術力を知ってもらえればいいんですけどね、と続けたニクラウスは、非常に落ち着いている。技術に対する絶対の信頼があるからこそ、こんなに冷静でいられるのだろうか。

「心配はしない、と?」

エンゲルブレクトの質問に、ニクラウスはきょとんとした顔をした後、苦笑した。

「いえ、心配ですよ。あれでもたった一人の姉ですから。でも、自分以外の人が感情を爆発させているのを見ると、つい冷静になってしまうんです。悪い癖ですね」

ニクラウスの言葉に思い当たる節があるエンゲルブレクトは、羞恥《しゅうち》から思わず視線を外してしまう。

「公爵の方に、まだ動きはないようですね。おそらく、こちらの手はバレていません」

運転席の方から、ティルラの報告が来た。帝国情報部は、公爵のもとにも手の者を何人か紛れ込ませているのだそうだ。どうやったのかと疑問だったが、実は偶然だったらしい。

秘密裏に人を集めているところに何人かずつ送り込んだところ、一つが大当たりだったそうだ。その人物から、アンネゲルトは無事マルガレータと合流出来たと連絡が入っているのだとか。

それ自体は喜ばしい事だが、懸念《けねん》もある。

「王都でこんな急に人を集めるとは」

「最初からの計画でなかったのは確かですね。かなりの人数を集めていたお陰で、こちらの者も紛れ込ませやすくなったんですが」

ティルラの返答に、エンゲルブレクトは顎《あご》に手を当てて考え込んだ。腕に覚えのある人間を大量に集めて、一体何をするつもりなのか。

「素直に推測するなら、秘密裏に腕に覚えのある人間を集めるのは、謀反《むほん》の疑いありと見るべきなんですが」

ニクラウスの言葉に頷きながらも、エンゲルブレクトは懐疑的だ。果たして、公爵の立場でそれをやるだろうか。

ルードヴィグの廃嫡はほぼ確定だし、彼の次に継承順位が高い国王の甥《おい》ヨルゲン・グスタフは王位に関心がない。じっと待っていればハルハーゲン公爵のもとに王位が転り込んでくると思うのが普通だ。

エンゲルブレクトが大公位に就《つ》く件はまだ伏せられていて、知っているのは国王アルベルトとアレリード侯爵、それにエドガー、信頼がおける文官二、三名である。この事を知っているわけはないのだから、公爵が動く必要はない。

「それをこの時期に動くとは。自殺行為でしかない」

エンゲルブレクトの言葉に、ニクラウスは何とも言えない様子だ。何にせよ、アンネゲルト達を救い出す、それがエンゲルブレクトにとっての最優先事項であり、それ以外は申し訳ないが他の人間に丸投げするつもりでいる。具体的にはエドガー辺りに。

——あいつの事だ、喜んで引き受けるだろう。

腐れ縁の人の悪い笑顔を思い出しつつ、エンゲルブレクトは気を引き締めた。

◆◆◆◆

アンネゲルト達が連れていかれたのは、一階にある応接間だった。置いてある調度品は贅《ぜい》をこらしたもので、重厚かつ壮麗な雰囲気でまとめられている。

「ああ、やっといらしてくださった」

微笑みながら出迎えた公爵を見て、アンネゲルトは背筋がぞっとした。彼は、こんなに気味の悪い人間だっただろうか。まるで姿形は公爵のまま、中身がまるっきり別人に変わってしまったようだ。

「さあ、どうぞ」

公爵の前の席を勧められ、アンネゲルトはゆっくりと移動して座った。マルガレータは隣に座らせ、ザンドラとダグニーは背後に控えてもらう。

「さて、では改めてお話ししましょうか。ああ、君は父親が呼んでいたよ。すぐに行きなさい」

「……わかりました」

公爵はダグニーを追い払うみたいに部屋から追い出した。残るのはハルハーゲン公爵とアンネゲルト、マルガレータ、ザンドラの四人である。

アンネゲルトの公爵を見る目は冷たい。当然だろう、人質を取られてこんな場所まで連れてこられたのだから、友好的な態度など取れるわけがなかった。

だが、それすら公爵には通じないらしい。

「ご婦人にそのような目で見られるとは。悲しいですねえ」

ハルハーゲン公爵の言葉に、「勝手に悲しがっていろ」ともう少しで口から出るところだったものの、気力で抑えた。腕輪の機能でこのやり取りは全て送信されているのだ。下手な事を口走って後で怒られてはたまらない。

アンネゲルトはあれこれ言いたいのをぐっと我慢して、送信先にいる人達が聞きたいであろう情報を考えた。

「あなたが、一連の事件の黒幕なの？」

考えた結果が直球勝負だ。アンネゲルトに腹芸など出来るはずがないのは、身内の皆が知っている。こんな聞き方をして正直に答えるとも思えないが、自分が有利な立場にいる今だからこそ口が滑る可能性もあるだろう。

公爵はといえば、余裕のある態度のままだ。自《みずか》らの有利を疑いもしていない。

「さて、どれをとって一連の事件と言うかによりますが」

そっちがその気なら、付き合ってやろうではないか。アンネゲルトは好戦的な気分で再び問いかけた。

「質問を変えるわね。あなたが関わった事件はどれ？」

「妃殿下はどれに関わっていたとお考えですか？」

「言葉遊びは嫌いよ」

公爵の態度は変わらない。アンネゲルトの質問は的にかすりもしないという事か。まったく、こんな状況でこんな嫌みな会話をさせられては、怒りが大爆発しそうだ。

彼女の怒気が伝わったのか、ハルハーゲン公爵はにやりと笑う。

「最初から、と言えばわかりますか？」

「最初？」

公爵の言葉に、アンネゲルトは眉をひそめた。最初とはどこからを言うのだろう。まさか、カールシュテイン島に一度目の襲撃があった事件だろうか。あの時はたまたま迷路にエンゲルブレクトがいたから助かったが、そうでなければどうなっていたか。

もっともティルラが戻ってきていたし、ザンドラもいたので、アンネゲルトが命を落とす事はなかっただろう。とはいえ、あれがスイーオネースにおける諸々の事件の始まりだったように思える。

アンネゲルトはゆっくりと口を開く。

「カールシュテイン島が最初に襲撃された事件かしら？」

ハルハーゲン公爵は一瞬目を見開いて何かに驚いた様子を見せたが、すぐに破顔した。それはもう、楽しそうな表情である。

そして予想外の答えを口にした。

「いえいえ、帝国の伯爵令嬢が死んだ件ですよ」

帝国の伯爵令嬢？　アンネゲルトが知っている死んだ伯爵令嬢といえば、王太子妃になるという噂《うわさ》だけで殺されたハイディである。

「伯爵令嬢って……まさか、ハイディの事？　彼女が死んだのは、あなたのせいなの？」

直接会った事はないが、クロジンデによると母親に抑圧され続けた寂しい娘だそうだ。少なくとも、あの若さで死ななくてはならないような娘ではなかったという。

そのハイディを殺したのが、目の前にいる男だったとは。ハルハーゲン公爵はアンネゲルトの問いに笑いながら答えた。

「無論、直接手を下した訳ではありませんよ。あの時は、帝国出身の王太子妃など無用だったのでね」

公爵の言葉には、人らしさが感じられない。彼にとっては、ハイディは同じ人間ではなかったという事か。

呆然とするアンネゲルトの前で、ハルハーゲン公爵は調子よくしゃべり続けた。

「島への襲撃はその次ですね。いや、今思い出してもあの頃の自分を叱りたい気分ですよ。結果としてあなたがこの場にいるからいいんですけど。まあ、あんな連中では暗殺に成功しないとは思っていましたが。ああ、教会騎士団も口程にもなかったですねえ。せっかく帝国の技術をものともしない道具をやったというのにあの様《ざま》ですから」

まるで過去の失敗を笑い話のように話す公爵に、違う意味でアンネゲルトは背筋が寒くなる。言葉が通じるのに、話が通じない人間がこれ程気味悪いとは、初めて知った。

喉がからからに渇いていてしゃべるのも億劫《おっくう》だが、アンネゲルトは確認せずにはいられなかった。

「なら、何故あんな事をしたの？」

「帝国から来た姫は箱入りと聞いていたので、少し脅《おど》せば泣いて帰ると思っていたんです。いやあ、違う意味でこちらの予想を裏切ってくれましたが」

彼は人の命を何だと思っているのだろう。青い顔で黙り込んだアンネゲルトを見て怯《おび》えているとでも勘違いしたのか、公爵は宮廷を虜《とりこ》にした笑みを浮かべて続けた。

「もっとも、私には嬉しい誤算でしたよ。だからこそ、あなたを排除するより別の方法を取ろうと、方向転換するに至ったんですから。そうそう、教会騎士団の件ですが、私は騎士団を使えと指示したのみで、教会内部の推進派だか守旧派だかが暴走しただけなんです」

たとえイゾルデ館襲撃は教会側が暴走した結果だったとしても、その大元の指示を出したのは公爵なのだから、やはり彼はアンネゲルトの敵だ。

それはそれとして、排除より別の方法を取るとはどういう事なのか。

「別の方法って、何をする気なの？」

睨《にら》みつけるアンネゲルトとは対照的に、ハルハーゲン公爵は何が楽しいのかずっと笑っている。

「怖い事はありませんよ。でもその為にはルードヴィグは邪魔だったんです」

笑いながら言う公爵を見て、一体ルードヴィグは彼に何をしたのだろうとアンネゲルトは考えた。しかし、すぐに思い直す。

きっと彼が積極的に公爵に何かしたのではなく、ただ単純に邪魔だっただけなのだ。ハルハーゲン公爵にとって、ルードヴィグは親族であっても道ばたの石程度の存在でしかない。

不快感を露《あら》わにするアンネゲルトに、ハルハーゲン公爵は嘲笑《ちょうしょう》してみせた。

「どうなさいました？　身内同士で王位を巡って争うなどいけないとでも？　王家の歴史をひもとけば、いくらでもある事ですよ。親子で、兄弟で、伯父《おじ》と甥《おい》で。それこそ芝居になる程に」

確かに、スイーオネースだけでなく、近隣諸国の王家もそうだろう。帝国とて、例外ではない。

そうした史実に題材を得た芝居が多いのも、本当の事だった。アンネゲルトだってスイーオネースの劇場で、そういう内容の芝居をいくつか見ている。

黙り込むアンネゲルトを余所《よそ》に、公爵は自分に酔ったような物言いを続けた。

「私は王位が欲しい。私はその座に相応《ふさわ》しいのだから。だがその為には、ルードヴィグは邪魔だ。元々、あれは王家に反発していたのです、王位に就《つ》かずともいいではありませんか」

随分な言い様《ざま》だ。確かにルードヴィグは遅い反抗期かと疑いたくなる言動を繰り返してきたが、それでも殺される程酷い事をした訳ではない。

まして、危険な薬を盛られるなんて。そこまで考えて、あの薬の一件もハルハーゲン公爵の仕業《しわざ》なのかと思い至った。

「殿下に薬を盛ったのって……」

「ええ、私です。まあ、指示を出しただけで実際に動いたのは別の人間ですが。ああ、実行犯は既にこの世にはいませんよ。森の中で使用人達が見つかったでしょう？　あの中にいました」

公爵の答えに、アンネゲルトは眉間の皺《しわ》を深くする。今の言葉は、一人を殺す為にその他大勢も一緒に殺したと言っているも同然だ。

「一人を排除する為に、そんなに大勢を手にかけたというの……？」

「何、最初からそのつもりで身元の怪しい人間ばかり集めましたから、問題ありません」

本当に、これだけの事を目の前の男が一人で考えたというのか。これまで見せていた女好きで陽気な人物というのは、仮面に過ぎなかったのだろうか。

今の不気味な公爵よりも、以前の公爵の方が生理的に好かなくともまだ好感が持てた。一緒の部屋にいるのも、これ以上は耐えられそうにない。

「ルードヴィグにしてもそうだ。せっかく廃嫡という道を作ってやったのに、自分で台無しにする愚か者なのだから」

また聞き捨てならない言葉が出てきた。これでは、ルードヴィグの廃嫡はハルハーゲン公爵が原因と取れる。

アンネゲルトは精神疲労を感じながらも確かめた。

「あなたが、殿下を廃嫡させようとした、と？」

問いかけられたハルハーゲン公爵は、悪辣《あくらつ》な笑みを浮かべて答える。

「私はほんの少し、皆の背を押したに過ぎませんよ。全ては、これまでのあれの態度の悪さが原因だ。そうでなければ、さすがに私一人が騒いだところで廃嫡などにはなりません」

アンネゲルトはぐうの音《ね》も出ない。彼の言っている事は、ある意味正しい。

ルードヴィグはつい最近まで、国政にも王位にも関心がない様子に見えた。内心はどうだったかは知らないが、少なくとも公爵に唆《そその》かされた貴族達は、ルードヴィグを「廃嫡になってもおかしくない王太子」と思っているのだろう。

だが、アンネゲルトには一つ疑念があった。ルードヴィグに薬を盛るよう指示したのはハルハーゲン公爵である。また、ルードヴィグ廃嫡をそれとなく後押ししたのも彼だという。

そして薬の影響を脱したルードヴィグは、随分と穏やかな性格になっていた。それらを合わせて考えると、どうしても一つの疑問に行き着く。

ルードヴィグは、いつからあの薬を投与されていたのか。

「公爵、一つ聞きたいのだけど」

「何でしょう？」

鷹揚《おうよう》に答えた公爵を見て一瞬苛ついたが、一つ深呼吸する事で平静を取り戻した。

「あの厄介な薬は、一体いつから殿下に盛っていたの？」

答えるかもしれないし、答えないかもしれない。アンネゲルトは嫌悪感をこらえてまっすぐハルハーゲン公爵の目を見た。

それが通じた訳ではないのだろうが、嘘は許さない、そんな思いを込めて。

そんなにおかしいのか、そう詰《なじ》ろうとした途端、公爵は視線を外すと喉の奥で笑い出した。何が
「ルードヴィグにあの薬を飲ませ始めたのは、今から七年前ですよ。その時々であれの側にいる者を使いました」

衝撃の事実だった。七年もあの危険な薬を投与し続けただなんて。

「信じられない。あんな危ないものをそんな長い間……」

「今更ですよ。あれは私の目的の為には邪魔だと言ったでしょう？　それに、人を害したり殺したりするのは悪い事だと言うのなら、あなたの側にいるサムエルソンはどうなるのです？　あれは軍人であり、何度も前線に出ていますよ？　いくら大きな戦がないとはいえ、我が国にも小競り合いや反乱に似た暴動などはあったのですから、その度《たび》にあの男は戦場に出て、手を血で染めたのではありませんか？」

アンネゲルトは言葉が出てこなかった。平和な国で育った彼女にとって、戦場とはいえ人を殺すというのはどうしても許容出来ない話だ。

ふと、カールシュテイン島の最初の襲撃を思い出す。あの時も、助けてもらったというのに怯《おび》えて、エンゲルブレクトに悪い事をした。

そうだ、彼には戦う理由がある。それで全てが許される訳ではないが、自分の欲の為だけに多くの人を殺した公爵とは違う。

「彼は、戦う理由をきちんと持っている人です。あなたとは違う」

きっぱりと言い切ったアンネゲルトに、公爵は一瞬鼻白《はなじろ》むが肩をすくめて誤魔化した。

「まあ、それはどうでもいいですよ。ルードヴィグにも使いようはありますし、それに免じて命を取るまではしないでおきましょう。もっとも、おとなしく廃嫡に同意すれば、ですが」

どこまでも独善的な人間だ。アンネゲルトは先程まで感じていた不気味さも忘れ、怒りのボルテージが上がった。前々から苦手なハルハーゲン公爵だったが、今は声を大にして大嫌いだと言える。

自分を睨《にら》むアンネゲルトの事などどこ吹く風とばかりに、公爵はにやりと笑う。

「なんと言っても、あれの一番の功績は、あなたを帝国から連れてきた事でしょうか」

「は？」

いきなり自分の話が出て、アンネゲルトは呆《ほう》けた声を上げてしまった。一体、目の前の人物は何を言い出したのか。

確かに、ルードヴィグは自分がこの国に来る一因であるが、あくまで一要素というだけだ。彼が自《みずか》らアンネゲルトをスイーオネースへ招き入れた訳ではないというのに。

二の句が継げないアンネゲルトを前に、公爵は言いたい放題に口にした。

「ルードヴィグもアルベルトも、あなたの真の価値というものに気付いていない。まったく、嘆かわしい事だ」

まるで舞台役者のように身振り手振りをつけて訴える公爵を見て、怒りが萎《な》えそうになる。大体、真の価値とはどういう事なのか。最初は人の事を殺すつもりでいた癖に図々《ずうずう》しい。

アンネゲルトは怒鳴りつけたいのを意思の力で抑え込んだが、いつ暴発するともわからない状態である。

公爵はそんな彼女に構わず続けた。

「大事なあなたには、我が屋敷でゆっくりと養生していただきますよ。ルードヴィグが廃嫡され、私が次代の王に指名されるまで、ね。その後は私の妃として、厚く遇する事をお約束いたしましょう」

アンネゲルトは目を見開く。一体、何を言っているのだろう、この人物は。王太子ルードヴィグが廃嫡というのは置いておいて、何故自分が彼の妃になると思っているのか。こればかりは黙っていられない。

「何故、私があなたの妃になるんですか?」

言外に、なる訳ないだろうという思いを露骨に出している。嫌悪感で一杯の表情にも、公爵はお構いなしだった。

「先程も申したでしょう?　あなたには価値がある。帝国の帝位継承権という価値がね」

「継承権?」

確かに持っていた。そう、過去形である。政略結婚で嫁《とつ》ぐ時に、継承権と実家の相続権の全てを放棄してきているのだ。これは法的な手続きを踏んでいるので、たとえ他に帝位を継げる人間がいなくなったとしても、アンネゲルトが帝位に就《つ》く事はない。

大体、元からアンネゲルトの継承権は下から数えた方が早いくらいの低さである。正確に調べた事はないが、順位でいけば十位以下なのは間違いなかった。

困惑するアンネゲルトを余所《よそ》に、公爵は滔々《とうとう》と語り出す。

「あなたを妃に迎えれば、帝国も我が手に入るのですよ。私はスイーオネース一国で収まるつもりはありません。スイーオネース、帝国、イヴレーアも、その西のアストゥリアスも、西域の国全て、いえ、東域も含めた全ての国を呑み込むつもりですよ。世界を我が手に」

熱に浮かされたその様子に、アンネゲルトは違和感を覚えた。普通に考えれば、そんなバカな事は出来るはずがない。

各国の情勢や政治的なバランスなどに詳しくないアンネゲルトでも無理だとわかるのに、それを、公爵はさも簡単に出来るかのように口にする。ここまでくると、誇大妄想狂だ。おかしいといえば、これまでの彼の言動全てがそうだった。本当にルードヴィグが邪魔なら、薬の量を増やしてもっと前に殺していても不思議はない。なのに彼を廃嫡させるだけにとどめようとしている。

アンネゲルトの件にしてもそうだ。彼が言っていた帝国も手に入れるという計画がいつからのものかにもよるが、最初はこちらを殺そうとしていたというのに。どうにも行動に一貫性がない。行き当たりばったりで動いているにしては、計画性が高いのが気になるところだ。

一体、これはどういう事なのだろう。混乱するアンネゲルトの耳に、ザンドラが囁いた。

「フランソン伯爵についても聞いてはいかがでしょう?」

それもそうだという思いと、今更確認しなくても公爵が黒幕だろうという思いとが拮《きっ》抗《こう》したが、どうせ助けが来るまではここにいるのだ、聞いておくのも手である。

「一応確認しておくけど、フランソン伯爵に指示を出していたのもあなたなのよね？」

「使い勝手の悪い男でしたがね。本当に、もう少し保守派にも人材がいれば、あのようなつまらない小者を使う必要もなかったのですが」

散々な言いようだ。やはりハルハーゲン公爵にとって、他人とは便利に使える道具程度の存在なのだろう。

ふと、何かが引っかかった。はて、一体公爵の言葉のどこに引っかかりを感じるのやら。アンネゲルトは小骨が喉に刺さったようなもどかしさに、眉間の皺《しわ》を深くする。

そんな彼女の耳に、公爵のぼやきが聞こえてきた。

「あれが言ってきたから使ったが、本当にどうにもならない男だったな……」

「あれ？」

「あれ」とは何の事なのか。前後の言葉から、人のようだが。公爵はぼやきがアンネゲルトに聞こえていたとは思わなかったらしく、少し驚いた様子でこちらを見ている。

「公爵、あれとは誰？」

「あなたが知るべき事ではありませんよ」

「ふうん。そういえば、今日は司教の姿を見ないわね。あれって、もしかして司教の事かしら」

「まさか。クリストフェルはカール＝ヨハンとは違いますよ」

クリストフェルという名には覚えがある。確か、フランソン伯爵殺害の重要参考人だ。そして、離宮襲撃事件の責任を伯爵に被せた犯人とも目《もく》されている。公爵の言葉が正しければ、公爵がクリストフェルを通じてフランソン伯爵を動かしていたという事か。

アンネゲルトがあれこれ考えている間にも、ハルハーゲン公爵は話し続ける。

「カール＝ヨハンとはお互いにお互いを利用しているだけですしね。あれも哀れな存在です。伯父《おじ》が生ませた子だというのに、生涯を聖職者として生きなくてはならないとは。もっとも、彼は彼に相応《ふさわ》しい野心を持っているので、私とは相通じるものがあるのですけどね」

驚いた。公爵はステーンハンマル司教の出自を知って利用しているというのだ。しかも、司教の方も納得ずくで公爵を利用しているという。司教の父親に関しては、アンネゲルトもティルラから報告を受けている。

二人の関係は理解したが、また疑問が増えてしまった。聖職者が持つ野心とはなんぞや。あの年齢で司教まで出世していれば十分ではないだろうか。

公爵が知っているともわからないが、アンネゲルトは試しに聞いてみた。

「司教に相応《ふさわ》しい野心って、何かしら」

「ふふふ、もうご存知なのでしょう。彼はね、地上の栄誉には見向きもせず、天上の栄華を望んだのですよ。そう、至高の存在としてね」

「教皇の座……」

聖職者の言う至高の座とは、教皇を指す。確かに昔ならいざ知らず、ここ最近の教皇は金と権力に飽かせて手に入れる地位になっているという。とはいえ、伯爵家の分家の息子という表向きの身分では、それらは購《あがな》えまい。その為に公爵の財力と権力を当てにしたというのだろうか。

公爵は続けた。

「教皇の座を手に入れる事は、カール＝ヨハンにとっては復讐なのですよ。自分を捨てた親と親族へのね」

アンネゲルトはステーンハンマル司教の生い立ちを聞いた時の事を思い出す。確か、彼の母方の祖父に当たる人物が敬虔《けいけん》な信徒で、娘が神の教えに背《そむ》いて妻子ある男性――先代国王との間に生《な》した子を罪とし、娘を勘当《かんどう》、生まれた孫である司教を教皇庁に入れてしまったのだ。

確かに普通に考えれば恨みたくもなる話だが、その祖父の行動が彼の命を救ったとも言える。祖父が娘を国外に出さなければ、王妃の大虐殺で母親である娘諸共、司教は死んでいた。

その事を、ステーンハンマル司教は知らなかったのだろうか。

◆◆◆◆

エンゲルブレクト達を乗せた車は、アンネゲルトが連れ去られた屋敷まであと少しというところまで迫っていた。

悪路のせいか、やたらと車が揺れるが、王都も一歩中央を出てしまえばこんな道ばかりだ。

以前アンネゲルトから聞いた話では、帝国では辺境まで道路整備の手を伸ばしているのだという。道が良くなれば物流が盛んになり、結果として国が富《と》むらしい。

スイーオネースはこれからだ。幸い東域との貿易は今後も増えるだろうし、帝国からの技術供与をバネに、一段も二段も成長出来る。

これまでのエンゲルブレクトは、自分は国の中枢にいる人々や、王都に暮らす庶民を守る為の剣であれと思っていた。だが、この先はもっと違う形で関わる事になりそうだ。新しい自分の身分が、それを強要してくるだろう。

地位や身分には責任と義務がついてくる。アンネゲルトとの結婚を望んだ時点で、その事は覚悟済みだった。

再びがくんと車体が揺れ、運転席からティルラの声が聞こえてくる。

「そろそろ目的地に到着します」

「わかった」

短く答え、車内を見回す。後続の車内でも、似たようなやり取りが行われている事だろう。現地に到着したらどう動くか、既にここまでの道程で叩き込んである。突入の班分けも終わっていて、後は到着し次第実行に移すだけだった。気ばかり焦るが、これでも馬や馬車を使うよりも速いのだ。

それにしても、車内で聞いた通信内容は想像を超えるものだった。まさか、これまでの主立《おもだ》った事件が全て繋がっていたとは。

エンゲルブレクトは帝国内で起こった伯爵令嬢殺害の件は知らなかったので、ニクラウスが丁寧に説明してくれた。噂《うわさ》だけで殺されるとは、痛ましい話だ。

その事件を皮切りに、最初のカールシュテイン島襲撃事件、イゾルデ館襲撃事件、ルードヴィグの薬の件、つい先頃の離宮襲撃事件及びフランソン伯爵殺害、その全てがハルハーゲン公爵の指示のもと行われた事件だった。あまりの事に、車内がしんと静まり返った程である。

ふいに、ぽつりとニクラウスが漏《も》らした。

「それにしても、まさかハイディの死にまで公爵が関わっていたなんて……」

帝国皇帝の血筋という事は、彼の親族でもある。

「ハイディ嬢は皇帝の血筋に連《つら》なる令嬢だというが、具体的にどのくらいの繋がりか聞いてもよろしいか？」

「彼女は我々のはとこであり、エーベルハルト伯爵夫人の姪《めい》になります」

意外にも、近場に近親者がいたらしい。エーベルハルト伯爵夫人クロジンデは帝国皇帝の従姉妹《いとこ》だから、件《くだん》の令嬢は皇帝の従兄弟《いとこ》の娘という事か。少し遠いものの、帝室の女性と言えない程ではない。これが公《おおやけ》になったら、大きな醜聞《しゅうぶん》となるだろう。

エンゲルブレクトはニクラウスを見る。

「この話は……」

「表には出せませんね。話が大きくなり過ぎる」

ニクラウスの同意を得たエンゲルブレクトは、今聞いた事は他言しないよう、車内及び後続車の人間に徹底させた。

「それにしても、公爵の行動は少々おかしいのではないでしょうか」

「おかしい？」

「ええ。王太子を生かしたままにしておくと言いながら、フランソン伯爵に襲わせた。伯爵自身も事の成否にかかわらず始末している。姉の事もそうです。帝国や世界を手に入れるというのも、妙に作り事めいているというか、子供が夢物語を口にしているように思えるんです。現実味がないと言えばいいのか……」

ニクラウスの言葉に、エンゲルブレクトも納得する。確かに、公爵の言動には一貫性がない。だというのに、用意は周到で計算されているものを感じる。この違和感は、どういう事なのか。

「まあ、それももうじきわかるでしょう。本人の頭に直接問いかければいいのですから」

そう言って笑うニクラウスに、エンゲルブレクトはいつぞや毒入り菓子を王宮に持ち込んだ女の末路を思い出してしまった。

到着したのは、木々が生い茂《しげ》る雑木林《ぞうきばやし》の中だった。ここから木立《こだち》を抜けていくと、目指す屋敷があるらしい。

突入班は全員暗視ゴーグルを着用している。室内は明かりを落とすと存外暗く、視界が利かない事も多い。今回は特に、突入に際してリリーが室内の明かりを遠隔で全て落とすと言っているのもある。

薄暗い木立《こだち》の中にたたずむ黒ずくめの集団は、端から見れば異様だろう。

「分担は頭に入っているな？　抵抗する者へは攻撃を許可する。投降する者は無力化を忘れないように」

ここから先は、全て無線を使った連絡になる。今回の作戦の最優先事項は、アンネゲルトの生命だ。彼女の救出にはエンゲルブレクトが単独で当たるが、途中まではニクラウスの班が同行する事になっていた。

班ごとに散開して木立《こだち》の中を進むと、目指す屋敷が見えてくる。その外観は厳《いか》めしく古い印象で、王都の貴族の館に比べると装飾はほとんどない。ティルラからの情報によると、中は増改築を繰り返した為、かなり複雑になっているようだ。

エンゲルブレクトは腰のベルトに取り付けたホルダーから端末を取り出して、見取り図を表示させる。確かに通路もまっすぐではない箇所が多く、迷いやすそうだ。

館の周辺には武装した男達がたむろっていた。あれも全て秘密裏に集めた人員という事か。

エンゲルブレクトはハンドサインで狙撃班に指示を出す。射撃訓練の中で長距離を得意とする一派が出てきたので、彼等はその特性を伸ばす訓練を特別に受けさせてあるのだ。

結果はあっさりと出た。武装した男達が同時に六人、声も出さずにその場に倒れる。異変に気付いた周囲の男達が確認に動くが、もう遅い。

「どうした⁉」

「死んでる……敵襲だー‼」

「敵が来たぞー‼」

その声を合図に、突入班が一斉に動き出す。陽動などする必要もなく、当たった敵は全てなぎ倒していくだけだ。

この騒ぎが、アンネゲルトの耳にも入っているといい。自分達が来た事が伝われば、遠慮なく魔導具を使って身を守れるはずだ。

エンゲルブレクトは仲間がならず者を一掃した隙を突いて、邸内に駆け込んでいった。

屋敷の内部は混乱の渦《うず》だった。宣言通り、リリーが邸内で使っている明かりの大半を消したのだ。暗がりの中、逃げ惑う者、果敢《かかん》に立ち向かう者、それらを制圧しようとする突入班とが入り乱れていた。

ヨーンは地下室の制圧に向かい、ティルラは屋敷の半分の制圧を受け持っている。他に二班が周囲の制圧を行い、エンゲルブレクトとニクラウスの班は残る屋敷半分の制圧を受け持つ。エンゲルブレクトが行くのは、アンネゲルトの腕輪の反応がある場所だ。逆にティルラの方にはダグニーの反応があるらしい。

車内で初めて教えられたが、彼女は父親であるホーカンソン男爵を介して敵方の情勢を窺《うかが》う仕事をしていたそうだ。フランソン伯爵の事件の際、簡単に構成員の名簿を得られたのは彼女のおかげだったとか。

マルガレータの拉致《らち》事件に荷担したのも、相手側に気取らせない為仕方なくだったようだ。何せ、拉致《らち》計画を教えられたのは直前だったというのだから、無理もあるまい。

何にしても、アンネゲルトは歩く要塞《ようさい》状態になるよう防備を固めているので問題ないが、無防備で攫《さら》われたマルガレータの精神状態が心配された。なので二人が合流するまで、こちらは手を出せなかったのだ。

そして公爵がアンネゲルトとマルガレータを連れ去った屋敷は、ホーカンソン男爵邸なのだという。あの見取り図も、ダグニー経由で入手したものらしい。

エンゲルブレクトは端末で確認しつつ、屋敷の中を走り抜ける。彼の側にいるのは副官のヨーンではなく、アンネゲルトの弟のニクラウスだ。いつもと勝手が違う気もするが、彼は相手の心情を読むのに長《た》けていて側にいても疲れない。

その事に感謝しながら、仲間が敵をなぎ払うのを横目に、アンネゲルトを目指して進んでいく。まずは彼女の安全を確保しなくてはならない。公爵に対する鬱憤《うっぷん》晴らしはその後だ。

◆◆◆◆

館の周辺で何やら騒ぎが起こっているのは、アンネゲルト達と離れた部屋にいるダグニーにも聞こえていた。待ちに待った救出部隊が到着したのだ。

ダグニーはほっと胸をなで下ろした。今回の事件に父が関わっていても、娘である自分がアンネゲルト救出に貢献したとなれば減刑が認められる。地位も財産も全て失うだろうが、生きていられるのだからそれでいい。

父への愛情故《ゆえ》ではなく、ダグニーの心の区切りとしてだ。家がなくなれば、国にも家にも縛られる必要はない。辛い事ではあるが、本当の自由を手に入れられるのだ。

ふと、テーブルに置かれた手紙を見る。ダグニーが父宛《あて》に送った手紙は、開封はされているが無造作に放り出されていた。

おそらく、アンネゲルト側の様子を探る人材は、ダグニー以外にもいたのだろう。そちらから報告を受けていたので、彼女からの手紙は不要だったのだ。

王宮侍女を拝命してすぐの頃、ダグニーは父からの命令や指示など全てを持ってティルラに告白し、裁きを待った。ルードヴィグのみならず、アンネゲルトの情報も欲しがる保守派の貴族など、怪しい事この上ない。

王宮侍女解任の沙汰《さた》があるはずと神妙に待っていたダグニーは、ティルラから思いもかけない役目をもらってしまった。

『アンナ様のお役に立つ気はなくて？　もちろん、見返りは用意しますよ』

彼女が提示した見返り、あれは下手な誘惑よりも蠱惑的《こわくてき》だったと今でも思う。もちろん喜んで仕事を受けた。

ダグニーがやるべきは、父親のホーカンソン男爵に従ったと見せかけて、その情報をティルラに流す事だ。どんな些細な内容でもいいから報告するように言われ、父からの指示の手紙も全てティルラに渡している。返事の内容を考えたのも彼女だ。

どの情報を送り、どの情報を伏せればいいのか、真実の中に嘘を紛れ込ませるコツなどを教わり、最後にはティルラの添削も必要ない程の「報告書」をでっち上げられるようになっていた。

ダグニーは今の状況を思い出して、溜息を吐く。マルガレータを巻き込む事になってしまい、本当に申し訳ない。

拉致《らち》計画を聞いた時、既にマルガレータは意識をなくしていたので、ダグニーにはどうする事も出来なかった。

せめてもと、彼女の指輪を抜き取る際に自分がティルラからもらった腕輪をはめておいた。いくつかもらった護身用の道具の一つである。

その後、無事にアンネゲルトと合流出来たのは幸いだった。彼女が軟禁《なんきん》されていた部屋の監視をしていたのも、ティルラの手の者だったから、マルガレータの無事は約束されたも同然だったけれど、彼女本人を見るまでダグニーも気が気ではなかったのだ。

とにもかくにも、全ては動き出した。舞踏会場で父にいきなりハルハーゲン公爵に従うよう言われた時は驚いたが、断る事も出来ずにここまで来てしまったのは、良かったのか悪かったのか。

それにしても、何故父が公爵とよしみを結んだのかがわからない。ハルハーゲン公爵は国王の従兄弟《いとこ》であり、世襲組の貴族の中でも一番上と言ってもいい存在だ。翻《ひるがえ》って父を見れば、貴族とは名ばかりの成り上がり組男爵である。接点も何もないのに、どうして……

思考の渦《うず》にはまっているダグニーの耳に、扉が開く音が響いた。振り返ると、待っていた存在が立っている。

「お父様……」

もはや、父親と呼ぶ事すら厭《いと》わしい男の見た目に、ダグニーはぎょっとした。目は落ちくぼみ、元々頑健《がんけん》とは言い難い体が一層縮んで見える。外遊に出る前は普通だったのに、この半年少しでこうも変貌するとは。

おそらく、この件が終わった時に父の命はないかもしれない。それ程に濃い死相を浮かべている父は、部屋にダグニーがいる事にも気付かないのか何やらしきりと呟いていている。

「お父様。外の騒ぎが聞こえますか？　もう終わりです。この上は、おとなしく投降してください」

無駄と思いつつ、投降を勧めてみた。おとなしく従う人間に暴力を振るう者は相手側にいない。法に照らして裁きを下してくれるだろう。

だが、やはり父には届かない。

「あのような者達、すぐに閣下が一掃してくださる」

ダグニーは首を横に振った。その父が信じる公爵のもとにも、今頃捕縛《ほばく》の手が伸びている。彼がまだアンネゲルトと一緒にいるのなら、その場に行くのはエンゲルブレクトに違いない。彼なら公爵に負ける事などないのだ。

ダグニーは溜息を吐きながら続ける。

「公爵には無理です。せめてお父様の命だけでも——」

「お前はまた私を馬鹿にするのかあ!!」

男爵は、いきなりダグニーを怒鳴りつけた。突然の事に、彼女は動けない。それにも構わず、父は必死の形相で言い募った。

「いつもそうだ。私の家の格が低いとあざ笑いおって……知っているんだぞお！　社交界でお前が何をしているかは！」

なんて事だ、今の父の目に映っているのは、娘の自分ではなく死んだ妻だ。

亡くなったダグニーの母は、家の借金を肩代わりしてもらう約束で男爵家に嫁《とつ》いでいる。実家も子爵家であり大した家柄ではなかったのに、商売で成り上がった婚家を蔑《さげす》み、父をないがしろにしていた。幾人もの愛人を持ち、その相手との子供まで産んでいる。

それでも父は母には何も言わなかったのだが、内心では溜まったものがあったのだろう。

「そうだ……あいつも、それにあいつも、私を笑っていたんだ。お前と一緒になって……はは、あいつらの家は、私から金を借りなければ体面を保つ事も出来なかったくせに。なのにお前と一緒になって、馬鹿にして笑っていたんだああ！」

母が浮気を繰り返していた事は知っていたが、その相手と一緒になって父を蔑《さげす》んでいたとは知らなかった。しかもその相手は、父から金を借りていたのだ。父はどれだけの思いだっただろう。

ダグニーは父に取りすがった。やはりこのまま見捨ててはいけない。そんな事をすれば、きっと自分は一生後悔する。

「お父様、お願いです。私と一緒に、妃殿下に慈悲を請いましょう。そうすれば、きっと許してもらえます」

実際に父がやった事などたかが知れていた。娘からルードヴィグとアンネゲルトの情報を得ようとした程度だ。ルードヴィグに薬を盛った使用人達も、用意したのは公爵の子飼いの部下で、父は名前を貸したに過ぎない。

だが、男爵は落ちくぼんだ目でダグニーを睨《にら》みつけてきた。

「そ、そんな事を言って、私を売ろうというのだな！　そうはさせるか！」

男爵は懐《ふところ》に手を入れると、何やら筒状のものを取り出し、こちらに向ける。

「お父様……それは……？」

「も、もういいんだ。これでいいんだ」

パン、という乾いた音と胸元に衝撃を感じた後、ダグニーの意識は途切れた。

◆◆◆◆

邸内は上を下への大騒ぎだった。人の叫び声と時折乾いた破裂音が響いている。それでもハルハーゲン公爵は余裕だ。

「……随分と落ち着いていること」

嫌み混じりにぼやいた言葉に、公爵からの反応があった。

「何故慌てる必要があるのですか？　ああ、あなたこそ、それだけ落ち着いているという事は、ようやく観念したのですね」

満面の笑みで言われた内容が、アンネゲルトの癇《かん》に障《さわ》ったので言い返す。

「観念するって何を？　私が落ち着いているのは、あの騒ぎを起こしているのが私達を助け出しに来てくれた人々だと知っているからよ」

「おやおや、妄想に逃げたい気持ちはわかりますが、そろそろ現実を見なくてはいけませんよ」

妄想に逃げているのはお前だ、と怒鳴りたいがやめておいた。言葉は通じるが話が通じない相手では何を言ったところで意味はない。

自分はここでエンゲルブレクトが迎えに来てくれるのを待っていればいいのだ。

「妃殿下……」

とはいえ、マルガレータは不安なのだろう。怯《おび》えた様子で震えている。いきなり拉致《らち》されて軟禁《なんきん》されていたのだから、当然の反応だ。

「大丈夫。本当に、あの騒ぎを起こしているのは、私達を助けてくれる人達だから」

アンネゲルトはマルガレータを元気づけるように肩を抱いた。腕輪の機能の中に、精神安定はあっただろうか。一度説明を受けているものの、リリーが後からあれこれと機能を追加するから、全てを把握しきれていないのだ。

携帯端末で通信が出来ればいいけれど、戦闘中だったらと思うと繋げる訳にもいかない。どうにかしてマルガレータに信じさせる方法はないだろうか。

悩むアンネゲルトの耳に、公爵の悠然《ゆうぜん》とした声が響いた。

「あなたは本当に可愛い人だ。あなた方を救いに来る童話の英雄など、いないのですよ」

アンネゲルトはむっとしたのみだが、マルガレータの方は公爵の言葉に余計怯《おび》えてしまっている。

――腹立つわー、このおっさんが！

もうこの際、誰でもいいから早くこの部屋まで来てくれと願っていると、部屋の扉が音を立てた。どうやら鍵がかかっているらしい。

「おや、ここまで来た愚か者がいたようですね。その扉は特注品で頑丈さは他に類を見ない――」

公爵の言葉の途中で、銃声が響くと同時に、扉の取っ手が吹き飛んだ。急な事にアンネゲルトのみならず、ハルハーゲン公爵も相当驚いたらしい。

取っ手が吹き飛ばされた扉は勢いよく開け放たれ、その向こうから姿を現した相手に、アンネゲルトは文字通り椅子から飛び上がった。

「エンゲルブレクト！」

「アンナ！　無事ですか!?」

「大丈夫。傷一つないわ……でも、何でその格好？」

黒一色のコンバットスーツに暗視ゴーグル、腕にはサブマシンガンという非常に現代的な戦闘スタイルで飛び込んできた彼に、アンネゲルトは思いきり普段のトーンで突っ込みを入れてしまう。

「これはその……館の装備の者が揃えてくれたもので……」

「貴様……サムエルソンか！　王族である私に対し、このような無礼が許されると思っているのか！」

律儀に答えるエンゲルブレクトの言葉を遮《さえぎ》って、ハルハーゲン公爵の怒号が響いた。

エンゲルブレクトは暗視ゴーグルを外しながら反論する。

「そちらこそ、許されるとお思いか？　公爵。あなたのした事は王国法に反する行いだ。覚悟していただこう」

エンゲルブレクトの言葉に一瞬怯《ひる》んだ公爵だったが、自身の圧倒的有利を信じているからか、すぐに尊大な態度を取り戻した。

「ふん、貴族の屋敷にそのような格好で踏み込んでくるとは、さすがは野蛮な軍人だな」

「人質を取って女性を脅《おど》す者をこそ野蛮と呼ぶのでは？」

まったくの正論である。ハルハーゲン公爵がやった事は、野蛮どころかただの犯罪だが、その自覚がなかったのだろうか。

言い返されるとは思わなかったのか、ハルハーゲン公爵の背中には怒りが見える。そういえば、社交界で会っていた時は、彼の感情というものをあまり見た事がなかった。常に余裕のある笑みを浮かべて、人との衝突などないかのように振る舞っていたけれど、やはりあれは猫を被っていただけだったのか。

早くエンゲルブレクトのもとへ行きたいのに、家具と公爵が邪魔で行けやしない。部屋の奥側の席になぞ、座らなければ良かった。

「彼女達を返していただきましょうか」

そう言ったエンゲルブレクトを、公爵は鼻で笑う。エンゲルブレクトが構える銃が目に入らないのかと思ったが、あれを武器だと認識していない可能性がある。

しかし、どうやら違ったようだ。

「そんなものを私に向けていいのかな？　私は、次期国王なのだぞ？」

例の誇大妄想を貫き通すつもりらしい。彼は自分が犯した罪の重さを理解しているのだろうか。貴族令嬢を拉致《らち》しただけに留まらず、王太子妃であるアンネゲルトをも脅迫して連れ去ったのだ。良くて蟄居《ちっきょ》、下手をすれば王族であっても極刑だ。

エンゲルブレクトは溜息を吐きながら公爵に返した。

「馬鹿な事は口にしない方がいい。王太子殿下は健在だ」

もっとも、ルードヴィグの廃嫡はほぼ確定事項だ。エドガーとアレリード侯爵が気合を入れているから、エンゲルブレクトが大公位に就《つ》く頃には廃太子となっているだろう。

だが、それをルードヴィグ本人は知らない。彼はまだ巻き返せると信じているのだ。

事実を告げずにいる事に対する罪悪感と、そこまでの責任は自分にないという思いがない交ぜになっている。

そんなアンネゲルトの内心の葛藤を知らない公爵は、一笑に付《ふ》した。

「あのような若造に何が出来る。私はこの国だけではなく、西域諸国を呑み込んでやがては東へも覇を唱えるのだ」

「どうやって？」

「え？」

これも反論を想定していなかったのか、エンゲルブレクトに問われた公爵は言葉に詰まっている。エンゲルブレクトはさらに追い詰めた。

「西域を統一するそうだが、どうやってやるのだ？　帝国は言うに及ばず、その隣のイヴレーアも魔導技術では引けを取らない。さらに西には高名な大竜騎兵団を擁《よう》するアストゥリアスがあるぞ。それら大国にどうやって戦争で勝つというのだ？」

西域だけでも大国と呼ばれる国はいくつもあり、それら全てと戦って勝つのは至難の業《わざ》だ。しかも敵同士に手を組まれてはさらに苦戦を強《し》いられるだろう。

大体、戦場がこの国から遠くなればなる程、補給線が伸びる。それは軍隊にとって致命的だと何かで見た覚えがあった。それらを考えれば、スイーオネースが西域を制覇するのは難しい。

エンゲルブレクトの問いに、公爵は両手を広げて大言壮語を吐いた。

「そんなもの、東域から取り寄せた魔導を無効化する術式と、我が国の優秀な軍隊さえあれば——」

「無効化出来ていないわよ？」

「は？」

得意満面で公爵が述べた構想を途中で遮《さえぎ》ったのは、アンネゲルトだ。驚いた様子で振り返る公爵に、彼女は腕輪をかざす。

「これ、リリーが作った魔力で動作する道具なんだけど、しっかり作動しているわ。だからこそ彼等がここに来たの。そうでなければ、私の居場所がわかる訳ないでしょう？」

アンネゲルトの言葉に、ハルハーゲン公爵は今更気付いたようだ。はっとした顔でエンゲルブレクトを見たが、彼も頷いているのを見てようやく理解したらしい。

しかし、公爵は現実を受け入れようとはしなかった。

「そんな……ばかな……あの術式は完璧だとクリストフェルが……」

アンネゲルトはエンゲルブレクトと顔を見合わせる。先刻のハルハーゲン公爵の独演は、通信を通してエンゲルブレクトも聞いていたはずだ。

あの時は公爵主体でクリストフェルがその配下という様子だったが、今の言葉を聞くと、公爵がクリストフェルに依存していたように思える。

一体、クリストフェルというのはどういう人物なのか。

「妃殿下！」

室内に、マルガレータの叫び声が響いた。考え込んでいたアンネゲルトは、その隙を突かれてハルハーゲン公爵に羽交《はが》い締《じ》めにされてしまったのだ。ご丁寧に、首元には短剣が添えられている。少しでも動こうものなら、鋭い切っ先が彼女の喉を貫くだろう。

「アンナ!!」

エンゲルブレクトが慌てているのがわかる。だが、捕まっているアンネゲルト本人は落ち着いていた。

「ザンドラ」

「はい」

背後から彼女の声が聞こえる。今更ながら、この場にザンドラがいてくれて良かった。離宮に戻ったら、ティルラと相談して特別報酬と休暇を与えなくては。

「マルガレータの事を任せてもいいかしら？」

「はい、お任せください」

これでマルガレータは大丈夫だ。ザンドラなら、アンネゲルトがこれから何をしようとしているか見当がついているだろう。

残りは目の前で焦っているエンゲルブレクトである。

「エンゲルブレクト、もうちょっと下がって」

「アンナ！　何を言って――」

「あなたが危ないから」

アンネゲルトの言葉が余程意外だったのか、ぽかんとした表情でこちらを見る彼に、アンネゲルトは一つ頷いた。少しだけ短剣の切っ先が食い込み、喉に痛みが走る。

「何をごちゃごちゃと。さあ、サムエルソン、そこをどいて――」

「えい」

ハルハーゲン公爵の言葉の途中で、アンネゲルトは気合を入れて腕輪のスイッチを入れた。リリー作の腕輪にはあれこれと機能が盛り込まれていて、中には接触している相手に対する攻撃術式もあるのだ。しかも、起動は念じるのとスイッチとどちらを選んでもいいという便利さである。

その結果、アンネゲルトを羽交《はが》い締《じ》めにしていたハルハーゲン公爵が、短い悲鳴を上げてその場に崩れ落ちた。

一瞬何が起こったのか理解出来なかったらしいエンゲルブレクトだったが、すぐに動いてアンネゲルトを腕の中に確保する。

「アンナ、無事ですか？」

一度強く抱きしめ、きちんと顔を見合わせて聞いてくるエンゲルブレクトに、アンネゲルトは笑顔で答えた。

「ええ、もちろん。あなたが助けに来てくれるって、信じてた」

だから不安はなかったのだ。アンネゲルトが危ない目に遭った時には、必ずエンゲルブレクトが助けてくれる。その信頼は揺るぎない。

うっかり見つめ合って二人だけの世界を構築していたところ、脇からとても申し訳なさそうな声がかかった。

「あのう……」

マルガレータである。彼女の後ろには、ザンドラが普段通りの眠そうな表情で立っていた。

全ては無事に終わった。邸内にいた武装集団は全員排除し、アンネゲルトとマルガレータは無事救出されたのだ。

事後処理班として後続の車で到着した帝国護衛艦の兵士達が、生存者や証拠書類などを運び出している中、アンネゲルトはエンゲルブレクトに付き添われて邸内から出てきた。

「アンナ様！」

「ティルラ！」

脇から声をかけてきたのは、アンネゲルトの側仕えであるティルラだ。やはり彼女も来ていたようだ。

「大事に至らずようございました」

「リリーに感謝かな」

最後を決めたのは、彼女が作った道具だった。あのサイズで十分な出力を得るのに苦労したと言っていたのを覚えている。

ハルハーゲン公爵は感電して気を失ったまま運び出された。正直、生きているかどうかアンネゲルトにはわからない。知らない方がいいかと、あえて聞いていなかった。

——知っちゃったら、ちょっと怖くなりそうだし。

だから、公爵は失神した程度なのだと思っておく。

「車の用意が出来ていますから、先にイゾルデ館を経由して離宮にお戻りください。一度メービウス医師の診察を受けていただきます」

「わかったわ。あ、ねえ、ダグニーを見かけなかった？」

アンネゲルトは彼女が敵方だとは思っていない。あの時は何か理由があったのだろう。もし本当にダグニーが敵だったのならザンドラと引き離されるはずだし、装飾品も全て外されたはずだ。何より、マルガレータがはめていた腕輪がある。あれもリリーの作った腕輪だ。

東域に行ったダグニーなら、魔力阻害の術式の対抗策が出来上がっている事に気付いていただろう。なのに装飾品を外させなかったのだから、彼女は敵ではない。

アンネゲルトの問いに、ティルラは静かな表情でこちらを見つめる。

「ティルラ？」

「アンナ様、落ち着いて聞いてください。ヴェルンブローム伯爵夫人は亡くなりました」

「え？」

アンネゲルトは彼女の言葉が理解出来なかった。今、ティルラは何と言ったのだろう。頭の中が真っ白になったアンネゲルトに、ティルラは続けた。

「父親のホーカンソン男爵に胸を撃ち抜かれていました。その後、男爵も銃で自殺したようです。かなり旧式のものでしたから、おそらく東域で手に入れていたのでしょう」

冷静なティルラの声に、段々とアンネゲルトも理解する。ダグニーが死んだ。父親に銃で撃たれて。その父親も死んだ。銃で自殺だという。

東域で彼女の親の事は少し聞いていた。複雑そうだから踏み込んではいけないと思い、相談に乗るとお為ごかししか言わなかった事を、今、心の底から悔《く》いている。

「ダグニーが……死んだの……?」

「はい」

「私、彼女へ相談に乗るって……」

「そうですね。あの時は、それが最善でした」

「でも、彼女は……」

そう呟いたきり、言葉が続かなかった。視界が滲《にじ》むのは、涙のせいらしい。いつの間にか、エンゲルブレクトに抱えられて車に乗せられていた。

声は出せない。きっと車の周囲に人がいるから。彼等を心配させてしまうから、泣き声を聞かせる訳にはいかなかった。

マルガレータが無事なのは喜ばしい。でも、代わりにもう一人の王宮侍女をなくす事になるなんて。

車でイゾルデ館に運ばれたアンネゲルトは、やはりエンゲルブレクトに抱きかかえられたまま地下列車で離宮へと戻った。

◆◆◆◆

翌日、朝一番で王宮に報告が上がった。王太子妃アンネゲルトの拉致《らち》事件についてである。

「まことか？」

報告を聞いている国王アルベルトの表情は硬い。彼の前で報告をしているのは、エンゲルブレクトだった。

「間違いありません。首謀者であるハルハーゲン公爵レンナルトと配下の者達は全員捕縛《ほばく》し、サリアン監獄に繋いでいます」

サリアン監獄は王都の外れにあり、重厚で巨大な姿から恐れられている監獄だ。重犯罪者を多く収容している事でも知られている。

エンゲルブレクトの報告を聞いたアルベルトは、椅子に座ったまま低く唸《うな》った。それもそうだろう、今回の首謀者は彼の従兄弟《いとこ》である王族の公爵なのだから。

「また、邸内の地下室よりステーンハンマル司教の遺体を発見しました。念の為調査したところ、例の薬を過剰摂取していた形跡があるそうです」

「薬が死因か？」

「まだそこまでは。それも含めて調査中ですとしか言えません」

ステーンハンマル司教の出自に関しては、ロンゴバルドから取り寄せた彼の生母の供述書を添えて、今回の報告書と共に調査書を提出してある。

「……まさか、母の凶行から逃れた弟がもう一人いたとは。それに、あのレンナルトがここまで大それた事をしでかすとは、思っていなかったよ」

エンゲルブレクトは何とも言えなかった。自分も、アルベルトの腹違いの弟である。ただし、彼は王妃の大虐殺の数年後に生まれているので、逃れたという言い方は正しくないが。

ステーンハンマル司教の方は、虐殺が行われた時は胎児として母の腹の中にいたのだから、まさしく逃れたという表現が正しい。逃れられた理由は、まったくの偶然だけれども。

「それで？　レンナルトはどうしている？」

「監獄内でらちもない事を叫んでいるそうです。一つの可能性ですが、公爵からも薬の成分が検出されるのではないかと」

エンゲルブレクトの言葉に、アルベルトの表情は渋い。スイーオネースへ薬を持ち込んだのは、ハルハーゲン公爵の手の者だったそうだ。あの薬の原産は東域で、薬を仕入れるついでに魔力に干渉する術式を開発した魔導士を連れてきたらしい。その魔導士も、あの邸で死んでいるのが見つかった。

邸内から押収した品の中には、それらの証拠となる書き付けや書類も含まれていて、全て解析すれば一連の事件を解明出来るだろうと言われている。

重い溜息を吐いたアルベルトは、もう一人の共犯者の行く末を口にした。

「男爵は死亡か……」

「ヴェルンブローム伯爵夫人を撃った後、自分自身も撃ったようです」

ホーカンソン男爵が何を思ってダグニーを撃ったのか、まったく見当もつかないが、彼女の母親が絡んでいるのではないかとエンゲルブレクトは考えている。

男爵の妻は、実家の借金を清算してくれた夫を蔑《さげす》み、愛人とばかり過ごしていた女だ。しかし夫である男爵は、彼女には一切逆らわなかったという。

何故そんな夫婦関係を続けていたのか、他人であるエンゲルブレクトにはわかりようもないし、わかりたくもない。

重苦しい空気の中、アルベルトは話題を変えてくる。

「して、王太子妃は無事なのだろうな？」

「はい。お健《すこ》やかでいらっしゃいます。ただ、拉致《らち》された事が原因で、少々塞いでいらっしゃいますが」

一つだけ、嘘を吐いた。拉致《らち》されたせいもあるだろうが、一番はダグニーの事だろう。それについて考える度《たび》、エンゲルブレクトは胸の辺りにちくちくとした痛みを感じる。

「そうか。しばらくは離宮でゆっくり静養するように伝えよ。これより先は、余が預かる。良いな？」

「はい。よろしくお願いいたします」

それだけ言うと、エンゲルブレクトは国王の私室を後にした。今は、少しでもアンネゲルトの側についていたい。

◆◆◆◆

騒動の後、アンネゲルトはしばらく離宮で休養するよう、国王アルベルトから通達された。確かに今の状態で社交は無理だろうと、ティルラも判断したらしい。

ハルハーゲン公爵によるアンネゲルト及びマルガレータ誘拐事件は、表向きは伏せられる事になった。首謀者が首謀者であるし、アンネゲルトもマルガレータも誘拐された事が公《おおやけ》になるとマイナスにしかならない。特にマルガレータは独身なので、今後の縁談にも響きかねないという判断からだった。

そろそろシーズンも折り返しの時期に差し掛かる。この分では、今年の社交は諦めた方がいいかもしれない。東域外遊でスタートが遅れたのもあるし、日を置かずに起こった離宮襲撃事件や誘拐事件で、さすがのアンネゲルトにも精神疲労が見られる。こんな状態ではろくな社交は出来まい。

アンネゲルトは日がな一日、離宮の図書室で過ごしていた。側にはマルガレータがついている。彼女も事件の翌日からずっと離宮で寝泊まりしているのだ。

マルガレータの後見人であるアレリード侯爵夫人も一度離宮に顔を見に来たそうだが、アンネゲルトの具合が悪いので面会せずに帰ってもらった。

早く元気にならなくては。そう思っても、ダグニーの事が重く心にのしかかる。彼女が助かる道はなかったのだろうか。

強引な形でも、父親のホーカンソン男爵と引き離しておけば良かった。男爵を通して相手の情報を得る道を示したのはティルラだそうだが、そうやって役目を与えたのは、ダグニー自身が罪悪感で潰れかねなかったからだ。

ダグニーは社交界で言われているような狡猾《こうかつ》な女性ではなく、繊細で賢明な女性だ。あの性格では、うまくいっていない関係とはいえ、父が謀反《むほん》に荷担しかねないのなら体を張ってでも止めただろう。それくらいならティルラの制御下で動いた方が、危険が少ない。

けれど、彼女は結局いなくなってしまった。

本当は、アンネゲルトもどうしようもなかったとわかっている。それでもどうにかならなかったかと自問自答してしまうのは、それだけ彼女が好きだったからだ。

おかしな関わり方で始まってしまったが、いい関係を続けていけるのではと思っていたのに、こんな形で終わってしまったのが惜しまれる。

図書室の大きな窓からは、庭園がよく見渡せた。窓際のこの場所がアンネゲルトのお気に入りで、ここからの眺めは最高だと思っている。

お気に入りの場所に置かれたお気に入りの長椅子にもたれて、ぼんやり庭園を眺めていると、マルガレータが来客を告げた。

「誰?」

「それが……」

ティルラが連れてきた女性だそうだ。見舞い客なら断ろうと思っていたけれど、ティルラが連れてきたのでは追い返す訳にもいかない。二人はここに来るという。

アンネゲルトは居住まいを正して客が来るのを待った。

「アンナ様、お休みのところを申し訳ありません」

そう言って入ってきたティルラの隣には、外出着を着た黒髪の女性が立っている。スイーオネースの人ではないのだろうか。この国で黒髪は珍しい部類なのだ。

近くで彼女の姿を見た時、どこか既視感を覚えた。はて、自分はこの人に会った事があるだろうか。どこかで見たような、そうでないような不思議な感覚だ。だが、記憶を辿っても黒髪に泣きぼくろの女性には覚えがない。

「アンナ様、ご紹介いたします。帝国のハシュテット商会に所属するクリスティーネ・ベーラーです」

「お初にお目にかかります」

彼女の声を聞いた途端、アンネゲルトの目が見開かれた。この声は、聞き間違いではないはずだ。

「あなた……」

アンネゲルトの視界の端で、ティルラが悪戯《いたずら》を成功させた時のような笑みを浮かべていた。

六　大団円

彼がこれ程清々《すがすが》しい気分で王宮の廊下を歩くのは久しぶりだった。懸案事項がいっぺんに消え去ったのだから、当然の事だろう。

長く仕込んでいたものが、ようやく実になったのだ。全ての筋書きは彼が書き、それを忠実な部下が実行した。クリストフェルには、手当を弾んでやらなくてはならない。

ハルハーゲン公爵レンナルトは、実に良い駒《こま》だった。こちらの思う通りに踊ってくれたのだから。

彼に小者であるフランソン伯爵を引き入れさせ、奴を隠れ蓑《みの》に東域から魔導士や、新種の薬も運ばせた。

その薬を社交界にばらまいたのはどうかと思ったものの、すぐに筋書きを書き直して保守派と革新派の対立に持っていったので問題はない。

あの薬は、駒《こま》を扱いやすくする為と、最後の仕上げの道具として用意したものだ。

当初は帝国との同盟を成功させない為に、アンネゲルト姫を亡き者にする予定だった。

しかし、彼女に利用価値を見出した以上、この国に残すべきだ。既にその手はずも整えている。

フランソンという使えない駒《こま》も、最後に離宮の実力を見るという役目に使えたので実にいい。あれだけの人数を投入したというのに、建物はおろか人的被害も一切なかったとは。実に素晴らしい技術ではないか。

それにしても、ステーンハンマル司教が例の薬で命を落としたとは驚きだ。確かに扱いやすいようにと少量を与えていたが、いつの間にか自身で快楽の為に使っていたらしい。始末する手間が省《はぶ》けたのでちょうどいいのだが。

彼の父親が誰かを教えたのは自分だし、公爵と共闘するよう仕向けたのもそうだ。とはいえ、まさか教皇の座を狙うとは。スイーオネースの司教程度で我慢しておけばいいものを。

せっかくあの王妃の大虐殺を免《まぬが》れたというのに、大それた望みを抱くから破滅するのだ。その辺りは母親に似たのだろう。家格の低い伯爵家の娘風情《ふぜい》が、王妃の座を狙うなどおこがましいにも程がある。

例の魔導士も道連れにしたのには驚いたが、こちらも始末する手間が省《はぶ》けた。

ともかく、ハルハーゲン公爵は捕縛《ほばく》され、その余波で王太子も謹慎させられている。

これで、世継ぎは彼が望む「あの人物」に決まったも同然だ。

罪を王太子にまで及ばせる為に男爵親子を引き入れた事も、うまくいった。これで廃嫡は免《まぬが》れまい。何せ被害者は帝国から嫁《とつ》いできた王太子妃なのだから。

ホーカンソン男爵令嬢ダグニー。今はヴェルンブローム伯爵夫人か。それも、王太子妃拉致《らち》犯の一人として、剥奪《はくだつ》される身分である。

ルードヴィグの女の好みは熟知していた。あの小童《こわっぱ》は、小賢しい女が好みなのだ。だというのに、頭が空《から》っぽな娘ばかり勧めるなど、小童《こわっぱ》の周囲の者達は考える頭を持っていないのではないか。

おかげで小童《こわっぱ》の社交界嫌い、貴族嫌いに拍車がかかったので、こちらとしては願ったり叶ったりの状態だったが。

男爵を引き入れる作戦は、彼の妻への歪《ゆが》んだ愛情をくすぐる事で万事滞《とどこお》りなく進められた。

あの男も哀れなものだ。あのような尻軽女に本気で入れ込むとは。彼が男爵夫人と結婚した頃、社交界で夫人の乱行を知らぬ者はいなかったというのに。

結果的にはその妻のもとへ逝《い》けたのだから、男爵も本望だろう。夫人との間に出来た娘を道連れにも出来たのだし。

後は、「あの人物」にやる気を出させるだけだが、それも自分の采配でどうとでもなる。いざとなったら、いくらでも口先で操れるというものだ。

「あのような若造、私にかかれば造作もないわ」

つい、口に出してしまった。誰もいない廊下だからこその、気の緩みか。もっとも、彼にかかれば大抵の人間は「若造」になる。

国王アルベルトも例外ではない。自分では少しは頭が回ると思っている様子だが、彼から見ればまだまだだ。

だというのに、数年前から自分に無断であれこれと画策しているのが気に入らない。しかも奴の側にいるのはアレリードの若造だという。

大体、あの二人は事のはじめから気にくわなかったのだ。年長者を敬《うやま》うという事を忘れ、自分を年寄り扱いするのには怒りしか湧かない。自分達だけでここまで来たとでも思っているのか。

けれど、それももうじき終わる。こちらを不要とする国王など、彼にとっても不要だった。

「せいぜい足掻《あが》くがいい」

仕掛けは入念に施《ほどこ》してある。アルベルトとアレリード侯爵では太刀打ち出来まい。彼等二人が崩れ去る姿を想像するだけで、笑いが止まらなかった。

これから向かうのは、議場である。呼び出されているのは彼と、アレリード侯爵だという。おそらく、その場で王太子の廃嫡が宣言されるのだろう。そうして次の王太子が決められる。

他に選択肢はないのだから、己が推《お》す人物、ヨルゲン・グスタフに決定だ。思わずにやけそうになる口元を引き締めて、彼は議場へ入った。

「ヘーグリンド侯爵閣下、ご入室」

入り口で高らかに名を呼ばれる。ヘーグリンド侯爵は、そのまま部屋の中へと足を踏み入れた。

「おお、よく来たな侯爵」

普段通り、鷹揚《おうよう》に声をかけてくる国王アルベルトに、ヘーグリンド侯爵は恭《うやうや》しく頭《こうべ》を垂れる。

「お待たせいたした様子、誠に申し訳ございません」

時間に遅れた訳ではないが、入室したのが最後であれば型通りの挨拶《あいさつ》をしておくものだ。アルベルトも特に問題にしていないようだった。

「いや、良い。少しアレリード侯爵と話す事もあったのでな」

「さようでございますか」

ヘーグリンド侯爵は、自分と同列の席に座るアレリード侯爵を見る。気にくわない男だ。自分の半分程の年齢だというのに、もう自分と並んだつもりでいるのか。

だが、その高くなった鼻っ柱をこれから叩き折るのかと思うと、それはそれで楽しみなものだ。

ヘーグリンド侯爵が着席したのを確認してから、アルベルトが口を開いた。

「さて、両名揃ったところで始めようか。実は、ルードヴィグの廃嫡を決めようと思う」

いきなりのアルベルトの宣言ながら、ヘーグリンド侯爵はおろかアレリード侯爵も驚いた様子を見せていない。当然だ、逆にいつまであの愚か者を王太子の座に就《つ》けておくつもりかと気をもんでいた程である。

しかし、ヘーグリンド侯爵もそんな事はおくびにも出さなかった。

「さようでございますか」

「殿下はごねられたのではありませんか？」

アレリード侯爵の言葉に、アルベルトは首を横に振って答える。

「いや、あっさりと所領での蟄居《ちっきょ》を受け入れたよ。あれもようやく分別というものを学んだようだ」

だとしたら、随分と遅かったとしか言えない。もっと早く王太子らしさ、貴公子らしさを身につけていれば、ヘーグリンド侯爵も例の計画を動かさなかったかもしれないのに。

全ては、可能性の話である。ヘーグリンド侯爵は自身の中に浮かんだ考えを放り投げ、目の前の問題に取り組む事にした。

「さて、殿下を廃嫡なさるなら、別の誰かを立太子させる必要がございますな。それに、妃殿下はどうなされますか？　帝国との同盟がある以上、簡単に妃殿下を帝国に帰す訳にも参らぬかと」

同盟だけではない。あの離宮の根幹を考えついたという異世界育ちのアンネゲルトは、まだまだスイーオネースの役に立つ。帝国に帰すなどもったいない真似は出来ない。

それに、アンネゲルトがこの国に居続ければ、スイーオネースも異世界の恩恵を受けられるのではないか。以前はそれ程異世界に魅力を感じなかったが、あの離宮を見ては考えを改めざるを得なかった。これに関しては、ヘーグリンド侯爵の完敗である。

「ふむ、それについては考えている事がある。まあ今は置いておこう」

王国における重大事を置いておくとは、と憤慨《ふんがい》する隙もなく、アルベルトは続けた。

「これは公《おおやけ》にする内容ではないが、先日、王太子妃が王宮にて拉致《らち》された」

「何と……お労《いたわ》しい」

ヘーグリンド侯爵は、首を振りながら呟く。端から見たら、心底王太子妃を案じているように見えたはずだ。

「まだ離宮襲撃の痛手も癒《い》えていないでしょうに、妃殿下がお心やすくあればいいのですが」

アレリード侯爵も心配している様子である。それはそうだろう、社交界におけるアンネゲルトの後ろ盾は彼なのだ。革新派の中心人物でもあるアレリード侯爵にとって、アンネゲルトの存在は大事な御旗《みはた》といったところか。それが害されては、この先の道のりが険しくなりかねない。

帝国への言い訳は、首謀者であるハルハーゲン公爵の命で購《あがな》えばいいだろう。その為に用意した駒《こま》なのだから。

アルベルトは再び口を開く。

「王太子妃は即日救出されているが、心の傷はそう簡単には癒《い》えまい。その拉致《らち》を指示した実行犯が、余の従兄弟《いとこ》であるハルハーゲン公爵と、彼が懇意《こんい》にしていた教会の司教、ステーンハンマルだそうだ」

「神に仕える神職者が、そのような恐ろしい事件に関わるとは……」

目の前で繰り広げられる二人の会話に、ヘーグリンド侯爵は何とか平静を装《よそお》った。

どういう事だ。ハルハーゲンの名前がここで出るのは当然だが、ステーンハンマルはあの場で遺体が出ただけのはず。それでどうしてあの二人が組んでいたと言えるのだ。二人の関係をわかっているのは、仕掛けた張本人であるヘーグリンド侯爵だけだというのに。普通なら、司教も拉致《らち》された末に殺されたと判断するのではないか。

ヘーグリンド侯爵が混乱している間にも、アルベルトとアレリード侯爵の会話は続いていた。

「して、お二人は、今はどちらに？」

「離宮で預かってもらっている。被害にあった王太子妃の離宮に誘拐犯を置くのはどうかと思ったが、例の新種の薬を使われている様子でな。その治療の為だ」

「なるほど……あのように危険な代物《しろもの》が、お二方にまで渡っていたとは。やはりもう一度大規模な捜索を行った方がいいでしょうか」

何故、薬の事まで漏《も》れているのだ。あれは持ち込んだ証拠も含めて全て廃棄したと、クリストフェルから報告を受けていたというのに。第一、ステーンハンマルは死んでいるはず。何故、生きているように話を進めるのだ。

ヘーグリンド侯爵は冷や汗が止まらない。一体どうなっているというのか。見えない手でじわじわと押し潰されるがごとき圧迫感を覚えていた侯爵は、アルベルトとアレリード侯爵の会話に入っていけないでいる。

彼等は誘拐現場で起こったもう一つの事件の話をしていた。

「では、ヴェルンブローム伯爵夫人が亡くなったと？」

「そうだ。どうも、父親のホーカンソン男爵が自分の娘を手にかけたらしい。それに、伯爵夫人が王太子妃と令嬢の誘拐に荷担していたようでな」

「そうでしたか……マルガレータの見舞いに行った妻からは、姪《めい》は何も話さなかったと聞いていましたが、姪《めい》の心情を考えると胸が痛みます」

そうだった、ハルハーゲン公爵が攫《さら》った令嬢は、アレリード侯爵に縁のある娘だったのだ。良い駒《こま》だと思っていたが、どうしてそんな危険度が上がる相手を人質に使ったのか。それに、クリストフェルは何をしていたのだ。報酬を弾もうと思っていたのも、なしにしなくては。あれは頭だけは良かったはずなのに。

「実はルードヴィグの廃嫡が決まったのも、伯爵夫人の件が関わっている」

「それは……確かに愛人として長くお側に置いておられましたから、ここまで来て無関係は貫けないかもしれません。やはり、廃嫡もやむなしという事で」

目の前で繰り広げられるアルベルトとアレリード侯爵のやり取りに、ヘーグリンド侯爵の頭に茶番という言葉が浮かんだ。まるで誰かに聞かせるように話す彼等だが、では一体誰に聞かせる為なのか。ここには彼等以外には自分しかいないのに。

「ヘーグリンド侯爵はどう思う？」

「……何が、でございましょう」

アルベルトの問いには、どういった思惑があるのか。これまで彼から言葉をかけられてこんなに混乱した覚えなどなかった。なのに何故、自分はこの程度の返答しか出来ないのか。

問い返したヘーグリンド侯爵に、アルベルトは機嫌を損ねる事なく答えた。

「ホーカンソン男爵親子の件だ。父が娘を、などと公《おおやけ》には出来まい」

「……その件でしたら、妃殿下が王族のハルハーゲン公爵に誘拐されたなどという事自体、公《おおやけ》にする訳にはいきません。男爵親子は事故死、令嬢と妃殿下に関しては何もなかったとするのが筋かと」

「ふむ……侯爵がそう言うのならそうしよう」

自分の意見が通ったというのに、この居心地の悪さは何なのだ。もっとも、男爵親子とアンネゲルト達に関しては、これ以外の案などないのはわかりきっている。

自国内は当然、他国にも王族による誘拐事件など公表出来るものではない。特に、これ以上帝国の心証を悪くする訳にはいかなかった。あの国からは、まだまだ技術を取り入れなくてはならない。その為にアンネゲルトは生かしているのだから。

アルベルトは少し考えた後、口を開く。

「ルードヴィグの廃嫡理由に関しては、健康上の理由としておこう。あの二人に子がなかったのは、今となっては幸いだったな」

「まったくですな」

うまい事話題が逸れていった。ヘーグリンド侯爵は内心で胸をなで下ろすと、今度こそ話題に乗り遅れないよう身を乗り出した。

「陛下、やはり早期に次のお世継ぎをお決めになりませんと」

スイーオネースの王位継承権を持っている人物は少ない。先代国王と王妃の間に生まれた子は、アルベルト以外には娘が三人だけだった。愛人との間には息子が多く生まれていたというのに。その辺りも王妃アナ・アデルが凶行に走った原因と見られていた。

そしてアルベルトと王妃の間の男子は、ルードヴィグただ一人なのだ。アルベルトは父親であるヨルゲン十四世とは違い、愛人を多く持つ事はなく、庶子は娘が二人いるばかりである。スイーオネースでは法的に女子の継承権を認めておらず、慣例として庶子の継承権も認めていなかった。

ルードヴィグの次に継承権順位が高いのがアルベルトの甥《おい》であるヨルゲン・グスタフであり、その次がハルハーゲン公爵だったのだ。

しかし、ハルハーゲン公爵は王太子妃を誘拐した罪で、継承権を剥奪《はくだつ》されて罪に問われる。さすがの王族でも、他国から嫁《とつ》いできた王太子妃を犯罪に巻き込んでは逃げられない。

つまり、残るのはヨルゲン・グスタフただ一人という事だ。ヘーグリンド侯爵の望み通りである。彼は政治に不向きな気性だから、侯爵が導いてやらねばならない。彼ならば自分の理想とする王になれるだろう。

そんなヘーグリンド侯爵の思いを知らずに、アルベルトは世継ぎについて語り出す。

「世継ぎか。実はな、既に決まっているのだよ。だからこの話は後回しにしたのだ」

「なんと、もうお決めになっていらっしゃったとは」

驚いた振りをして見せたが、決まっているのは当然だった。他に継承権を持つ人間がいなければ、自《おの》ずとヨルゲン・グスタフに決まるというものだ。

しかし、アルベルトの口から告げられたのは、ヘーグリンド侯爵が予想もしていなかった名であった。

「うむ。ヴァレンクヴィスト大公を次の王とする」

一瞬、ヘーグリンド侯爵は自分の耳がおかしくなったのかと思ったが、どうやら聞き間違いではなかったらしい。

「陛下、ヴァレンクヴィスト大公家は長らく当主不在の大公家ですが、一体……」

「おお、そうか。ヘーグリンド侯爵は知らなかったな。新しい当主は余の弟だ。大公位に就《つ》いた後、次代の王として披露目《ひろめ》をしようと思う」

「……弟君、ですか？　失礼ですが、陛下に弟君はいらっしゃらないのでは」

庶子には多く男子がいたものの、彼等は前王妃アナ・アデルによる大虐殺で全員死亡している。ステーンハンマル司教は生き延びたけれど、彼も今はいない。では、一体誰の事を言っているのか。

怪訝《けげん》な表情のヘーグリンド侯爵に、アルベルトは悪戯《いたずら》を披露する子供のような表情で言った。

「何、つい最近見つかったのだよ。余とは、腹違いになるがな」

アルベルトの最後の言葉に、ヘーグリンド侯爵の背中に冷たいものが流れる。まさか、ステーンハンマル以外にも異母弟がいたとは。

だが、この国では教会法に基づき、庶子には継承権も相続権も与えられないのが慣例である。教会は婚姻を神に誓う神聖なものと見なし、その結果として生まれた嫡出子以外は、どのような形であれ認めていないのだ。

その程度の事を知らないアルベルトでもあるまいに。

「先代陛下のご落胤《らくいん》、ですか？」

「まあ、それについては置いておこう。現在王太子妃の護衛の任についているサムエルソン伯。彼が余の弟だ」

まさに、予想だにしなかった展開だった。ヘーグリンド侯爵の目は、限界まで見開かれる。よりにもよって、あの男とは。

「……それはまた。てっきり、伯爵は別の方の御子かと思っておりました」

「ああ、フーゴ叔父《おじ》上によく似ているからな。叔父《おじ》は放蕩《ほうとう》の限りを尽くした方なので、王家としてはあまり名を出したくない方だが」

グスタヴソン侯爵フーゴ・ヨハンネスは、酒と女と賭博《とばく》で身を持ち崩し、若くして亡くなった人物だ。あれだけ似ているのだから、てっきりグスタヴソン侯爵の子だと思っていたのに、まさかアルベルトの弟だったとは。

確かにエンゲルブレクトの母親は美しい女性だった。女好きのヨルゲン十四世が、手を出していても不思議はない。

なら、何故夫である先代のサムエルソン伯トマスは、我が子として伯爵家を継がせたのか。そこでヘーグリンド侯爵は一つ思いついた事があった。

「……サムエルソン伯爵がヨルゲン十四世陛下の御子であるという確かな証拠は、無論あるのでしょうな？」

わずかな可能性だが、グスタヴソン侯爵に似ているエンゲルブレクトを、異母弟と偽って大公位に就《つ》かせようとしたのではなかろうか。しかし、その読みはやはり甘かったようだ。

「父の直筆の書状と指輪がある。鑑定させたところ、どちらも本物だったそうだ」

そう言って、アルベルトはアレリード侯爵に目配せする。すると、彼は議場の端に置かれていたワゴンから、一通の書状を持ってきた。

それを、アレリード公爵はヘーグリンド侯爵にそのまま渡す。開いて中を見た途端、侯爵の顔に驚愕《きょうがく》の表情が浮かんだ。確かに、ヨルゲン十四世の直筆でエンゲルブレクトを我が子と認める旨《むね》が書かれている。先代国王の直筆は嫌という程見てきたので、見間違えるはずがなかった。

アレリード侯爵は、蓋を開けた箱も渡してくる。

「これがその書状と共に預けられていた指輪です。確かに先代陛下の物だと判明しましたよ」

渡された指輪を、ヘーグリンド侯爵は穴が空《あ》く程見つめた。確かに、ヨルゲン十四世が晩年にはめていたものだ。余程気に入っていたのか、時折指先で撫《な》でているのを見た覚えがある。

それでもどこかに瑕疵《かし》はないかと眺め回したが、無駄だった。ヘーグリンド侯爵は書状と指輪をアレリード侯爵に返し、苦々しく言う。

「なるほど。この書状があれば、確かにサムエルソン伯が先代陛下の御子だという事は証明されますな。たとえ、事実は違っていても」

「それはあり得ないでしょう。侯も仰《おっしゃ》っていたではありませんか。伯はグスタヴソン侯爵に生き写しだと」

アレリード侯爵は、追い打ちをかけるように笑う。これは、わかっていてやっているのだ。この男に限って、冗談などでは決してない。

それはどうでもいい。問題は、世継ぎをエンゲルブレクトではなくヨルゲン・グスタフにする事だ。

そこでヘーグリンド侯爵は唯一の欠点を攻撃した。

「ですが、陛下。ご存知の通り、庶子には継承権はありませんぞ」

教会の力が強いスイーオネースで、教会法を覆《くつがえ》す事は出来ない。教会が認めなければ、エンゲルブレクトを世継ぎに据える訳にはいかないはずだ。

こんな事なら教会騎士団を巻き込むのではなかった。国内の教会の力が大きくなり過ぎていたので削るつもりだったのだが、予想外に弱体化している。

だが、まだ王位の決定に口を出すだけの力はあると信じたい。しかし、アルベルトの言葉は非情にもヘーグリンド侯爵の希望を打ち砕く。

「その事か。それについてはアレリード侯爵から聞くが良い」

「確かに、教会法には庶子の継承権を認めないと明記されていますが、我が国の法にはその旨《むね》の記載がありません」

この時点で、アルベルトとアレリード侯爵はヘーグリンド侯爵の敵となった。敵ならば容赦する必要もあるまい。だが何故か、自分が不利に感じる。

「その場合は、教会法に従うべきではないのかね？」

「そろそろ、我が国も教会の力を削《そ》ぎ落とす頃だとはお思いになりませんか？　国法で定められていない部分に教会が口出しをするのはおかしい話ですよ」

「第一、今の教会に我々に逆らうだけの力があると思うのか？　ヘーグリンド侯爵よ」

アレリード侯爵の答えはまだしも、アルベルトの言葉にヘーグリンド侯爵はぎくりとした。己で削ったとはいえ、予想以上に力をなくした教会にも、今更ながら嫌な予感がする。

まさか、既に教会は国王達の手の内にあるというのだろうか。クリストフェルもあちらと繋ぎをつける際は別の人間を使っていたというので、教会から侯爵まで辿る線はない。

だが安心はしていられなかった。ヘーグリンド侯爵は、アルベルトに向き直る。

「陛下、どうあってもサムエルソン伯爵を世継ぎにお決めになると？」

「無論だ。それにな、あれは庶子ではないのだよ」

「は？」

アルベルトの一言に、ヘーグリンド侯爵はらしからぬ声を上げてしまった。庶子ではないとは、どういう事だ。

「こちらを見るといい」

そう言ってアルベルトが差し出したのは、教会の結婚証書だった。本来は一冊に綴《つづ》られているのだが、一枚だけだ。

それに目を通したヘーグリンド侯爵は、再び目を見開く。

「こ!!」

そこに書かれた名前は、ヨルゲン十四世と故サムエルソン伯爵夫人ヴァレンチナのものだった。証書を持つ侯爵の手が震える。

「見てわかる通り、サムエルソン伯エンゲルブレクトは、正式な婚姻によって誕生した嫡出子だ」

教会の結婚証書がある以上、それを否定する事は出来ない。しかし、ヨルゲン十四世がアナ・アデルの事件の後に再婚していたとは、聞いた覚えがなかった。

「……陛下、先王陛下がご再婚なさっていたなど、私は存じませんが」

声が震えたが、致し方あるまい。自分の用意した駒《こま》が、ありとあらゆる手段で潰されていくのをこの目で見ている最中なのだ。

一体、いつからこんな事態になった。わななくヘーグリンド侯爵の耳に、アルベルトの声が響く。

「どうも、極秘結婚だったようだ。知っている者は、式を執《と》り行った先代司教だけだったしな」

何かないか、この状況を覆《くつがえ》す手段は。ヘーグリンド侯爵は再び結婚証書に目を落とし、ある事を思いつく。これならば、巻き返しは可能だ。

「ヴァレンチナ夫人は、故サムエルソン伯トマスの奥方ではありませんか。重婚罪になりますぞ」

たとえ極秘裏に結婚していたとしても、相手が重婚の罪を犯していては、結婚そのものが無効となる。ヘーグリンド侯爵は、そこを突いたのだ。

これに答えたのは、アレリード侯爵だった。

「それについては、故トマス卿の手落ちだった様子ですよ。教会をくまなく調べさせましたが、トマス卿とヴァレンチナ夫人の結婚証書は見つかりませんでした」

「そんな！　ばかな……」

アレリード侯爵の言葉が、とどめとなってヘーグリンド侯爵に襲いかかる。トマス卿夫妻の結婚証書がないなど、あり得ない話だ。教会で式を挙げれば、必ず証書が発行されるというのに。

衝撃が大きすぎた為か、ヘーグリンド侯爵の顔色は青を通り越して紙のように白くなっている。

「ヴァレンチナ殿は東の国出身だったな。あちらはこちらの教会とは教えが違う。おそらくだが、その辺りを調整している間に、父と彼女が親しくなったのではないだろうか？」

アルベルトの推察も、ろくに頭に入らなかった。あのトマス卿がそんな手落ちをするはずがない。あれは全てを狡猾《こうかつ》に計算して動かす男だ。自分も何度舌を巻いたか。

そこまで考えて、ヘーグリンド侯爵はようやく気付いた。全て、トマス卿が最初から仕組んだ事だったのだ。自分の妻という形で国外から女を連れてきて、主君であるヨルゲン十四世に捧げる。いや、あの二人の繋がりからいって、ヨルゲン十四世が要請したのかもしれない。

とにかく、トマス卿の妻という隠れ蓑《みの》を使って王宮へ入り込ませたヴァレンチナは、やがてヨルゲン十四世の子を身ごもる。それも、二人の計算通りだったのだろう。

トマス卿の目論見《もくろみ》はわからないが、ヨルゲン十四世はわかる。既に幽閉先で亡くなっていた王妃、アナ・アデルに対する当てつけだ。

あれだけ女漁りをしていたヨルゲン十四世ながら、我が子に対する愛情は深かった。もしアナ・アデルが殺したのが愛人だけであったならば、恩赦を出していたかもしれない。

ヘーグリンド侯爵は、ここに来て先代の二人に負けたのだと悟った。何もかも二十数年前に既に決まっていたのだ。

肩を落とすヘーグリンド侯爵に、アルベルトの宣言が届く。

「以上をもって、サムエルソン伯エンゲルブレクトを余の弟と認め、世継ぎとする。まずはシーズン締めくくりと共に大公位を授け、後に世継ぎの指名をするものとする。両名、異存はないな？」

「はい」

ヘーグリンド侯爵はそう答えざるを得なかった。まったく、何という一日だった事か。ここに来るまでは人生で最良の日だと思っていたのに、蓋を開けてみれば人生最悪の日であった。

「それと、ヘーグリンド侯爵」

「はい」

まだ何かあるのか。ヘーグリンド侯爵はそう考えていたが、長年の王宮勤めで、それを表に出さない術《すべ》くらいは心得ていた。

「今まで長年にわたり王家に尽くした事、まことに大儀である。しかし、侯爵もそろそろ隠居する年ではないかな？」

「は？」

寝耳に水だ。一体、国王アルベルトは何を言っているのか。驚く侯爵の前で、アルベルトはにやりと笑った。

「侯には立派な後継ぎがいたな」

「……長男はおりますが、まだまだ若輩もの故《ゆえ》、親の苦労は絶えません」

正直、後継ぎである長男は凡庸《ぼんよう》そのものだ。自分に似ず、温和で善良な人物である。あれでは権謀術数《けんぼうじゅっすう》渦巻く宮廷では生き残っていけない。家の為にも、あの長男でもどうにかなるよう道筋を作らなくてはならなかった。

だというのに、アルベルトは既にヘーグリンド侯爵が隠居するものと決めつけている。

「いつまでも親が側で見張っていては、子も窮屈だろう。思い切って家督を譲るがいい」

「ですが――」

「クリストフェル」

アルベルトの口から出てきた馴染みのある名前に、またもヘーグリンド侯爵は驚愕《きょうがく》に目を見開いた。

「侯爵の子飼いの部下だそうだな。随分と忠義に篤《あつ》いようで、帝国の尋問にも長い事耐えたと聞いている」

何故、クリストフェルの名がここで出るのか。尋問とはどういう事なのか。そういえば、ハルハーゲン公爵の事件以降、彼の顔を見ていない。てっきり事後処理で忙しいのだと思っていたが、それも手紙で報告があっただけだ。

アルベルトの言葉が正しいのであれば、クリストフェルは帝国の手に落ちている。どうやって彼を探し当てたのか。それ以前に、どうして彼が自分の手駒だとわかったというのだ。

「彼から抜き出した情報はなかなかのものだったとだけ言っておこう。これ以上の話し合いは不要ではないか？　国政については心配いらんぞ。アレリード侯爵がいるのでな」

やられた。その時、初めて気付かされた。今日の場は、ヘーグリンド侯爵に引導を渡す場として整えられていたのだ。ヘーグリンド侯爵は、席に座したまま動けない。

「さて、隠居するにはあれこれ雑務も多かろう。すぐに家へ戻るが良い。そうそう、ヨルゲン・グスタフは近く帝国へ向かう事が決まった」

「何ですと？」

これ以上の悪夢はないだろうと思っていたヘーグリンド侯爵に、とどめの一言が投げられた。

ヨルゲン・グスタフは、彼の最後にして最高の駒《こま》だ。駒《こま》がなければ、次の一手を打てない。

「音楽の勉強の為に帝国へ行きたいというので、本人の希望を叶える事にした。それ故《ゆえ》、侯爵は後顧の憂《うれ》いなく隠居せよ」

それは、はっきりとした命令だった。ヘーグリンド侯爵は、挨拶《あいさつ》もそこそこに議場を後にする。

何故、いつから立場が逆転していたのか。国王アルベルトを手のひらの上で動かしているつもりで、動かされていたのは自分だったとは。

しかも、隠居を命令されてしまった。長男が家を継げば、ヘーグリンド家は今ほどの栄華を保てまい。

一体、どこで読み間違えたのか。ヘーグリンド侯爵は、王都の館に戻ってもずっと考え続けたが、結局わからなかった。

◆◆◆◆

離宮では、束の間の平和な時間が流れていた。

「外遊に襲撃に拉致《らち》事件。立て続けにあれこれあったから、こうやってのんびり過ごしているのが嘘みたい」

「本来なら、公務に社交にと大忙しのはずですしね」

アンネゲルトの呟きを受けて、エンゲルブレクトはにこやかな表情で返す。二人がいるのは、離宮の中庭に設《しつら》えた東屋《あずまや》だ。最近のアンネゲルトのお気に入りは、ここでの小さなお茶会だった。

参加者はアンネゲルトとエンゲルブレクトだけである。二人きりなので、デートと言えなくもない。

離宮で静養するよう国王アルベルト直々に言い渡されてしまったので、お忍びで王都を歩く事も出来ず、こうして中庭や庭園での時間を楽しんでいた。

「社交といえば、大公位の発表も間近に迫ったわね」

「そうですね……今から頭が痛いですよ……」

エンゲルブレクトが大公位に就《つ》く事はまだ伏せられていて、近々ある国王主催の舞踏会の場で発表する手はずになっている。その場では、アンネゲルトとの婚約も同時に公《おおやけ》にする予定だ。

「何にしても、申請が間に合って良かったわ……」

「本当に」

教会から婚姻無効の申請が通ったと報《しら》せが来たのは、ほんの数日前である。婚約発表に間に合わないのではと青くなっていたアンネゲルトだが、ようやく肩の荷が一つ下りた。

「まったく、教会も何をもったいぶっていたんだか……」

「アンナ、落ち着いて。司教の件がありますから、教会内部も少しは混乱したのでしょう」

ステーンハンマル司教は、健康を損ねたとして位を辞し、静養する為に故郷のロンゴバルドに向かう途中で事故死した事になっている。実際は、ハルハーゲン公爵のもとで薬によって死亡していたのだが。

ルードヴィグが盛られていた薬を、ハルハーゲン公爵も司教と共に摂取していたらしい。自覚がなかった様子から、例のクリストフェル辺りに盛られていたのではという話だった。

公爵への処罰は生涯幽閉と決まったものの、薬の治療をしなければ早晩、司教同様命を落とすだろうと言われている。クリストフェルが彼等二人に薬を盛ったのは、ちょうどいい時期に始末する為ではないかというのが、ティルラの意見だった。

教会の方は、その後教皇庁から新しい司教が派遣され、新体制のもと内部浄化に力を入れているという。これまでは、汚職が横行していたようだ。

「これで教会も派閥に利用される事がなくなるでしょう」

「そうね」

いくら力を削《そ》がれたとはいえ、未だにこの国には教会の影響力がある。少しずつそこから脱していければいい。それをやるのは、おそらくエンゲルブレクトと自分なのだから。

また、内々ではあるが、ルードヴィグの廃嫡の報がもたらされている。彼は今、所有の領地にて蟄居《ちっきょ》中の身だ。

廃嫡の表向きの理由は、健康上の問題となっている。奇《く》しくも薬を盛られていた際に、治療と称して王都を出ていた件が信憑性《しんぴょうせい》を増す結果になった。

廃嫡の本当の理由は、アンネゲルトの拉致《らち》事件にある。ルードヴィグの愛人であるダグニーがハルハーゲン公爵の一味だった事が重く見られ、連帯責任として廃嫡の一押しとなったのだ。

拉致《らち》事件は公《おおやけ》にはされていないが、帝国には報告がいっている。けじめをつける為にも、ルードヴィグを無罪にする訳にはいかなかったという訳だ。

アンネゲルトは事件について思い出して、溜息を吐いた。

「アンナ？　何か心配事でも？」

「ああ、違うのよ。ちょっと、事件の事を思い出していただけ」

心配そうなエンゲルブレクトに、アンネゲルトは微笑んで返す。本当に、これで全部終わったのだと考えると、感慨深いものだ。

誘拐事件の後はリリー達魔導士チームにより、王都に潜伏していたクリストフェルが捕縛《ほばく》され、彼の記憶から全ての黒幕が明らかになった。

「まさか、ヘーグリンド侯爵が裏で糸を引いていたなんて」

国の重鎮と呼ぶべき人物が、国を混乱に陥れかねない陰謀を企《くわだ》てたとは。今でも信じられない。

クリストフェルから抜き出した情報は、全てアレリード侯爵を通じて国王アルベルトに渡している。その結果、ヘーグリンド侯爵は隠居、長男が後を継いで新ヘーグリンド侯爵となった。

また、侯爵家が握っていた裏の人脈の解体が進められている。おかげで国の大掃除になりそうだとぼやいていたのは、アレリード侯爵にこき使われているエドガーだった。

ヘーグリンド侯爵が何故、こんな事をしでかしたのか。その理由についての推測をアルベルトから聞いていたエンゲルブレクトが、苦笑しながら教えてくれた。

「どうも、ヘーグリンド侯爵は長く国政に関わっていたせいで、自分こそがこの国になくてはならない存在だと思っていたようです」

ヘーグリンド侯爵は、若い頃から三代の王に仕えたそうだ。中でも、長く仕えたヨルゲン十四世のもとで側近として活躍していた頃が忘れられないのだろう、というのがアルベルト達の見解らしい。

「陛下は『そのせいで、自分達は無能な若造と決めつけられていた』とぼやいていましたよ」

「あの陛下がねえ」

デフォルメされたヘーグリンド侯爵が、アルベルトとアレリード侯爵相手に威張っている図を想像して、あやうく噴き出すところだった。おかげでエンゲルブレクトに微妙な表情で見つめられている。

アンネゲルトは咳払いを一つすると、話を進めた。

「ま、まあ、帝国もハイディに関しては実行犯が既に処罰されているというのと、侯爵本人が全ての権力を取り上げられた事で、納得はしているみたい」

ハイディの両親がどう思うかは別だが、国としてはここで手打ちにするとの事だ。強制的な隠居が、ヘーグリンド侯爵にとっては一番の罰になる。権力にこだわる人間はそういうものだと、帝国の皇帝からの通信で言われた。

これでスイーオネースは、貴族社会も教会も大分風通しがよくなるだろう。これからもこの国の貴族社会で生きていくアンネゲルトにとって、それはとてもいい兆候だった。

ふと、その世界で息苦しい思いをしていた女性を思い出す。同時に、再び怒りがこみ上げてきた。

「アンナ？　一体どうし――」

「私、まだ怒ってるからね」

いきなりの宣言に、一瞬何の事かわからなかったらしいエンゲルブレクトだが、すぐに思い当たったのか、平謝りしてくる。

「あの、その件に関しては、本当に悪いと――」

「本当？　本当に悪いと思ってる？」

「え、ええ。もちろん」

たじたじのエンゲルブレクトに、アンネゲルトは少しだけ溜飲を下げた。まったく、皆して人を騙《だま》すとはどういう了見なのか。

ティルラなどは、「知っていて知らない振りが出来るんですか？」としれっと言ってきたのだ。確かにそうかもしれないが、それにしても嘘の内容が酷すぎる。

「まったく、死んだなんて嘘を吐くなんて」

「アンナ……」

またアンネゲルトの怒りが噴き出すのかと気が気ではない様子のエンゲルブレクトに、アンネゲルトはとてもいい笑顔を向けた。

「とりあえず、明日は港まで付き合ってね」

当然、否《いな》という答えを聞く気はない。がっくりとうなだれるエンゲルブレクトに、少しやり過ぎたかと思うアンネゲルトだった。

翌日の王都の港は快晴だった。多くの船が入港している港は活気に溢れて騒々《そうぞう》しい。

アンネゲルトは夏だというのにフードを目深《まぶか》に被った装《よそお》いで人の波を駆け抜けていく。

後ろからついてくる彼が慌てている様《さま》も、楽しみの一つだった。

やがて目当ての船を見つけたので、ここまでついてきてくれた彼には待っていてもらい、アンネゲルトは船の甲板《かんぱん》に上がる。

探していた人物は、すぐに見つかった。旅装の彼女は海側の手すりにもたれて、これから自分が向かう先を見つめているようだ。

「おはよう」

背後から声をかけると、彼女が驚いた様子で振り返った。髪を黒く染め、泣きぼくろで変装したダグニーだ。

「ひで……いえ、あの。どうしてここに？」

これまで慣れ親しんだ敬称が使えない事に気付いたダグニーは、どう呼びかけていいのか迷っている。

「アンナよ。そう呼んで」

「ですが……」

「いいから。今の私には身分なんてないんだもの」

帝国の継承権、相続権は全て放棄しているし、先頃ようやくルードヴィグとの婚姻無効も叶ったので、現在は独身で身分がない状態だ。

一応は納得したらしいダグニーだが、それでも名前を呼ぶのは畏《おそ》れ多いと言ったので、そう思うのならなおさら名前で呼ぶようにと答えた。

「畏《おそ》れ多い相手に命令されているんだから、従わなきゃ。そうでしょ？」

そう口にすると、ダグニーは一瞬ぽかんとした顔をした後、お腹を抱えて笑い出す。短い付き合いの中でも、彼女がこんな風に笑うところは見た事がない。でも、普段の笑みより今の笑顔の方がアンネゲルトには好ましかった。

笑いのせいで滲《にじ》んだ涙を指先で拭《ぬぐ》い、ダグニーは尋ねてくる。

「お一人でここまでいらしたんですか？」

「いいえ、ちゃんと『彼』と来たわよ。忙しいだろうに、時間を作ってくれたの。港の方で待ってるわ」

そう言って彼がいるだろう方を手で指し示すと、ダグニーは頷いて笑みを深くした。最後に一目会っていけばと勧めたものの、エンゲルブレクトが固辞したのだ。アンネゲルトが見送れば十分だとか。

それをダグニー本人に告げると、彼女も同感だという。こういう通じ合っているところに嫉妬《しっと》するのだが、二人に言わせれば家族みたいなものだからという事だった。

確かに、アンネゲルトも立場が逆転していたら、同様に考えたかもしれない。

「黒髪、似合ってるわね」

「ありがとうございます。あちらでは、この色の方が目立たないだろうとティルラ様が仰《おっしゃ》ったんです」

これからダグニーが向かうのは、東域のさらに東にある大陸の国だ。どういう繋がりで伝手《つて》があるのか知らないが、ティルラの紹介でその国にある商会へ入るのだという。

ここからだと直通の船便がないので、一旦東域へ行き、そこから東の大陸に渡るそうだ。随分と長い旅になるというのに、ダグニーの顔は明るい。

彼女は生きていた。ホーカンソン男爵の撃った弾は彼女の胸を貫通する事なく、ティルラが渡しておいた防御用の術式が組み込まれたリボンにより弾かれたのだ。ただ衝撃までは消せなかったので、ティルラが彼女を見つけた時は意識を失った状態だったらしい。

あの図書室での再会の時に、アンネゲルトはダグニーの親の事、エンゲルブレクトとの事、彼の兄との繋がり、国や家に対して思う事などを聞いた。

エンゲルブレクトの亡くなった兄、ルーカスはダグニーの兄だったそうだ。ダグニーの母親が愛人の一人との間に産んだ子で、それを故トマス卿の子だと偽って押しつけたとか。

ダグニーの母が狙っていたのは、故トマス卿の妻の座で、伯爵夫人という称号が欲しかったのだという。

結局トマス卿に退《しりぞ》けられたダグニーの母は、その後も何かとトマス卿にまとわりついたが、ダグニーが幼い頃に病没した。

「東に行っても、元気でね」

「はい、その……アンナ様も」

ダグニーの表情が明るいのは、今まで彼女を縛り続けてきた国や家から解放された為か。スイーオネースでは国法で女子には継承権、相続権がない。それ以外にも、貴族であれ庶民であれ、女性には息苦しい国のようだ。

西域全体にも大なり小なりそういった部分があるが、帝国は奈々《なな》が改革に乗り出し、隣のイヴレーアでは女性の継承権も相続権も認めている。

なので、いきなり東の大陸ではなく、そうした西域の国でいいのではとアンネゲルトも言ったのだが、ダグニーの断固たる意思で東行きが決定した。もしかしたら、彼女は家や国だけでなく、西域そのものに見切りをつけているのかもしれない。

ティルラの話では、ダグニーが向かう国では男女の差別が少ないそうだ。完全な平等とまではいかないものの、女性でも能力さえあれば上にのし上がれる国だという。うまくすれば、数年後にはダグニーがその国の中枢に食い込んでいる可能性だってあるのだ。

そんな事を言ったアンネゲルトに、ダグニーは買いかぶりすぎだと笑ったが、夢は大きく持つべきではないか。第一彼女は優秀な人間なので、全くの夢物語ではないと思っている。

アンネゲルトは笑いながらあれこれ話していたが、不意に言葉を止めて、ダグニーをまっすぐに見た。

「あの人ね、しばらく国外に出るんですって」

「……そうですか」

名前を出さなくとも通じるのは、二人が知る人物でアンネゲルトが「あの人」と呼ぶのは一人しかいないからだ。

廃太子ルードヴィグは、最低十年と区切りをつけられて西域の国々を巡る事が決まったらしい。表向きは勉強の為としているが、体《てい》のいい厄介払いだった。

出発は、実は明日である。シーズン締めくくりの大舞踏会にかからないよう、ひっそりと出立するそうだ。

「あの方には、新しい土地で幸せを掴んでもらいたいと思います」

そう言ったダグニーの横顔は、とても綺麗だった。

図書室での会話の際には、ルードヴィグについても話題に上《のぼ》った。その時、情はあるが愛はないと言い切ったダグニーだが、今の様子を見ているとそれは本当なのかと疑いたくなる。

また、自分達は似たもの同士だったのだと、彼女は言った。似ているからこそお互いに離れられなかったし、傷をなめ合う間柄になってしまったとも。

「あの方には、真に強い女性が合っているんです。私のように、まがい物ではなく」

改めてそう言ったダグニーの視線は遠い。アンネゲルトは、やはり二人の間には愛があったのではないかと思っている。ただ、それが終わってしまっただけで。そんな甘い考えに浸《ひた》るのは、自身が幸せの真っ只中にいるせいかもしれない。

しんみりしていると、船の出航を知らせる鐘が鳴り響いた。あれがもう一度鳴ると、本当の出航である。

「ここまでね。じゃあ、本当に気を付けて」

「はい。私は遠くに行きますが、お二人が作る新しいこの国の行く末が明るいものである事を、祈っています」

嬉しい言葉だ。これは気合を入れて国中を改造しまくらなくてはならない。今も既にいくつか提案しているのだが、案を出す度《たび》にエンゲルブレクトが頭を抱えるのは何故なのだろう。

アンネゲルトはダグニーに微笑んだ。

「ありがとう。何なら、落ち着いたら遊びに来るといいわ」

「え？」

「きっとね、その頃には東の大陸への直通航路を開発しているはずだから」

このまま彼女と永遠の別れなど、冗談ではない。それでは死んだも同然ではないか。だから、どんな手段でても行き来が出来るようにするのだ。

アンネゲルトの言葉に目を丸くして驚いていたダグニーだったが、しばらくすると再び大きく笑った。やはり、彼女にはこういう顔の方が似合っている。

「そうですね。その時に船賃がなくて遊びに行けないなんて事にならないように、気合を入れて向こうで稼ぎます」

「ええ、そうしてちょうだい」

アンネゲルトが船を下りると、ちょうど二度目の鐘が鳴った。船を見つめつつ、隣に立ったエンゲルブレクトに呟く。

「寂しくなるわね」

「そうですね」

きっと、この先もダグニーのような人には出会えない。そのくらい、アンネゲルトにとって彼女の存在は鮮烈だった。多分、ルードヴィグにとっても。

そのダグニーに、顔向け出来ない存在にはなるまい。そしていつか彼女が戻った時に、なんていい国になったのだと言わせる為にも、自分は粉骨砕身《ふんこつさいしん》して国の改造を行うのだ。

それは、きっと大変な道のりになるだろうけど、とてもやりがいがある事業ではないか。やがてこの国の国王と王妃になるのだから、今からしっかりと計画を練って備えなくては。

――準備不足にならないように、勉強もしっかりやらないとね！

目標が定まった勉強なら、苦にはならないのがアンネゲルトだ。きっと帝国の両親も、相談に乗ってくれる。何より、隣には愛しい人がいるのだから、何も怖い事などない。

ゆっくり港を離れていく船をエンゲルブレクトと並んで見送りながら、アンネゲルトはまず航路の開発を急がせなくてはと心に決めた。


「やっと帰ってきたな」

離宮で二人を出迎えたのは、アンネゲルトの弟のニクラウスだった。何と彼は一度帝国に帰国したというのに、快速艇を使って再びスイーオネースに戻ってきたのだ。

「そのまま帝国にいれば良かったのに」

「姉さん、そういう憎まれ口を叩くと、母さんから預かってきたものを渡すの、やめるよ？」

日本語で愚痴《ぐち》を言ったアンネゲルトに合わせて、ニクラウスも日本語だ。それにしても、母から預かったものとは一体何なのか。

「何を預かってきたっていうのよ」

「……まったくもう。ティルラに預けてあるから、後で見るといいよ。ウエディングドレス用の布地だってさ。日本で仕入れてきたらしい」

「マジで!?　それを早く言ってよ！」

そう口にしたが早いか、アンネゲルトは離宮に駆け込んでいった。後に残された男二人が溜息を吐いていた事など知らずに、思考は布地に飛んでいる。

走り抜ける途中で、マルガレータと廊下で談笑するエドガーを見たと思ったけれど、気のせいだろうか。

あの一件以来、マルガレータは離宮に滞在している。王宮侍女が彼女一人になってしまった為でもあるし、何よりアンネゲルトが精神的に落ち込んでいたので、側で慰《なぐさ》める為だった。

明るく朗《ほが》らかなマルガレータの人柄は、諸々の事で落ち込むアンネゲルトを癒《い》やしてくれた。本人も大変な目に遭ったというのに、芯の強い女性だ。さすがはあのアレリード侯爵夫人の姪《めい》と言うべきか。

そのマルガレータのもとに、アレリード侯爵夫人の使いとしてエドガーがよく顔を見せている。彼も外交官として忙しい身だろうに、まめな事だ。

おそらく、自分達の婚礼の後にあの二人の婚礼も見られるのではないか。そうなればいいと思いつつ、アンネゲルトはティルラのもとへ向かった。

ダグニーを見送った日から四日後、この日もエドガーが離宮を訪れていた。今日はマルガレータのもとではなく、アンネゲルトのご機嫌伺いである。そのついでに、現在の宮廷の様子を教えてくれた。

エドガーからの情報では、宮廷でちょっとした騒動があったらしい。ステーンハンマル司教がその位を辞し、代わりの司教が教皇庁から来た事から始まり、教会の人事が刷《さっ》新《しん》されたという。

「それ、以前に聞いたわ。新しい司教様は穏健な方だそうね」

「ええ、魔導技術にも寛容な方ですよ。いやあ、それにしても素早い対応ですねえ」

エドガーの含みのある言い方に、アンネゲルトは苦笑を隠せない。今回の教会人事の裏には、おそらく帝国とロンゴバルドの力が働いている。

両国とも古くから教皇庁との縁が深く、また両国の帝室と王室は政略結婚により親類でもあった。その二つの国から何かしらの圧力がかかれば、このくらいの人事は簡単に通るだろう。

「我が国では、教会の在り方は宮廷にも深く関わってきますからねえ。それも、この先どう変わるかわかりませんが」

エドガーの言葉には、これ以上政治の話で教会の意向を汲《く》む気はないという意思が込められている。アルベルトですら完全排除が難しかった教会だが、これだけ相手の力が弱まっていれば、次代のエンゲルブレクトの代でなし得るかもしれない。

――ううん、やらなきゃ。

これも国の改造の一つだ。教会は伝統的に男性社会である。女性の聖職者もいるにはいるが、教会の上層部は全て男性だ。そんな教会の力が強い国は、男尊女卑のきらいがある。だからこそ、ダグニーも生きづらかったのだ。

彼女だけではない、イェシカもそうだった。他にも探せばもっと多くの才能豊かな人材がいるのではないか。そんな女性達を埋もれさせておくのは、国の損失にも繋がる。

教会のみならず、宮廷にも人事刷新《さっしん》の波は訪れていた。主に革新派が主要なポストに就《つ》き、かつ国王アルベルトの周囲を固める事になったという。そんな中、派閥にかかわらずいくつかの貴族の家が取り潰されたそうだ。

「ヘーグリンド侯爵の手が随分複雑に伸びていて、全容解明するのに手こずりました」

あちこちに伸ばされていた人脈を辿ると、隠蔽《いんぺい》された犯罪に高確率でぶち当たるのだという。それらを精査するのもエドガーの役目だとかで、さすがの彼にも疲労の色が見えた。

今回潰された家は、そうした犯罪に荷担していた者達なのだ。家そのものが潰されるのはもちろん、一族郎党処罰された家も少なくないらしい。

「随分厳しいのね」

アンネゲルトの漏《も》らした言葉に、エドガーが苦笑を返す。どうやら、今回潰された家々がやってきた事は、大分悪質だったようだ。

特定の人物を宮廷から追い出すなどはまだ可愛い方で、妻や娘について社交界であらぬ噂《うわさ》を立てたり、酷い犯罪の被害に遭わせたりしていたそうだ。不審火で屋敷が全焼し、一家全員亡くなった家もあるのだとか。

悪質な噂《うわさ》に荷担したのは、家の当主ではなく妻や娘である。だからこその処罰なのだとエドガーは言った。

「彼等がやってきた事に比べれば、家を潰された程度は可愛いものですよ」

「そ、そうね……」

にこやかなエドガーとは対照的に、アンネゲルトの頬は引きつる。何にしても、貴族社会とは業の深い場所なのだと実感せずにはいられない。

時を同じくして、ハルハーゲン公爵の爵位返上が発表された。重い病《やまい》を患《わずら》ったので、治療の為に他国へ赴《おもむ》くという理由だが、事実を知るアンネゲルト達としては反応に苦しむ。

もっとも、これ以上公爵の顔を見なくて済むのなら、どうでもいいのかもしれない。

「実際は、北の方に生涯幽閉だって聞いたけど」

「そうです。もっとも、例の薬の影響がありますから、長くそこにいるとは限りませんが」

幽閉場所を出る時は、亡くなった場合だけである。つまり、公爵の命は長くないという事だ。

彼に関しては、同情する気にはなれない。ヘーグリンド侯爵に操られた面があったにせよ、自分勝手な欲がなければあんな結果にはならなかっただろう。どちらかといえば、その欲をヘーグリンド侯爵に利用されただけだ。

ヘーグリンド侯爵は、強制的に息子に家督を譲らされた後は領地で隠居生活をする予定だったそうだが、早々に言動が怪しくなっているという。

「ご隠居は今も領地の館にいるんですが、世話をしている昔ながらの使用人達や家族が気味悪がっているそうですよ。話が通じない上、既に亡くなっている親族や友人が今も生きている風に話すのだとか。おかげで悪霊に憑《つ》かれただの、天罰が下る程の悪行を行っただのと周囲の者達が怯《おび》えていると聞いています」

ある意味、罰が当たったというのは正しいのかもしれない。本人が直接手を下した訳ではなくとも、何人もの人の命を奪ってきたのだ。それも自分の権力の為だけに。買った恨みも多かろう。

とはいえ、侯爵の状態には思い当たる節がある。

「……認知症とか？」

「こちらではそういった病気はまだ認識されていませんが、症状を聞く限り、可能性は高いかと……」

アンネゲルトが耳打ちすると、ティルラから肯定が返ってきた。男性、特に仕事に生きていた人が、退職などでいきなり暇になるとなりやすいとも聞く。ヘーグリンド侯爵の境遇は、まさにそれだ。

ともあれ、老侯爵の現在は怪談よりリアルな分ぞっとするが、これ以上はアンネゲルトが関わる話でもない。せいぜいスイーオネース内で認知症の諸症状について周知を広める程度か。

ちなみに、そんな老ヘーグリンド侯爵の現在を聞いたアレリード侯爵は、愕然《がくぜん》としたらしい。政敵が消えて喜ぶのかと思ったら、違うそうだ。

「アレリード侯爵は、全盛期のご隠居の姿を知っているんですよ。いつか自分もあの人を越える、と目標にしていたところがあったのだとか」

だからこそ、ここしばらくは仕事に張り合いがあったという。あのアレリード侯爵が目標にしたというのなら、本当にやり手だったのだろう。

エドガーの言葉を聞いたアンネゲルトは、頷きながら納得した。

「……一連の事件でも、最後の最後まで影すら見せなかったものね。確かに、凄い人だったんだわ」

「もっとも、アレリード侯爵に言わせると、やはりご隠居は耄碌《もうろく》していたんだ、って事らしいですよ。そうでなければ、自分達にしっぽは掴ませなかっただろうって」

「どれだけ凄いのよ、ヘーグリンド侯爵って……」

アンネゲルトはついぼやいてしまう。人間離れした妖怪のようではないか。年齢や見た目からも、そちらの方に想像が傾きがちである。

アンネゲルトの呟きに、エドガーも同意してきた。

「あれだけ宮廷内に人脈を伸ばした手腕は、素直に賞賛に値《あたい》します。でも、そんなご隠居も寄る年波には勝てなかったとなると、彼も人間なんだなと思えませんか？」

「それはそれで、何だか嫌な話だわ……」

年齢による衰《おとろ》えなどという恐ろしい話は、他人事でもあまり聞きたくない。この辺りは男性より女性の方が敏感に感じるものだろう。

一挙にどんよりした場を変える為か、アルベルトからの伝言を殊更《ことさら》明るくエドガーが伝えてきた。

「とりあえず、アンネゲルト様には引き続き離宮で休息をしていただきたいと、国王陛下が仰《おお》せです」

既にルードヴィグとの婚姻無効が成立しているので、「妃殿下」という敬称が使えなくなっている。その為、この頃エドガーも彼女の事を「アンネゲルト様」と呼んでいた。

「わかったわ。そういえば、アレリード侯爵夫人やエーベルハルト伯爵夫人が遊びに来たがっているそうなんだけど、彼女達くらいならいいわよね？」

表向きは外遊の疲れからくる体調不良の為の静養なので、基本的に来客関係も断っている。だが、あの二人には普段から世話になっているし、何よりカールシュテイン島へ来たいというパワーが凄くて、正直アンネゲルトだけでは太刀打ち出来ないのだ。

彼女の言葉に、エドガーも苦笑を禁じ得ない様子だった。

「あのお二人の事ですから、アンネゲルト様ではなくクアハウスがお目当てなのでしょう。僕のもとにも、苦情が舞い込んでいますよ。あちらの営業再開だけでも、お願い出来ませんか？」

エドガーが離宮をちょくちょく訪れているのは、社交界では有名なのだそうだ。そのせいで、アンネゲルトに対する陳情の窓口にされているらしい。

悪いとは思うが、こればかりはアンネゲルトの一存では決められない状態になっている。

「それは陛下に言ってね。クアハウスの営業停止命令は陛下から出ているのだもの。離宮襲撃のすぐ後にも侯爵夫人から頼まれたのだけど、あの後また事件が起こったから、再開の許可がいただけないの」

クアハウスの営業は停止したままだ。離宮襲撃事件の後に間を置かずに拉致《らち》事件が起こった為、安全性の問題から再開の目処が立っていない。何せ顧客の多くは貴族、または富裕層の女性達なのだ。彼女達が身代金目的の誘拐などされてしまっては、目も当てられない。

というのが、王宮から通達された表向きの営業停止の理由だ。実際のところは、クアハウスを気に入ったアルベルトが、時間を気にせず使用する為である。

立派な営業妨害だが、国の最高権力者には逆らえない。しかも、貸し切り状態にしている為、営業停止期間中の使用料は払われているのだから、文句の言いようがないのだ。

「いっそ王宮にも大きなお風呂を作ればいいのに」

「それは無理があるかと。テオリーン宮も古い建物ですからねえ」

アンネゲルトのぼやきに、エドガーは笑いながら答えた。年代物の建物に手を入れる難しさは、離宮改造の件で嫌という程知ったが、だからこそ手はあると思う。しかもこちらには、実績のあるイェシカがいる。

とはいえ、さすがにアンネゲルトが王宮改築を唆《そそのか》す訳にはいかなかった。それに、王都で温泉が出るとも限らない。アルベルトがクアハウスを気に入っている理由の大半は温泉にあるようなので、普通の広い風呂では飽き足らないだろう。

「何とかならないかしらね……」

クアハウスは、スイーオネースの貴婦人や富裕な女性達の心をがっちり掴んでいる。このまま営業停止が続くと、彼女達の怒りがアンネゲルトに向かいそうで怖い。その傾向は既にあって、急先鋒はアレリード侯爵夫人だ。

どうしたものかと悩んでいると、ティルラから提案があった。

「クアハウスの営業日を調整して、男性のみの日を作ったらいかがでしょう？」

「男性のみ？」

「ええ。実は、奥様やお嬢様方に話を聞いた男性陣からも、一度体験してみたいという要望が多く寄せられていまして、そちらも実現出来ないかと商人から頼まれているんです」

意外な需要だったが、考えてみれば、「美容と健康」の健康部分なら男性にも十分訴求力があるのかもしれない。盲点だった。

「ついでに、月一回ほど国王陛下専用の日として空《あ》けておけば、あちらからも文句は出ないのではないでしょうか」

ティルラからの提案は、大変魅力的なものだ。男性という新規顧客の開拓が出来る上に、国王専用の日を設《もう》ければアルベルトもこれ以上強硬に営業停止を言ってこないだろう。この提案に、アンネゲルトはすっかりその気になっている。

「その件、陛下にお伝えする役をユーン伯にお願いしてもいいかしら？」

「もちろんですとも。いやあ、実は僕も体験してみたかったんです。真っ先に予約をお願いしに来ます」

満面の笑みのエドガーは、そう言い残すと離宮を後にした。彼が去った後は、何だかいつもよりも静かに感じる。

そんな落ち着いた室内に、アンネゲルトの呟きが響いた。

「こんな事なら、男性用の建物も作っておけば良かった」

まさかここまで話題になるとは。好評なおかげで収入も予想以上になり、返済が順調に進んでいるのは嬉しいが、こんな問題が起こるとは予想外だった。

ぐったりとソファに沈み込むアンネゲルトに、ティルラが現実的な提案をしてくる。

「今からでも建て増ししますか？」

「それはもう少し収益が増えてからにしたいわ」

このまま新しい建物を建てるとなると、また建設費を借金しなくてはならない。自己資金だけで賄《まかな》えるようになるまでは、増設には手を出したくないのだ。

だが、ティルラは別の意見を持っていた。

「資金の方は、投資という形で集めればいいのではありませんか？　今の盛況ぶりなら配当も見込めますし、何より出資者には優待措置《そち》として、施設で使える無料券を出してはどうでしょう？」

「何だか、株式みたいね」

アンネゲルトは実際に株を買ったことはないが、情報として見聞きしている。かつてのクラスメイトの中には、在学中に優待制度目当てで株を買っていた子もいた。

アンネゲルトの言葉に、ティルラは頷いている。

「似たようなものですけど、出資した事によって得られる権利は大分少ないですよ」

ティルラが以前簡単に説明してくれた株式の基礎知識から見れば、確かに権利は驚く程少ない。何せリターンが配当金と優待制度のみというお粗末さなのだ。

しかし、これまでこうした形で資金を集めた例はないという。その分、出資者が集まらない可能性もあったが、そこは資金を集めるのが王都で一番の話題であるクアハウスなのだ。好事家《こうずか》が面白がって金を出してくれる可能性もあるという。

「逆に、この手を使うのなら今しかないとも思います」

「そうね……クアハウスの支配人に、連絡してくれる？　彼の人脈を使って出資を募ってほしいの」

アンネゲルトの決定を受けて、要請を受けた支配人はすぐに行動した。彼にしても、クアハウスが長いこと営業停止に追い込まれている現状には思うところがあったらしい。

その結果、わずか十日余りで目標金額に達したのは、彼の腕がいいからなのか、クアハウスの評判がいいからなのか、アンネゲルトには判断がつかなかった。

そんなどたばたの末に、国王主催の舞踏会はやってきた。最初のダンスの前に、エンゲルブレクトが大公位に就《つ》く事とアンネゲルトとの婚約が発表される予定だ。

その場に、結局アンネゲルトは出席しない事になった。ルードヴィグとの婚姻を無効にし、既に王太子妃ではない彼女の身分が微妙なのと、騒ぎになるのが目に見えているからだ。

元の帝国公爵令嬢という身分を使ってもいいのだが、もうここまできたら新しい「大公妃」の身分を得るまで社交界には出ない方がいいという、エーベルハルト伯爵の助言に従った形である。

時計を見ると、そろそろ大舞踏会の開始時間だ。今回はアンネゲルトが出席しないので、エーベルハルト伯爵夫妻以外の帝国組は全員出席していない。

アンネゲルトは図書室のお気に入りの場所で、まだ明るい庭園を眺めている。

「ここからの眺めは素晴らしいね」

不意に背後から声がかかった。この場所にアンネゲルトの許可を得ずに来られる人間は限られている。彼、ニクラウスもその一人だった。

「そうでしょう？　造園家がイェシカと一緒に頑張ってくれたんだから」

背後を振り返る事なく返したアンネゲルトの言葉は、まるで独り言のようだ。

庭園も設計自体はイェシカがやったが、実際の造園は専門家が請け負っている。昔から彼女と仕事をしている人物だそうだ。

スイーオネースは北国で冬が長いので、庭園は雪景色が楽しめる工夫がなされている。夏の今は、盛りの花で見る者の目を楽しませていた。

その庭園をアンネゲルトと一緒に眺めながら、ニクラウスが日本語で伝えてくる。

「母さんに連絡したんだけど」

「うん」

「姉さんの結婚式にはこっちに来るって」

「は!?」

驚きのあまり、側に座ったニクラウスの横顔に視線をやった。

「今度こそ、娘の結婚式に出席するんだ、だって」

「え……それって、いいの？」

曲がりなりにも、母は帝国の公爵夫人だ。皇族の一人である以上、娘の結婚式とはいえ簡単に国を出られるものではない。その割には、何年も日本に帰ったままだったが。

ニクラウスはアンネゲルトと視線を合わせて、半笑いで説明してきた。

「何でも、皇后陛下からの援護射撃が凄かったんだって。だから、絶対に式の様子は映像に収めるとも言ってたよ」

帝国皇后シャルロッテは、自身が産んだ子が全て男の子の為か、姪《めい》であるアンネゲルトを昔から可愛がってくれている。今回はその愛情が行きすぎた結果なのかもしれない。母とシャルロッテの二人にねだられたら、父も伯父《おじ》も無事では済まないだろう。二人に同情しつつ、アンネゲルトはついでとばかりに聞いてみた。

「そっかー……お母さんが来るのかー……お父さんも来るとか言わないよね？」

「来るよ。通信の向こうで凄い顔をしていたけど」

そういえば、こちらに残ると告げた時も、複雑な表情をしていた事を思い出す。スイーオネースに嫁《とつ》がせる時は寂しそうにしているだけだったが、あれは半年程度で帰ってくると思っていたからなのか。

今度の結婚は、長続きさせるつもりでいる。というより、余程の事がなければ離婚などしない。

「……会うのがちょっと怖い」

「だからって会わなかったら、その後がもっと怖い事になるよ」

「そうだよね……」

父の愛は、時として娘には重すぎるものなのだ。ともあれ、もう会えないと思っていた両親に会えるのは素直に嬉しかった。そういえば、弟の時にも同じ事を思った気がするのだが。

すっかりこの国に馴染んでいる弟の横顔をじとっと眺めて、アンネゲルトは口を開いた。

「あんたも、ほいほい帝国とこの国を行き来していていいの？」

「いいんじゃない？　少なくとも、帝国とスイーオネースの方が、スイーオネースと東の大陸より近いんだから」

一瞬何の事を言っているのかと訝《いぶか》しんだが、船出前のダグニーとの会話で出てきた内容だと思い至る。

一体、この弟はどこであの時のダグニーとの会話を知ったのか。一つ思い当たる事といえば、アンネゲルトが常に身につけているリリー作の道具だった。

これには装着者の位置を常に発信する機能と共に、マイクの機能も備わっている。もっとも、機能を発揮する為には装着者の操作が必要なはずなのだが。いつの間にか手を加えて、勝手に会話を盗み聞き出来るようにしたというのか。

アンネゲルトは弟を睨《にら》みつけながら唸《うな》った。

「ニコ、私が怒っている事に関して心当たりがあるわよね？」

姉の視線を受けつつも、弟に悪びれる様子は見られない。

「それは姉さんにも非があるからね。そうされたくなかったら、ちゃんと護衛を連れていかないと」

しれっと盗聴を認めた弟に、アンネゲルトの中で何かがぷつっと切れた音がした。

「ちゃんと連れていったわよ！　エンゲルブレクトと一緒だったでしょ!!」

正確には、彼はあの時点で既に「王太子妃護衛隊隊長」ではなかったけれど、だからといって彼がいきなり弱くなる訳ではない。

だが、ニクラウスは不満のようだ。

「彼と一緒でも護衛の数が足りないよ。ただでさえ姉さんはトラブルを呼び込みやすいんだから」

「あれこれ起こった事を私のせいにすんなあああ!!」

静かなはずの図書室に、アンネゲルトの怒号が響いた。

今年のシーズンも無事終了し、多くの貴族は自分の領地へと戻っていった。シーズンオフのアンネゲルトは、最初の年はカールシュテイン島に、去年は東域外遊に出ていたが、今年はエンゲルブレクトと共に新しい大公領に赴《おもむ》く事になった。

当初はエンゲルブレクトだけで向かう予定だったのだが、せっかく婚約したのだから離れたくないというアンネゲルトの意見が取り入れられた結果である。

大公領だけでなく、サムエルソン伯爵領も、未だにエンゲルブレクトの領地だ。そちらにも赴《おもむ》く必要があるそうだが、シーズンオフの大半は大公領で過ごす事になるらしい。

幸い、大公領とサムエルソン伯爵領は川を使って船で航行出来る。これにより、「アンネゲルト・リーゼロッテ号」での移動が可能になった。

「結構広い川なのねえ」

暖かいラウンジの窓から外の景色を眺めつつ、アンネゲルトは呟く。

「サムエルソン伯爵領も川沿いにあるんだ」

そう教えてくれるのは、アンネゲルトの前に座るエンゲルブレクトだ。王弟である事を公表した舞踏会以降、アンネゲルトへの敬語を禁止した為、ぎこちないしゃべり方になっていた。今も意識しすぎなのか、口の端が引きつって見える。

来年のシーズン開幕を待って、二人は結婚式を挙げるのだ。いつまでも夫に敬語を使われるのは困る。カールシュテイン島に戻るまでに、このぎこちなさが解消されればいいのだが。

ちらりと窺《うかが》ったエンゲルブレクトには、疲労の色が滲《にじ》み出ている。大公位に就《つ》くと公《おおやけ》になってから、社交の数が増えた結果だ。

彼はこれまで社交の場に出る時も軍服で済ませていたせいで、夜会服や礼服の類《たぐい》が不足していたのには驚いた。慌ててアンネゲルトの専属ドレスメーカーであるメリザンドに仕立ててもらったが、間に合って本当に良かったと思う。後で彼女と工房のお針子達には特別手当を支給しなくては。

エンゲルブレクトの疲れは、これまでなおざりにしてきた装《よそお》うという行為に対してのものかもしれない。仕上がった服の確認にアンネゲルトも何度か立ち会ったが、彼が嫌々着ているのが見て取れた。

女性のドレスもそうだが、社交界では男性も装《よそお》いを凝《こ》らすのが当たり前とされている。王族としての立場を強く出していかなくてはならないエンゲルブレクトにとって、場に相応《ふさわ》しい装《よそお》いをする事は必須事項の一つだ。

そして、夫となる彼の身の回りに気を配るのは、妻となるアンネゲルトの仕事である。

「……頑張らなきゃ」

「何を？」

「え？　ああ、こっちの話。気にしないで」

彼をどう着飾らせればいいのかを考えていたかなど、本人に言えるものではない。第一、エンゲルブレクトばかりでなく、自分の装《よそお》いも考えておかなくては。

結局、今年のシーズンはろくに社交の場に出ずに終えてしまった。後半は国王の言いつけで離宮にこもっていたせいもあるのだが、来年は違う。

新しい「大公妃」という立場になるのだし、これまで以上に社交に力を入れていく必要があるだろう。その為にも、なるべく着ていて苦にならないドレスを作らなくては。

後でメリザンドの工房に顔を出そうと決めて、アンネゲルトは外の景色に再び目を向けた。


大公領の船着き場に到着した「アンネゲルト・リーゼロッテ号」から下りたアンネゲルトの視界に、活気のある街が広がった。サムエルソン伯爵領同様、川の水運が使えるこの領地は近隣からものが集まりやすい。そのおかげで、川縁の街は栄えているのだそうだ。

領主の館は川から内陸に向かって馬車で約四時間の場所にある、石造りの古めかしい城だ。周囲を二重の堀で囲まれた、重厚な雰囲気の建物である。

「ここが……」

「代々ヴァレンクヴィスト家が所有していた城だそうだ。もっとも、直系は六代前に途絶えてしまったけれど」

　城を見上げるアンネゲルトの隣で、エンゲルブレクトが教えてくれた。建ててから一度も改築などの手が入っていないそうで、だから外見も古めかしいのだという。

　その言葉に、アンネゲルトは嫌な予感がした。そして中に入って、その予感が的中した事を知る。

「早急に手を入れなくちゃ!!　イェシカ！　イェシカを呼んできて！」

　外見が古い城は、当然中も古かった。アンネゲルトが改造したヒュランダル離宮のように放置されていた城ではなく、手入れがされているので暮らす事は出来るが、全ての設備が古いのだ。特に水場が。

　井戸はつるべ式だし、風呂もなく、トイレは推《お》して知るべし。まさかここにきてこんな問題にぶち当たるとは、さすがに予想もしなかった。

　その後、船から簡易型のポンプ、トイレ、野戦用の風呂が持ち込まれ、この城での滞在時に使われる事となった。

城の案内は、これまでこの領地を預かっていた城代が行った。彼は老齢を理由に退官を希望していたので、今回の話は渡りに船なのだそうだ。

「新しい大公様が決まり、心からお慶《よろこ》び申し上げます」

皺《しわ》だらけの顔をさらに皺《しわ》だらけにして、城代は笑って祝いの言葉を述べる。周囲の使用人達も同様に祝福の言葉を口にし、さらに城代にはこれまでの勤めに対する労《ねぎら》いの言葉をかけていた。彼は領民にも城の使用人達にも慕《した》われていたらしい。

「そういえば、この城の名前はなんていうの？」

アンネゲルトの問いに、城代はエルマンデル城だと答えた。名前の響きはこの厳《いか》つい城に似つかわしい。

「ですが、新しいご領主様がいらっしゃったのですから、名前を変えてもいいのではありませんか？」

城代にそう言われたエンゲルブレクトは、悩み始める。しばらくそうしていたが、どうやらいい案が浮かばなかったのか、アンネゲルトに振ってきた。

「王都の館につけたような、優美な名前を頼めないか？」

「優美……ねえ」

今度はアンネゲルトが悩み始めたが、すぐにひらめく。イゾルデ館は物語からとったけれど、帝国での城の名前は、縁のある女性の名前からつけるものだ。

「帝国では城主に縁のある女性の名前をつけるのが習わしよ。女性を守るように、城も守るという教えからなんですって」

アンネゲルトの言葉を聞いたエンゲルブレクトは、そうかと頷くと、城代に向かった。

「では、この城の名はアンネゲルト城とする」

「えええええ!?」

「おお、お妃様のお名前をおつけになるとは。大公殿下はお妃様を大事になさっているのですね」

アンネゲルトだけが抗議の声を上げたが、城代は相変わらず皺《しわ》だらけの笑顔である。まだ奥方じゃないと言えばいいのか、自分の名前はやめてほしいと言えばいいのか。複雑だが、いい笑顔の二人には抗議しきれなかった。


夜には気温が下がるので、領主の部屋の暖炉《だんろ》の側に二人でいる。まだ結婚前なので部屋は別々だが、それまでの時間は出来る限り一緒に過ごす事にしているのだ。

とはいえ、それぞれの手には書類がある。エンゲルブレクトが手にしているのは領内の統治に関するもので、アンネゲルトが手にしているのはクアハウスに関するものだ。

建設資金が思ったよりも早く集まったので、早速建築に取りかかろうとしたのだが、スイーオネースはこれから長く厳しい冬に入る。そこで、本格的な工事は来年の春に回し、年内は雪が降るまで基礎工事を中心に行う事になったのだ。

設計はイェシカが担当する。リリー達も手伝いはするが、今回の工事の大半は国内で雇った人員を使う予定だ。冬の間の工事を休む理由はここにあった。

離宮の場合、工事に携《たずさ》わった者が設計以外は全て帝国の人員だったから、最新技術を使った重機を大量投入出来たのだ。これらの大半は、スイーオネースへの技術供与の中に含まれていない。

今回は帝国工兵以外を工事に使うのだから、情報漏洩《ろうえい》を警戒して重機はほとんど使わないのだ。

「工事の人員も、無事に集まってきているのね」

書類を確かめながらこぼしたアンネゲルトの顔には、笑みが浮かんでいる。女性用のクアハウスのスタッフにも、国内から募集した女性達が入り始めていた。

こうして国内の雇用創出を進めていくのは大事な事だ。女性だけでなく、男性の雇用も考えていかなくてはならない。

「クアハウスのか？　確か、男性用の建屋《たてや》を作るとか」

「そうなの。陛下の我《わ》が儘《まま》にも困ったものだわ」

「ああ……」

アンネゲルトの愚痴《ぐち》に思い当たる事があるのか、エンゲルブレクトは遠い目をした。王弟と公表した彼は、王宮に呼び出される事が以前よりも多くなっている。必然的にアルベルトと共に過ごす時間も増えたようで、アンネゲルト以上に彼の我《わ》が儘《まま》に振り回されているのだろう。

「大変よね……」

「そうだな……」

しみじみと言ったアンネゲルトに、エンゲルブレクトも同意してくれる。

翌日からは、イェシカとリリー、フィリップらによるアンネゲルト城の測量が行われた。すぐに手を入れたいが、オフシーズンはこちらに滞在する予定なので、実際の工事は来年のシーズン開幕以降になる。

「色々頼んで、悪いわね」

クアハウスの建て増しの件を依頼したばかりだというのに、今度はこの領主館だ。イェシカは休む暇もないのではないか。

だが、彼女から返ってきた答えはあっけらかんとしたものだ。

「何でだ？　仕事がいくらでもあるという状況は、ありがたいんだが」

「そう……ならいいんだけど」

そういえば、彼女は女性というだけで仕事の幅を狭められてきた一人だった。もっともそれを逆手にとって、気に入らない仕事は蹴っていたようだが。

ともかく、クアハウスもこちらの領主館も、イェシカにとっては「面白い仕事」になるらしく、意欲を持ってくれている。この先アンネゲルトは、出来る限り彼女の要望を叶えればいいだけだ。

――これでシーズンオフに領地に来ても、居心地よく過ごせるわ。

この先どれだけの間この城に滞在するかわからないけれど、少しでも居住性をあげておいて損はない。いっその事、領内にある滞在しそうな施設は全て改造してしまおうか。アンネゲルトの脳裏にそんなアイデアが浮かんだ事を、知る者はいなかった。

領地での生活は、概《おおむ》ね良好だった。雪が降ってからは、念願のそりにも乗れたし、何より公務や社交に追いまくられない生活は、時間がゆったりと感じられる。

そして隣には、常にエンゲルブレクトがいるのだ。結婚間近という事もあって、これまで以上に親密に過ごせていると思う。

年末は城でカウントダウンのイベントを行い、新年は日本風を取り入れてみた。城の使用人や城下町の人々は最初こそ驚いていたものの、すぐに楽しんでくれたようだ。餅つき大会も、大好評のうちに終了している。

そうした細々《こまごま》した行事で領民との距離を縮めていたある日、エンゲルブレクトから付き合ってほしい場所があると告げられた。

「いいけど、どこなの？」

「伯爵領にある……兄の墓へ」

アンネゲルトは、一瞬言葉に詰まる。彼の兄が、そりの事故で亡くなったとは聞いた。その人物が、ダグニーの父親違いの兄である事も。

「わかったわ。行きましょう」

エンゲルブレクトの兄ルーカスについては、これまで気軽に触れてはならないものだと思っていた。そのせいか、今回の話は少し驚いたけれど、ちょっと嬉しい。彼に本当の意味で受け入れられた気がしたのだ。

一度船着き場へ戻って船に乗り、川を下って内海を経由し伯爵領へ向かう。既に先触れが出してあったのか、伯爵領の船着き場には城代のステニウスが待っていた。

「お帰りなさいませ、旦那様。あ、いや、大公殿下とお呼びしなくてはなりませんね」

「いや、今まで通りでいい。ステニウス、改めて、こちらが私の妻となるアンネゲルトだ」

「よろしくね」

「お久しぶりでございます、妃殿下。この度《たび》のお話、心よりお祝い申し上げます」

ステニウスは、一度イゾルデ館に来た事がある。彼の言葉から東域外遊に繋がったのだから、世の中何がどうなるかわからない。

ステニウスが用意した馬に二人で乗って、伯爵領の湖を目指す。冬でも凍らないと有名な湖だそうだ。

その畔《ほとり》に、小さな墓があった。墓碑銘も何もない墓だが、綺麗に手入れされているところに故人への思いが見て取れる。

「これを」

アンネゲルトは、小さな花束をエンゲルブレクトに渡した。「アンネゲルト・リーゼロッテ号」の中で栽培している花で、一年中その姿を見ることが出来る。こちらの国で墓前に花を供える習慣があるかどうか知らなかったが、急遽こしらえさせたものだ。

一瞬驚いた様子を見せたエンゲルブレクトだったが、すぐに受け取り墓標の前に置いた。

「吹雪《ふぶ》かないで、本当に良かった」

「そうね。今日はとてもいい天気」

　仰ぎ見た空は、どこまでも青く澄んでいる。この時期は吹雪《ふぶ》く事が多いらしく、こんな天気は珍しいという話だった。

　しばらく墓標と対峙していたエンゲルブレクトは、ぽつりと漏《も》らす。

「兄が死んだのは、この湖なんだ……」

　そりごと湖に落ちて亡くなったというのは、アンネゲルトも以前聞いた覚えがある。そのそりに、事故直前までエンゲルブレクトも乗っていた事も。

「ご遺体は……」

「この湖に沈んだら、諦めろというのがこの地域の常識だ」

　アンネゲルトの言葉に、エンゲルブレクトは首を横に振って答えた。湖が深いせいか、昔から溺れ死んだ者の遺体は上がらないそうだ。

　アンネゲルトはすぐ側の湖を見る。晴れているとはいえ気温はかなり低いのに、小さなさざ波が立っていた。この湖底に、エンゲルブレクトの、そしてダグニーの兄は眠っているのだ。

「……そりから、突き落とされたんだ」

「え？」

湖に視線をやるアンネゲルトの隣に立ったエンゲルブレクトが、当時を思い出したのかぽつりと呟いた。

「兄上を止めようとしたんだが、笑って、私をそりから突き落としたんだ。あれは、多分……」

最後まで言えなかった彼の言葉の続きが、わかったような気がする。事故ではなかったのかもしれない。それでも、最後にエンゲルブレクトを突き落としたのは、道連れにするつもりではなかったからだ。

ルーカスが何を考えて湖に沈んだのかは、誰にもわからない。でも、それでいいのだとアンネゲルトは思う。

ルーカスの選択は悲しいものになってしまったけど、人間、生きていれば誰にも言えない思いの一つや二つはあるものだ。

アンネゲルトは改めて、隣のエンゲルブレクトを見る。これから人生を共に歩んでいくこの人にも、言えない秘密を抱える時がくるかもしれない。

「でも、それはそれ」

「え？」

驚いて聞き返してきたエンゲルブレクトに、アンネゲルトは微笑んだ。

「何でもないわ。そろそろ戻らない？　冷えてきちゃった」

さすがに雪の中にずっと立っていると、防寒対策をしてきても寒い。アンネゲルトの主張に慌てたエンゲルブレクトに抱えられ、馬で船着き場まで戻った。

暦《こよみ》が春になってもまだ雪が残るスイーオネースでは、本当の春と呼べるのは雪解けからだと言われている。

その雪解けが進み、大公領からアンネゲルトが戻った数日後、カールシュテイン島に大型の船舶が停泊した。「アンネゲルト・リーゼロッテ号」よりは小ぶりだが、十分美しい船「アデリナ・コルネリア号」である。名前の由来は船大工の二人の姉からだそうだ。

船から下りてきたのは、帝国の公爵夫妻だった。娘の結婚式に出席する為、スイーオネースへとやってきたのだ。

「アンナ！　ニクラウス！」

「お母さん！　久しぶり！　……って思えないのは、通信で顔を見ていたからかなあ？」

「情緒のない事言わないの。さあ、久しぶりなんだからもっとちゃんと顔を見せて」

そんな事を言い合いながら、母と娘は離宮へと入っていく。残された父と息子はお互いに顔を見合わせて苦笑していた。

一度王宮に出向いて国王に挨拶《あいさつ》を、という両親の言葉に、アンネゲルトは黙ってクアハウスに案内する。今日はちょうどアルベルトの貸し切りの日で、彼は朝から入り浸《びた》っていたのだ。

その場で簡易の挨拶《あいさつ》を済ませた後、正式な挨拶《あいさつ》は結婚式まで控えていいのではという事になり、そのまま両親を交えた食事会になってしまった。

ちょうど離宮に戻ってきたエンゲルブレクトも呼び出され、室内は改めて両家の挨拶《あいさつ》の場と化している。エンゲルブレクトの両親は既に故人なので、異母兄であるアルベルトがその代わりという訳だ。

「何このカオス……」

ぼやいたアンネゲルトの言葉の意味がわからないエンゲルブレクトが聞き返すと、何故か奈々が答えたりしていたが、概《おおむ》ねいい会食だった。

そこですっかり意気投合したのが、アルベルトとアンネゲルトの父アルトゥルだ。話題の中心が帝国皇帝への愚痴《ぐち》というのもどうかという話だが、意外に父も、あの豪快な皇帝に思うところがあったらしい。

アルベルトは若い頃にロンゴバルドに留学していた経験があり、皇帝ライナーとはそこで出会ったのだそうだ。二人とも身分を隠して学生をやっていたとかで、いい事も悪い事も一緒にやったという。

その後も、離宮の各施設を見た奈々がアロイジア城の改築をアルトゥルにせがんだり、奈々を交えてアンネゲルトとマルガレータの三人で、お忍びで王都に遊びに行く計画を立てたり、ついでにイゾルデ館も見て回ったりと、忙《せわ》しない日々を送っていた。

そんな中、メリザンドが製作していたアンネゲルトのウエディングドレスが出来たと連絡が入る。

「まあ……」

「わあ、素敵よメリザンド。イメージ通りだわ」

奈々から贈られたシルクタフタをたっぷり使ったドレスは、現代的なデザインになっている。円錐形に広げたスカート部分は後ろにトレーンを長く延ばし、優美な仕上がりとなっていた。またヘッドドレスもこれまでのものとは違い、スイーオネース王家にある宝冠を使って薄いヴェールで仕上げている。

これを着て、もうじきエンゲルブレクトと結婚するのだ。やはり衣装が仕上がってくると、実感も湧いてくる。

やっとここまで来たと言うべきか、それともまだここからだと言うべきか。ともかく、式はもう目の前だった。

式典当日は、よく晴れていた。シーズン幕開けのこの時期は、もっとも雨が少ない。既に仕度の調《ととの》ったアンネゲルトは、イゾルデ館で静かにその時を待っていた。ここからオープンタイプの馬車で大聖堂へと向かうのだ。護衛をするのは旧王太子妃護衛隊である。彼等は本日付で大公妃護衛隊と名前を変えるそうだ。

「アンナ様、お時間です」

「はい」

ティルラの声に、座っていた椅子から立ち上がった。二度目の結婚式だが、アンネゲルトにとってはこちらの方が本当の結婚式である。

馬車には、父アルトゥルが待っていた。ここからは父のエスコートで大聖堂の祭壇前で待つエンゲルブレクトのもとへ行くのだ。

本来、こちらの世界の結婚式に父のエスコートはない。その証拠に、ルードヴィグとの時は一人で祭壇まで向かった。

今回は教会と国王アルベルトに許可を取った上で、「異世界風」と銘打って行っている。ドレスが白なのも、ヴェールの使い方が違うのもそうだ。

参列者は、これまで見た事もない花嫁の装《よそお》いに興味津々《きょうみしんしん》らしい。各所から溜息がこぼれるのが聞こえてくる。もしかしたら、これからスイーオネースでは「異世界風結婚式」が流行《はや》るかもしれない。

祭壇の前で、アンネゲルトはアルトゥルの手から、エンゲルブレクトの手へと渡される。その際、「娘を頼む」という言葉を残して名残惜《なごりお》しそうに下がった父に、アンネゲルトまで涙が出そうだ。

そして、両名揃って司教の前に跪《ひざまず》く。この辺りの手順は前回の時と同じで、誓いの言葉の後に結婚証書へサインする。式自体はとてもシンプルだった。

式は滞《とどこお》りなく終了し、続けて王都の民へのお披露目《ひろめ》だ。またパレードをするのかと思ったが、今回は王宮のバルコニーから手を振るだけだという。

「二度目だから簡素化したのかしら」

「警備の為ですよ。その代わり、王宮を一般に開放するそうです」

そう答えたのはティルラだ。彼女達側仕えも、今日は朝から忙しそうにしていた。主《あるじ》の結婚式なのだ、当然と言えば当然か。

祝賀舞踏会の前に、再び家族で一緒に過ごせる時間が持てたのは嬉しかった。

「そういえば、ニコはいつ帰るの？」

「そんなに帝国に帰したいんですか？」

「そういう訳じゃないけど……」

もごもごと言い訳をするアンネゲルトを、ニクラウスは溜息を吐きながら眺めている。

「とりあえず、皇太子殿下から言いつけられていた事は全て見届けましたから、父上達と一緒に帰りますよ」

「そう……」

口うるさい弟だが、いなくなるとわかると、それはそれで寂しいものだ。

「これからは、夫となる大公と仲良くしなね？」

「わかってるわよ。あんたも、早いとこ良い人見つけなさいね」

「余計なお世話だよ」

途中からは日本語で、お互いに好きに言い合う。こんなやり取りも、しばらくは出来ないのだ。

いや、そうではない。ダグニーと約束した通り、遠く離れた国とも自由に行き来出来るようにするのだから、帝国とだって行き来が簡単に出来るようにしなくては。

「うん……頑張る……」

そう言って軽く頷くアンネゲルトを、ニクラウスは黙って見つめていた。

大公夫妻の居城は、ヒュランダル離宮となった。もっとも、今では名を変えてニーホルム宮殿という。

「別に、そのままの名前で良かったのに」

特にヒュランダル離宮という名に思い入れがあった訳ではないが、離宮ではなく、大公宮にする為だけに改名するのはどうなのか。

引っかかりを感じる妻と比べ、夫となった新大公は鷹揚《おうよう》だ。

「名など、大した事ではないだろうに。気に入らなければ、また変えればいいだけだよ」

そう言われ、それもそうかと妻は納得した。その素直さに、夫は笑みを誘われている。

アンネゲルトが推《お》し進めていた魔導特区も、カールシュテイン島ではないが別の離島に設立している最中だ。リリーとフィリップだけでなく、何故かイェシカが建物の建設に燃えている。

彼女は離宮改造の際に見た、魔導技術を使った建築にすっかり魅了されたようなのだ。

その為、魔導特区には魔導建築科という新たな学科が作られている。

クアハウスも温室も、順調に稼働中だ。大公宮の側近くにそんな施設を置くのはどうかと言われたりもするが、アンネゲルト達は問題なしと断言した。

むしろ、積極的に施設を利用して宣伝に邁進《まいしん》している。ここから上がる利益は全てアンネゲルトの個人的な収入になり、今も少しずつだが離宮の建築費の返済を国庫にしていた。

アルベルトには呆れられて必要ないとまで言われたが、アンネゲルト自身が許容出来なかった為にアルベルトが折れたのだ。

アンネゲルトが返済した分は国内の公共事業に回されるのだから、予算は多いに越した事はないという判断からだという。

マルガレータは、アンネゲルト達に遅れること半年で嫁《とつ》ぐ事になった。相手はユーン伯エドガーである。

「やっぱり！　マルガレータ、幸せにね」

嬉しそうに頷くマルガレータの隣で、エドガーも満面の笑みだ。以前は政略結婚なのではと心配したが、今の二人の様子を見る限り、杞憂《きゆう》というものだろう。

結婚後もマルガレータは王宮侍女として側にいてくれるというので、アンネゲルトとしては文句を言う理由もない。存分に二人を祝福した。

結婚といえば、実はもう一組いる。

「結婚します！」

鼻息荒くそう宣言したのは、ヨーンだ。彼は東域でザンドラとのデートを直訴《じきそ》した辺りからずっと彼女に付きまとい続け、とうとうザンドラが折れたのだとか。

「私の心が彼女に通じたんです！」

「そ、そう……」

アンネゲルトも、それ以上は言えなかった。エンゲルブレクトも同様である。

一度、ザンドラにヨーンでいいのか、と聞いてみたが、返ってきたのは何とも言えない答えだった。

「ティルラ様があの方に嫁《とつ》ぐように仰《おっしゃ》ったので」

「え？　それだけで？」

頷くザンドラに、アンネゲルトはまたも何とも言えない。これは命令で結婚するという事ではないのか。

こっそりティルラに聞いてみると、そうでもないという返答があった。

「ザンドラの事です、自分の感情を自分で把握出来ていないんですよ。端《はた》から見れば十分子爵を受け入れているんですから、問題ありません。それに、この機会を失ったら、あの子は一生独身になりかねませんよ」

どうも、最後の理由が強いらしい。仕事があれば独身を貫いても良さそうなものだが、その場合高確率でヨーンも独身のままになりそうなので、これはこれでいいのだろう。

ともかく、しばらくアンネゲルト達の周囲は結婚ラッシュになりそうだった。メリザンドの悲鳴が聞こえた気がしたが、きっと気のせいだ。

スイーオネース史に残る国王の名の一つに、エンゲルブレクト一世の名がある。彼は長く技術後進国であったスイーオネースを活性化させ、周辺諸国のみならず、東との交易を強化し国を繁栄に導いた。

彼の王妃であるアンネゲルト・リーゼロッテは、女性の地位向上と魔導士の庇護、育成に力を注ぎ、国家の母と親しまれている。特に国法の文言から女性の継承権、相続権を認めないという一文を削った功績は大きい。

また、王国の建築にも多大な影響を与えた事でも知られている。特に初代魔導建築協会長となったフェルディーンと組んで行った、各地の既存建築の改造は有名だ。彼女が「改造女王」と呼ばれる所以《ゆえん》である。

特区の初代区長に就任したマールムストレームは、魔導を禁じていた頃の教会により王都を追放された経験を持つ。そんな彼は帝国出身の妻リリーと共に、終生研究の第一線にあり続けた。

外交で辣腕《らつわん》を振るったエクヴァル侯爵は、若い頃の称号をユーン伯という。エンゲルブレクト一世をよく助け、また私生活では妻マルガレータとの間に長男を筆頭に、子宝に恵まれた人物でもあった。

エクヴァル侯爵と並んで評価される人物に、軍を統括したエクステット伯爵エリクがいる。彼は軍時代からエンゲルブレクト一世とよしみを通じ、生涯を通じて友であり続けた。

また、帝国出身の彼の奥方は、王妃アンネゲルトの側仕えとして長く勤め、同じ帝国出身のグルブランソン伯爵夫人と共に数々の危難から王妃を救ったという。

ともかく、彼の治世に数多くの有能な人材が集《つど》った事は間違いない。今は遠い物語である。

書き下ろし番外編

改造女王の本領発揮

冬の天気のいい日、アンネゲルトは王都郊外に来ていた。

「ここが拡張地区なのね」

彼女の目の前には、人の手が入っていない土地が広がっている。人口が増えた王都クリストッフェションを拡張する為に、これから整備が始まる場所だ。

王都の拡張計画が持ち上がったのは、つい三ヶ月程前のシーズン終了の頃である。国王アルベルトが健康を理由にアンネゲルトの夫であるエンゲルブレクトに王位を譲り、即位式を終えて間もなくだった。

東域との交易や、西域諸国との行き来が増えた為に、現在の王都が手狭になったと誰もが感じていた時期である。

「本来なら、王都の拡張工事などという大事業は、慎重に進めるものなんだがなあ」

そう愚痴《ぐち》をこぼすのは、工事の総責任者に抜擢されたイェシカだ。

「王都の人口問題はもう待ったなしよ。ちんたら会議にかけてる余裕はないわ。それに、拡張に使う費用を国に納めたのは私よ。誰にも文句なんか言わせないんだから」

言い切るアンネゲルトに、イェシカは仕方ないといった顔をした。走り出した「改造女王」を止められないのは、彼女もよく知っている。

「まあ、王妃陛下の本領発揮というところか」

アンネゲルトに二つ名がついた元凶でもあるイェシカは、そう呟いた。


現在、王都拡張と共にいくつか建設計画が立ち上がっているものがある。そのうちの一つが、内海横断列車だ。

今回王都を拡張する場所から橋を造り、内海に浮かぶカールシュテイン島まで列車を走らせようというものである。

スイーオネースの内海は、海が荒れる事がほとんどないという。日本のように毎年台風被害に見舞われる場所なら他の手段を考えるが、ここならば橋を架けても問題ない。

「計画そのものは、割と前から立てててたんだけどねえ……予算だって、クアハウスと温室からの売り上げを納めた費用で何とかなるのに」

完成予想図を前に、アンネゲルトは溜息を吐く。拡張現場の視察から帰り、子供達と昼食を取った後、自身の執務室での事だ。

ちなみに、本人が言っているように、離宮の改造にかかった費用は全て国庫に返済し終えている。わずか数年で全額返済がなったのは、任せた商人の腕が良かったのか、貴婦人の美への欲求のなせる技なのか。

「仕方がないさ。海に橋を造るなど、普通は考えもしないから」

そう宥《なだ》めるのは、彼女の夫でありこの国の王でもあるエンゲルブレクトだった。即位したばかりの彼も執務で忙しいというのに、こうして時間を作ってはアンネゲルトの相談に乗ってくれる。

現在、彼女が悩んでいるのは、内海で漁業を営んでいる漁師達との交渉だ。

「何回説明しても、理解してくれなくて」

漁師達の不安もわかる分、うまく説明出来ないのが悔しい。

「橋の建設中も漁は出来るって言ってるんだけど……」

「今まで見た事も聞いた事もないものを造るからな」

内海は、交易の船が入るだけの場所ではなく、王都の食料庫ともいわれる程豊かな漁場だ。漁師達にとっても、大事な場所である。

「そんな漁場を、潰す訳ないのに……」

「その辺りは、根気よく話を詰めていく他ないんじゃないか？」

「そうね……下の人達に丸投げ状態なのが、心苦しいけど」

アンネゲルトの呟きに、エンゲルブレクトが噴き出した。大公妃時代を経《へ》て王妃になった彼女だが、未だに庶民感覚は抜けていない。

「本当なら、自分で説得しなきゃいけないのはわかってるんだけどなあ……どうしたの？」

「いや……部下の仕事を上の者が取るのは、どうかと思うぞ」

「そうなのよねえ。それに、私よりも説得に向いてる人を採用したってティルラが言っていたから、お願いしておこうと思うわ」

「それがいい」

「さて！　頭を切り替えて、他の計画も立てていかなきゃ！」

エンゲルブレクトの妃は、忙しそうに机に向かった。その姿に微笑みつつも、少し寂しそうな夫の姿に、妻は気付いていない。

「無理だけは、しないように」

「はーい」

元気な返事を返しつつ、アンネゲルトは目の前の書類に集中した。

列車を通す計画は、何も王都とカールシュテイン島の間だけではない。王領となった旧サムエルソン伯爵領とヴァレンクヴィスト大公領、そこから他領を通って王都までを繋ぐ壮大なものが立ち上がっている。

ちなみに、旧サムエルソン伯爵領とヴァレンクヴィスト大公領の間にはとある子爵領もあったが、そちらは後継者が絶えた為に王家に返上され王領となっている。

この国を去った赤毛の伯爵夫人、ダグニーの母親の実家だ。

列車は王都から旧サムエルソン伯爵領に入り、旧ベック子爵領を経てヴァレンクヴィスト大公領まで敷《し》く予定になっている。

「それにしても、他領の貴族達からの反対がなくて、本当に良かったわー」

夜も遅い今は、子供達を寝かしつけた後の夫婦の時間だ。場所も二人だけが使う居間なのだが、彼等の前に置かれたテーブルには、計画書が置かれている。

「改革派の領地だからかな。何より線路を通す事で受ける恩恵を、よくわかってるんだろう」

内陸の土地では、発達した水運を使う事は難しい。だが、列車ならば便利に使える。線路を通して駅を造れば、人も物も楽に運べるのだ。

それに、水運は川を利用するので、大型の船は通れない。列車の方が輸送量が多いのも、許可が簡単に下りた理由だろう。

アンネゲルトは、手元の書類に目を落とした。

「旧サムエルソン伯爵領では、そろそろトンネル工事に入るのね」

「あの山は、硬い岩盤があると聞いているが……」

「大丈夫。帝国の工兵達は、そういった工事も得意よ」

「やはり、魔導を？」

「いいえ、爆薬を使うの。ただ、あれは危険なものだから、今のところ帝国の工兵達でないと扱えないようにしてあるわ。事故が起こったら大変だもの」

アンネゲルトがスイーオネースに嫁《とつ》いでくる時に連れてきた帝国兵は、そのほとんどがここに留まっている。王妃の私設軍と陰口を叩かれているのは知っているけれど、今更彼等を帝国に帰す事は出来ない。

あれこれと国内の改造工事にかり出されている工兵達は、今では「改造女王」にとって、なくてはならない存在だ。

「彼等がやってくれるなら、心配いらないな」

工兵達は、国王からの信頼も勝ち取っているらしい。彼は妻の手元の書類を一枚取って、眉を寄せる。

「それよりもアンナ、これは一体何なんだ？」

「え？　ああ、新区に走らせるトラムよ。地面の上を走る列車……でいいのかしら」

エンゲルブレクトの問いに、アンネゲルトはあっけらかんと答えた。

「王都内の移動って、庶民は歩くしかないじゃない？　それだと、どうしても行動範囲が狭いと思うのよ」

「まずは乗り合い馬車を導入するのかと思っていたよ」

「それだと問題が……ね」

馬車を引くのは馬で、生き物だ。当然、色々とある。街中に馬が落としていくものを考えるなら、やはりここはトラムだろう。

「馬を使わない移動手段って考えて、まずこれが出てきたの。ほら、旧サムエルソン伯爵領とヴァレンクヴィスト大公領でも導入して、好評のようだし」

「いつの間に……いや、そういえば、何か新しい移動手段の実験をすると言っていたな。だが、あれはトラムという名前ではなかったような」

「路面電車。でも、同じものよ？　呼び方を変えただけ」

「そうなのか……まあ、庶民に好評ならいい……のか？」

どちらも今では王領となった場所での実験結果を聞いて、エンゲルブレクトも心を動かされているらしい。

「トラムは王都の旧区から新区への路線と、新区の中を走る路線とに分けてるの。で、新区の中はトラムに乗れば大体どこでも行けるようにしたいのよ」

旧区とは今ある王都、新区はこれから拡張する場所を指す。旧区から新区の中心へも、トラム一本で行けるようにする予定だ。

「新区には、いくつか王立の建物を建てるし、買い物出来る場所も拡げる予定なの。トラムで簡単に行き来出来れば人の流れも増えるし、街も活性化すると思うのよ」

建設の計画が立っている建物は、王立の劇場、歌劇場、音楽堂、図書館、美術館に博物館。新区の区役所も、同じ区画に建てる予定だ。これらは新区の中心に集める。

他にも、南側には生鮮食品を扱うエリアを、北には布や小物、家具などを扱うエリアを作る事になっていた。これらを全て、トラムで結ぶ計画である。

「図書館か……確か魔導特区にも、大きな図書館を建てたよな？」

当初の予定とは違い、カールシュテイン島とは違う島に建設された魔導特区には、先日大きな図書館が建設されたばかりだ。

「あれは魔導書が中心だから。新区に建てる図書館は、種類を幅広く揃える予定よ。それと、子供でも読める絵本を作って置こうと思うの」

最近、魔導特区では国産の印刷機の制作に成功している。まずは知識を広めようという考えから、真っ先に研究されたらしい。

それに合わせて、国外から子供向けの本を取り寄せ、それにたくさんの挿絵を入れた絵本を作成中だ。

「図書館には子供用の場所を作って、絵本と一緒に文字並べも置くつもり。小さな子の識字率向上の為に」

文字並べとは、文字を一つずつ書いたカードで、遊びながらつづりを覚えられるものだ。二人の長男である王太子アントン・シーグムンドのお気に入りで、他にも臣下の子供達に渡したところ、好評を博している。

図書館は、身分の上下なく入れる場所にする予定だ。特に庶民の子供には、専用の別館を造る予定でいる。これにより子供の遊び場所を確保すると共に、遊びながら学べる場所にしたい。王都は、子供が安全に遊べる場所が少なすぎる。

「親が安心して子供を預けられる場所、いずれは就学前の子供達が通う保育園のようなものを造りたいわ」

まだまだ農村部では子供も立派な働き手だ。その労働力を親が簡単に手放すとも思えない。

だが、王都ならば子供を保育園や学校に通わせる親は出てくるだろう。そこに期待している。

「まずは王都から。そしていずれは国内全土に。全員が等しく学べる体制を作っていくわよ」

国力を上げるには、教育だ。これはアンネゲルトが親から受けた教えでもある。実際、実家であるフォルクヴァルツ公爵の領地では、初等教育による識字率が向上し、高等教育を受けて優れた人材も生まれている。

「せっかく王都を改造するのだから、人の意識も一緒に改造したいわね」

「私の妻は、大いなる野望を持つ人だな」

「あら、そんな女はお嫌い？」

「いいや。大変魅力的だよ」

夫のリップサービスは、今でも妻を喜ばせていた。

王都拡張工事着工から三年後。遠くから、人々の歓声が聞こえてくる。ニーホルム宮の図書室にいるアンネゲルトの前には、タブレット端末が置かれていた。

そこには、内海に架けられた橋の開通式の様子が映し出されている。

「うう……本当は私もあそこにいたはずなのに」

ぼやくアンネゲルトに、側に仕えるティルラが苦笑を漏《も》らした。

「お加減が優れないのですから、諦めてください」

「諦められないいいいい」

とうとう半べそ状態になっている。そんな彼女に呆れもせず、ティルラはショールを手にした。

「さあ、そんなに嘆かれてはお腹のお子によくありませんよ」

アンネゲルトが開通式を欠席せざるを得なかった理由。それは第四子を授かった事にある。妊娠初期であり、つわりもある為ドクターストップがかかったのだ。

タブレットの中では、開通式のメインであるテープカットが行われようとしている。

「あ、トニー」

テープを切る為に何人か並んだ中に、一人だけ幼い姿があった。王太子アントン・シーグムンドである。トニーは彼の愛称だ。

七歳になった彼は、母の代役としてテープカットに参加していた。映っていないが、夫のエンゲルブレクトも現場にいるはずだ。

「ティルラ！　この映像、録画してあるわよね⁉」

「ええ、帝国の公爵ご夫妻もご覧になりたいと仰《おっしゃ》ってましたので。後ほどお送りする予定です」

帝国の両親も、初孫は目に入れても痛くない程可愛いらしく、何かある度《たび》に映像を送れと言ってきている。今回の開通式も、彼が出ると知ってティルラに依頼してきたそうだ。

「これで内海の橋は出来たし、王都の拡張も大分仕上がった。後は王都から大公領までの列車ね」

「あちらは、トンネル工事で少し時間がかかっていますから」

「仕方ないわよ。事故がないだけ、いいと思いましょう」

微笑むアンネゲルトの視線の先には、テープカットを無事終えて満面の笑みを浮かべる長男の姿があった。

王太子が開通式に参加した関係からか、王都の民から「アントン橋」と呼ばれた内海に架かる橋は、その後正式に「アントン・シーグムンド橋」と改名された。元の正式な名称である「内海横断橋」という名は、公文書にのみ残っている。

また、この時アンネゲルトのお腹に宿った娘はエリーカ・フィリッパと名付けられ、「橋が連れてきた姫」と王都民に呼ばれて愛された。

アントン橋の開通から二年後、ようやく王都からヴァレンクヴィスト大公領までの路線が開通する。

この開通式にも、王妃の姿はなく、またしても子が出来たのではないかと人々が噂《うわさ》していた。

本当に、五人目の子がお腹にいた訳だが。この時の子が、後に「列車王子」と呼ばれるダーヴィド・イングヴァルだ。

彼は母であるアンネゲルトの後を受けて、国内の列車網を整備した王子として知られる。

また、すぐ上の姉エリーカと共に各国の視察も積極的に行い、様々な技術を導入した人物だ。

次男アーロン・ヴァルナルは外交により兄アントンを助け、長女クリスティーネ・グンヒルドは彫金を愛して国内に新たな産業として根付かせた。

長男アントン・シーグムンドは父の後を継いでよく国を治め、破天荒な末の二人を制御した王として知られる。

スイーオネース史で「最も豊かな時期」と呼ばれる頃の話だ。

RC Regina COMICS
大好評発売中!!
原作＝斎木リコ Riko Saiki
漫画＝藤丸豆ノ介 Mamenosuke Fujimaru
シリーズ累計
15万部
突破!!
今度こそ幸せになります！ 1～4
異色の転生ファンタジー
待望のコミカライズ!!
「待っていてくれ、ルイザ」。勇者に選ばれた恋人・グレアムはそう言って魔王討伐に旅立ちました。でも、待つ気はさらさらありません。実は、私ことルイザには前世が三回あり、三回とも恋人の勇者に裏切られたんです！　だから四度目の今世はもう勇者なんて待たず、自力で絶対に幸せになってみせます――！
斎木リコ
藤丸豆ノ介
今度こそ幸せになります！ 4
15万部突破!!
人生七度目
ついに勇者と幸せになる!?
異色の転生ファンタジーコミカライズ!
アルファポリス
B6判 / 各定価:748円（10%税込）
アルファポリス 漫画
検索

本書は、2018年5月当社より単行本として刊行されたものに書き下ろしを加えて文庫化したものです。


この作品に対する皆様のご意見・ご感想をお待ちしております。

おハガキ・お手紙は以下の宛先にお送りください。

【宛先】

〒150-6008 東京都渋谷区恵比寿4-20-3 恵比寿ｶﾞｰﾃﾞﾝﾌﾟﾚｲｽﾀﾜｰ 8F
（株）アルファポリス　書籍感想係

メールフォームでのご意見・ご感想は右のＱＲコードから、
あるいは以下のワードで検索をかけてください。

アルファポリス　書籍の感想　検索

ご感想はこちらから

レジーナ文庫

王太子妃殿下《おうたいしひでんか》の離宮改造計画《りきゅうかいぞうけいかく》 7

斎木《さいき》リコ

2022年3月20日初版発行

文庫編集－斧木悠子・森順子
編集長－倉持真理
発行者－梶本雄介
発行所－株式会社アルファポリス
〒150-6008 東京都渋谷区恵比寿4-20-3 恵比寿ｶﾞｰﾃﾞﾝﾌﾟﾚｲｽﾀﾜｰ8階
TEL 03-6277-1601（営業）　03-6277-1602（編集）
URL https://www.alphapolis.co.jp/
発売元－株式会社星雲社（共同出版社・流通責任出版社）
〒112-0005 東京都文京区水道1-3-30
TEL 03-3868-3275
装丁・本文イラスト－日向ろこ
装丁デザイン－ansyyqdesign
印刷－中央精版印刷株式会社

価格はカバーに表示されてあります。

落丁乱丁の場合はアルファポリスまでご連絡ください。

送料は小社負担でお取り替えします。


ISBN978-4-434-30063-9 C0193